다
시

나
는

새

다시 나는 새

초판 1쇄 발행 2023년 4월 15일

지 은 이 | 낭인식
펴 낸 이 | 황성연
펴 낸 곳 | 글샘 출판사
디 자 인 | 황인애
등록번호 | 제 8-0856호
주 문 처 | 하늘물류센타
주   소 | 경기도 파주시 광탄면 혜음로 883번길 39-32
연 락 처 | (031)-947-7777 | **팩스** (0505)-365-0691

ISBN 978-89-91358-676 03810

이 책은 평강호스피스 사역 중 하나인 환우의 버킷리스트 지원을 통해 제작되었습니다.

다시 나는 새

A bird flying again

낭인식
장편소설

글샘

평강 호스피스와 함께하는 프로젝트
'엔딩노트, 꿈꾸는 페이지'

'다시 나는 새'는 병마와 싸우면서도 자신의 꿈을 포기하지 않고, 삶의 마지막 순간까지 가치 있는 일을 이루고자 한 작가의 강인한 의지를 담은 작품이다. 이 책을 통해, 우리는 어떠한 역경 속에서도 꿈을 이룰 수 있는 가능성을 보게 된다. "꿈꾸는 페이지" 프로젝트의 시작을 알리는 이 소설은 모든 독자들에게 삶의 소중한 순간들을 다시 한번 생각하게 하고, 각자의 꿈을 향해 나아갈 수 있는 힘을 실어줄 것이다.

*

많은 사람들이 죽을 줄 알면서도 오늘을 사는 것인데... 어제 세상을 떠난 이가 그리도 살기를 고대했던 오늘을 사는 우리... 이 책은 삶의 소망을 깨우쳐 주는 귀한 질문과 답을 전해 주고 있다. 나는 이 책을 통해 자신의 삶에 감사하고, 내일을 기대하는 꿈을 만들어 가길 소망한다. 자신에게 주어진 오늘의 생명에 감격하는 작가의 모습이 책의 결말이길 소망한다.

(사)호스피스 사랑의 울타리 이사장 박남규 목사

사람이 생의 마지막을 감지하고 정말 하고 싶은 것이 있는데 혼자의 힘으로 할 수 없을 때, 옆에 있는 사람 중 누군가의 도움을 받아서 성취할 수 있다면 얼마나 좋을까요? 그 소망이 버킷리스트라면..? 그 희망과 기쁨으로 작가의 작품이 책으로 엮어지고 삶이 더 길어지는 기적이 나타났으면 하고 빌어 봅니다.

처음부터 주관하시고 일을 성사시키시는 하나님께 감사를 드립니다. 주위의 많은 사람이 이 책 『다시 나는 새』를 읽고 작가도, 독자도 다시 날아갈 수 있는 희망을 품고 살았으면 합니다.

평강 호스피스 봉사자 임연옥

작가의 말

내 인생의 정점(頂點)에서 가장 아름답고 풍요롭던 세월을 한순간 모두 허공에 날려 보내고, 동토(冬土)의 나라 중앙아시아의 키르기스스탄에 유랑의 무리가 되어 떠돌던 시절. 쿵! 쿵! 쿵! 대포 소리와 탕탕! 탕! 간헐적으로 들리는 날카로운 금속성의 총소리와 커다란 함성이 지축을 뒤흔든다. 내가 머물고 있는 게스트하우스 근처 대통령궁을 사이에 두고 튤립 혁명을 이끈 시민군과 정부군이 첨예하게 맞서고 있어 언제 터질지 모를 화약고처럼 일촉즉발의 위기로 치닫고 있었다.

설상가상으로 이 기회를 틈탄 폭도들이 상점가와 빌딩과 호텔과 외국인 주거지를 방화하고 약탈하고 있다는 루머가 퍼져 한인들도 밤새워 경계하며 만약의 사태를 대비하며 긴장하고 있었다. 나는 이 순간, 아이러니하게도 나의 영혼에 깊이 잠들어 있는 에피소드를 꺼내어 미루던 글을 쓰기 시작했다.

삶은 자기의 뜻대로 자기가 원하는 대로 흘러가지 않는다. 프루스트의 시 '가지 않은 길'에서 보듯이 우리의 앞에는 늘 두 가지 갈래의 길이 있다. 두 가지 길을 놓고 고민 끝에 내린 결정과 선택이 우리 인생의 방향을 끌고 가고 우리의 운명을 결정한다.

한번 따라가고 내디딘 발걸음이 자기의 이력이 되고 성패를 떠나 돌이킬 수 없는 자기의 과거가 되고 미래가 된다.

한 사람의 인생에 세 번쯤의 기회가 주어진다고 한다.

나는 나에게 로또처럼 찾아온 두 번의 일생일대 최고의 패를 모두 걷어차고, 잭팟은커녕 본전도 못 건질 형편없는 세 번째 패를 쥐게 되었다.

이럴 때 당신의 억하심정은 어떠할까? 당신도 온갖 회한과 절망과 후회와 자신에 대한 분노와 비탄으로 잠 못 이루리라.

모든 것을 잃고 체념과 절망에 빠져 삶을 포기하려는 정우를 구해 낸 것은 보이지 않는 손, 보이지 않는 운명이리라.

삶의 보편적 가치와 순수한 영혼을 지닌 정우는 구원받고 희망의 사다리를 선물 받았다. 세상이, 하늘이 그를 저버리지 않은 것이다.

남태평양의 조그만 섬 카우와이 그린 페페의 새 둥지에서 정우는 새로운 운명이 점지한 사랑하는 가족과 함께 여명을 뚫고 다시 힘차게 하늘 높이 날아오른다.

"사랑은 인간이 구현할 수 있는 가장 아름다운 행위"라고 말한다. 남녀의 사랑은 연인일 때 가장 빛나고 아름답다. 부모의 사랑은 가이없고 형제애는 뜨겁고. 인간애는 고귀하다. 하여 우리는 이웃을 사랑하고 이웃을 사랑하는 법을 배우고 실천해야 한다. 왜냐하면, 우리는 사랑으로 잉태되고 사랑받기 위해 태어난 사람이기 때문이다.

소중하지 않은 생명은 하나도 없다.
예쁘지 않은 생명은 어디에도 없다.
서로를 이해하고 배려하면서 이웃 간에 사랑이 넘치는 세상, 하여 모두가 나누며 베풀고 미소 지으며 즐겁고 행복하게 사는 곳, 그곳이 진정 우리가 꿈꾸는 세상, 넬라 판타지아가 아닐까!

목차

01. 라데팡스의 인연

어느 청명한 시월 마지막 날 저녁 무렵, 인천 국제공항을 출발한 대한항공의 보잉 747은 12시간의 긴 비행 끝에 파리 샤를 드골 공항(Charles de Gaulle Aeroport) 활주로에 한 마리의 거대한 새가 날개를 접으며 활강하듯 사뿐히 내려앉았다.

간단한 입국심사를 마친 정우는 일행과 서둘러 혼잡한 공항을 빠져나왔다. 시원하게 탁 트인 차창 너머 노르망디로 향하는 야트막한 구릉(丘陵) 사이로 보이는 황금색 들판은 밀레(Millet)의 명화 '만종'과 '이삭 줍는 여인들'처럼 평화롭고 아름다웠다.

하루에도 서너 번씩 바뀐다는 변덕 심한 파리의 날씨도 오늘은 한없이 맑고 쾌청했다. 정우는 왠지 이번 출장엔 무언가 좋은 일이 있을 것만 같은 예감이 들었다. 차창 너머로 펼쳐진 하늘에는 솜털처럼 하얀 뭉게구름이 석양의 태양빛을 받아 시시때때로 찬란하게 변하고 있었다.

인상과 화가들이 그림물감을 풀어 놓은 듯 남색과 연한 쪽빛으로 물들던 구름이 차츰 진한 쪽빛과 붉은색을 머금은 보라색으로 보이더니, 어느새 저녁노을이 짙게 물들면서 하늘은 온통 강하게 빛나는 붉은 색으로 꽉 들어찼다.

파리는 정우가 일 년에 한두 번씩 들러보는 곳이다. 그는 10여 년째 파리를 방문하고 있다. 그럼에도 파리는 그에게 늘 낯설게 느껴졌지만, 그때마다 달라진 파리의 모습은 언제나 경이로운 느낌으로 다가왔다.

파리는 유행을 창조하고 유행을 세상 밖으로 퍼뜨리고 지구촌의 패션을 리드하는 도시답게, 샹젤리제 거리는 언제나 멋진 옷을 차려입고 활기차게 거니는 사람들로 넘쳐났다.

보이지 않는 운명에 이끌린 듯 정우가 파리의 마네킹 모델 마드린느(Madeline)를 처음 만난 곳은 개선문 북쪽에 위치한 라데팡스의 전시장 1층 로비였다. 그곳에서는 전통 깊은 '오뜨 쿠튀르(Haute Couture) 전시회'[01]와 '프레타 포르테(Pret-a-Porter) 전시회'[02]가 매년 2차례씩 S/S 패션과 F/W 패션으로 나뉘어 봄·가을 열리고 있었다.

전시장은 프랑스 고대 범선과 돛 모양의 형태를 형상화한 현대 건축물로 이곳을 한눈에 볼 수 있도록 파리의 개선문, 에펠탑과 일직선상에 위치한 언덕에 자리 잡고 있었다. 전시장에는 세계 곳

---

1. 오뜨 쿠튀르는 '고급'이라는 뜻의 '오뜨'와 '맞춤복'을 뜻하는 '구뛰르'의 합성어로 영어의 '하이 패션(High Fashion)'과 동의어이다.

2. 프레타 포르테는 1970년대 1980년대 2세대 신진 디자이너들의 중심으로 중산층의 욕구에 부응하여 선보인 고급 기성복에서 그 유래가 비롯되었다.

곳에서 모여든 사람들로 북새통을 이루고 모두들 정신없이 바쁘게 움직였다.

정우도 최근 국내의 바쁜 업무 때문에 일 년여 만에 다시 보게 된 전시회라 하나라도 빠짐없이 두루 돌아보기 위해 회사의 동행 팀장들 및 파리의 에이전시 직원들과 함께 부지런히 이곳저곳을 둘러보았다.

이번 전시회의 테마는 자연주의(Naturalism)인 듯했다. 아프간 전쟁, 이라크 전쟁으로 인한 후유증과 피폐된 마음의 상처로 얼룩지고, 세계 곳곳에서 벌어지는 자살 폭탄 테러, 잊을만하면 발생하는 이스라엘과 팔레스타인 지역의 전쟁과 충돌로 인해 지구촌 반쪽은 늘 혼란과 갈등으로 전쟁의 소용돌이 속에 휩싸여 있어, 인간들이 만들어 내는 카오스적인 지구로 부터 벗어나고픈 욕구의 표현이었다. 파리지앵 기욤 카네와 리요네즈인 엠마누엘 비노슈가 번갈아 해설자의 통역을 하며 설명을 곁들었다.

"지나친 물질 만능주의와 국제간의 아귀다툼과 이해가 얽힌 더러운 경쟁과 전쟁을 슬퍼하고 혐오하며, 염증을 느낀 아티스트와 디자이너들의 선언은 청정한 자연으로의 회귀와 블루 오션입니다.

자연을 주제로 하여 오염되지 않은 깨끗하고 푸른 바다, 하얀 모래밭, 우거진 초록의 숲, 들꽃과 나무에서 피는 아름다운 꽃과 나뭇잎의 색깔들을 눈여겨 보세요.

천연적이면서 크게 도드라지지 않는 부드러운 색조가 금년과 내년의 테마 색으로 유행의 전조를 알리고 있습니다. 패션의 흐름은 자연주의적이고 물질문명에 덜 오염된 아프리카 룩(Look)과 떠오르는 동양- 즉 극동지역을 암시하듯 절제된 오리엔탈리즘(Orientalism)이 여기저기에 모습을 드러내고 있습니다.

풍요로움과 혼돈이 만재된 서구 중심의 캐피털리즘(Capitalism)으로부터의 도피와 원초의 자연으로의 회귀를 강력히 갈망하는 조류입니다."

훌륭한 강연과 그들의 멋진 설명에 여기저기서 박수가 터져 나왔다. 오전 내내 전시장 여러 곳, 테마파크와 트렌드 뷔로를 둘러본 정우 일행은 카페에서 크루와상과 샌드위치와 함께 마실 것(커피와 음료)을 사 들고 혼잡한 전시장을 나와 부근의 공원 풀밭에 둘러앉았다. 정우가 먼저 입을 열었다.

"시대의 눈과 흐름이 서구에서 동양으로, 다시 말하면 10년 전에 비해 전시장에는 수많은 동양인들의 모습이 눈에 띄고 있지. 특히 몇 년 전만 해도 잘 보이지 않던 중국인들이 몰려오고 있어. 그들이 월드 패션과 세계의 트렌드에 눈을 뜨기 시작했다는 징조야."

정우의 일행도 그의 의견에 동조하며 싱가포르, 홍콩, 타이완은 물론 북경, 상하이, 광조우 등 특히 중국 본토에서 많은 사람들이 몰려온 것 같다는 이야기를 했다.

"아놀드 토인비라고 자네들도 한 번쯤 들어본 적 있지. 영국의 저명한 역사가이며 미래학자, 그의 저서에서 그는 일찍이 환태평양 시대를 예견했지."

"세계 역사에서 여러 문명이 성장-발전-쇠퇴-해체의 과정을 주
기적으로 되풀이 하는데 21세기는 환태평양 시대가 도래할 것이
라고. 환태평양은 극동지역과 서부 미국을 포함한 태평양 지역
을 망라하는데 이 지역의 눈부신 발전으로 유럽을 제치고 세계
경제의 중심이 될 것이라고."

유럽에서 중세 암흑기를 지나고 메디치가에서 르네상스 운동
이 일어나고 루터의 종교개혁과 와트의 증기기관 발명으로 산업
혁명이 일어나 유럽의 부흥을 이루기 전에는 동양문명이 서양 문
명을 앞지르고 있었다고 누군가가 말을 이었다.

세계 3대 발명품인 종이, 화약 그리고 금속활자는 모두 동양
에서 처음 발명되어 유럽으로 넘어가 찬란한 문명의 꽃을 피웠
다. 특히 금속활자와 활자본은 세계 최초로 독일에서 발명되어
1450년대 인쇄된 '구텐베르크의 성서'로 알려졌으나, 후일 무려
70년이나 앞선 고려시대의 금속 활자본 '직지심경'이 발견되어
그 역사마저 동양의 것이 되었다. '직지심체요절'은 1377년 충
주의 흥덕사에서 여러 고승들의 설법 중 '선'과 관련된 내용을
편찬한 책으로 유네스코에 문화유산으로 인정받아 등재된 불경
이었다.

"그와 비슷한 이야기를 21세기에 들어와 언급한 사람이 또 있
지. '제 3의 물결(The Third Wave)'의 저자 엘빈 토플러도 한
국에서 강연을 통해 IT 같은 첨단 기술로 세계가 대변혁을 맞이

하는 가운데 환태평양이 훌륭한 미래를 열 수 있을 것이라 이야기하며 한국에도 좋은 기회가 될 것이라고 말한 기억이 새삼 떠오르네. 그 증거로 삼성과 LG의 휴대폰과 가전제품이 세계 일류 상품의 반열에 오르고, 현대와 기아 자동차도 세계 5대 자동차 메이커로 진입하지 않았나."

　이런저런 이야기꽃을 피우며 잠시 휴식을 취한 뒤 그의 일행은 본격적으로 유명 브랜드 부스를 둘러보기 위해 자리를 털고 일어섰다. 전시관 안으로 들어가는 순간 그 앞에 서 있는 마네킹 모델과 마주친 정우는 가슴이 뛰며 벅차오르는 느낌 때문에 걸음을 멈추었다.

　여인은 아주 세련되고 이지적이며 매력적인 모습으로 서 있었다. 동양적 신비함과 서구적 이목구비를 갖춘 보기 드문 청정미인 이었다. 그녀는 180cm 정도의 늘씬한 키와 유연한 S-라인의 허리 위로 드러나는 균형 잡힌 몸매 위로 칠흑처럼 까맣고 윤기나는 비단결 같은 머리를 길게 늘어뜨리고 보석처럼 반짝이는 눈빛으로 눈이 부시도록 환한 미소를 짓고 있었다.

　우윳빛처럼 투명하고 티끌 하나 없이 깨끗한 피부, 선명하리만치 푸른 눈동자, 사슴처럼 길고 우아한 목, 날카롭지 않게 오뚝한 코, 매혹적인 붉은 입술, 살짝 드러나는 볼우물. 한 마디로 그녀는 우아하며 지적이고 정감 넘치는 몸짓과 더할 나위 없이 세련된 모습으로 정우를 맞이하는 것 같았다.

　정우는 그동안 수많은 전시장과 패션쇼를 보아왔지만, 일찍이 이처럼 가슴 설레고 심장을 고동치게 만든 마네킹 모델을 만나본 적이 없었다. 그녀는 마치 생명력을 지니고 살아 숨 쉬는 듯 생생하여 정우는 그녀의 숨결마저 느낄 수 있었다. 얼굴 가득한 그녀의 신비스런 미소가 너무도 깨끗하고 아름다워 바라보면 볼수록 정우는 그녀의 심연 속으로 빠져들었다.

그녀는 모든 면에서 완벽하고 상상을 초월하는 듯했다. 세계적 톱 모델 '클라우디아 쉬퍼'와 금세기의 우상 '안젤리나 졸리'를 능가하는 아주 특별하고 환상적인 모습이었다. 그녀의 의상은 심플하면서도 아주 고급스럽고 세련된 감각으로 디자인되었고, 의상과 액세서리는 조화롭게 코디네이션 되어 그녀를 더욱 돋보이게 했다.

검은색 바탕 위에 포레스트 그린(Forest Green)의 페이즐리(Paisley) 문양이 날염된 플리츠 치마에는 큼직한 데이지꽃 아플리케가 달려있었다. 연녹색의 실크 블라우스 위에 진한 체리 핑크의 가디건을 걸치고 같은 색상의 연녹색 머플러가 섹시하게 매어 있었다. 그리고 검은색 메쉬로 살짝 가린 그녀의 얼굴은 신비감을 더해주었다. 디자인실의 어느 팀장이 조용한 어조로 설명을 해나갔다.

"투명한 시스루 의상은 얼굴 전체를 드러내기 보다는 살포시 감추어 에로틱한 상상력을 불러일으키지요. 베일은 인체를 가려주는 동시에 궁금증을 불러일으키며 숨겨진 부분을 더욱 강조하여 터치하고 싶은 욕망을 불러일으킵니다. 게다가 여성을 더욱

우아하고 나이브하게 보이게 하면서 신비로움을 더해주는 효과
가 있지요."

모두 넋을 잃고 그 앞에서 떠날 줄 몰랐다. 그녀에게는 말로
표현할 수 없는 신비감과 기품이 있었고 고귀한 여인의 향기가
느껴졌다.

정우는 숨을 죽이며 다시 한번 그녀에게 눈길을 보냈다. 이제
자리를 뜨면 두 번 다시 이처럼 매력적이고 가슴을 고동치게 만
드는 여인의 모습을 볼 수 없을 것 같았다.

그녀는 다양한 모습의 이미지를 가지고 있다는 느낌이 들었다.
20대에서 30대에 이르기까지 보는 사람의 눈에 따라 또는 그녀
가 걸치는 의상에 따라 달라 보일 것만 같았다.

'품위 있고 우아한 프린세스, 지적이고 발랄한 여대생, 성스럽
고 정결한 수녀, 세련되고 매력이 넘치는 커리어 우먼 그리고 고
혹적이고 뇌쇄적인 무희 타이스 등…'

파리에서 귀국한 이후 정우는 상품기획과 트렌드 설명회에 이
어 신상품 출시로 눈코 뜰 새 없이 바빴다. 정우가 마드린느를 다
시 보게 된 것은 두 달 후 상품기획실의 쇼룸에서였다.

정우가 파리에서 보았던 신선하고 생동감이 넘치며 자신에 차
있던 마드린느와는 달리 그녀는 아름다운 미소마저 실종된 채 활
력도 없이 추~욱 처진 모습이었다. 의상도 잘 어울리지 않는 것
을 걸치고 있었다. 그녀는 새침해 있었으며 정우를 보자 반가워
하면서도 잠시 원망이 뒤섞인 눈길로 그에게 보내며 무언가를 하

소연하는 듯했다.

정우는 파리의 마네킹 모델을 '마드린느'라 이름 짓고 그녀를 한국으로 데려왔다. 허나 그 누구도 정우만큼 그녀에게 관심을 갖지는 않았다. 정우는 마음이 아팠기에 마드린느에게 미안한 생각이 들었다.

그는 마드린느를 진작 좀 더 세심히 보살피지 못했다는 자책감이 들었다. 직원 대부분이 퇴근할 즈음 그는 다시 마드린느를 찾아 쇼룸으로 발길을 돌렸다. 그의 손에는 마드린느를 위하여 새로이 출시한 멋진 의상 여러 벌이 들려있었다.

정우는 정성을 다하여 새로운 옷들을 하나하나 골라 마드린느에게 입혀보고 마음이 드는지 잘 어울리는지 살피고 또다시 입혀보면서 시간이 가는 줄도 모르고 그녀에게 흠뻑 빠져있었다.

시간은 벌써 11시를 가리키고 있었다. 그제야 마드린느의 아름답고 매혹적인 원래의 모습을 재현해낸 정우는 흡족한 미소를 지으며 마드린느에게 다음을 기약하며 소리 없는 작별 인사를 했다. 그녀도 만족스러운 듯 행복이 가득 담긴 미소로 답례하는 듯했다.

"오 르브와, 마드모아젤! 오 르브와, 무슈!"

그들은 서로 저녁 인사인 '봉 스와' 대신에 다시 만나자는 '오 르브와'라고 합창하듯 말했다. 그녀는 애교가 듬뿍 담기고 정감이 넘치는 알토 톤의 목소리로 답하는 듯했다.

마드린느는 기대에 어긋나지 않았다. 그녀는 역시 퀸(Queen)

중의 퀸이었다. 누구보다 아름답고 눈부시게 빛나는 별처럼… .
이제 그녀는 제일기업의 톱 마네킹 모델로 우뚝 서서 주위의 모
든 사람들로부터 사랑과 관심을 한 몸에 받고 있었다.

　새로 기획한 신상품은 마드린느가 있음으로 더욱 널리 알려졌
고 매출액도 눈에 띄게 늘어났다. 그러나 정우를 바라보는 그녀
의 눈빛은 늘 애원과 외로움을 호소하고 있었다. 정우는 그녀를
자주 볼 수는 없었으나 틈틈이 시간을 내어 그녀를 찾았다. 정우
는 그녀를 향해 의미 있는 미소를 보내며 무언의 약속을 했다.

　"걱정하지 마! 내가 늘 네 곁에서 너를 지켜주겠어.

　그리고 언젠가는 너와 함께하겠어."

　마드린느는 그에게 잘 알고 있다는 듯 정우를 향해 사랑이 담
긴 미소를 보내는 것 같았다. 그녀의 환한 미소는 정우의 메마른
가슴을 녹이며 그의 폐부를 깊숙이 파고들었다.

02. 춤추는 삶

대학에서 인문학을 전공하고 제일기업에 입사한 정우는 신입사원 시절부터 사내·외의 주목을 받으며 승진에 승진을 거듭했다. 입사 10년 만에 기획실장이라는 요직에 오르고 40대 중반에 접어들 무렵 직장인의 꽃인 총괄본부장이 되었다. 이는 부하 직원들의 성원, 상사와 경영진 모두 성실하고 뛰어난 그의 능력과 리더십을 인정한 결과였다.

정우는 청소년 시절 자신감이 늘 충만했다. 그에 대한 주위의 기대가 컸기에 그는 가슴속에 큰 뜻을 품으며 야망을 불태웠다. 그러나 대학입시의 연이은 낙방은 정우에게 커다란 좌절과 고통을 안겼다.

고교 시절 그는 학생회장을 하면서도 학업 성적이 늘 최상위권을 유지했기에 자신은 물론 주변에서도 그가 S대에 당연히 합격하리라 믿었으나 이상하게도 그는 계속 낙방했다.

그는 S대에 대한 미련을 버리지 못하여 재수, 삼수를 하면서 다시 도전했으나 계속 낙방하자 결국 S대를 포기하게 되었고 이류 대학으로 진학하는 일생일내의 커다란 아픔을 겪었다.

어디를 가나 꼬리표처럼 그를 따라다니는 이류 대학 출신이라는 자괴감을 느끼며 그는 4년간의 대학 생활과 30개월의 군복무를 했다. 그는 오랫동안 자신에게 맞지 않는 옷을 입은 듯 자신의 처지를 수치스러워했다.

그는 평생 이류 대학 출신이라는 계급장을 단채 일류 만을 우대하는 우리사회의 편견과 고정관념 속에 그들만의 아성에 도전하며 힘든 싸움을 감내해야 하는 앞으로의 사회생활이 더욱 걱정되고 초조했다.

그렇지만 마지막 승부는 아직 끝나지 않았으며 4년 후 전개될 사회생활이 인생의 승패를 가르는 최종의 승부처가 되리라는 생각에 정우는 독한 마음을 품고 학업에 열중하며 대학 생활에 충실하였다. 그 흔했던 미팅 한 번 제대로 하지도 않은 채 4년의 대학 생활을 마치 수도승처럼 도서관에 파묻혀 학업에만 매진했다.

제일기업은 당시 우리나라의 최고 일류기업으로 대학 졸업생들이 모두 입사를 열망하는 회사 중 하나였다. 그리하여 치열한 경쟁을 뚫고 제일기업에 입사한 그의 친구들은 소위 SKY로 알려진 명문대학 출신이었다.

정우는 입사 초기 크게 주목받지 못했으나 시간이 지나갈수록 그의 진가는 서서히 드러나기 시작했다. 정우는 외국어 실력이 뛰어난데다 어려운 일이든 힘든 일이든 티를 내지 않고 묵묵히 최선을 다해 열심히 일했다. 이러한 그의 모습을 지켜본 상사들은 입사 1년 만에 그를 엘리트들만 모여 있는 사내 최고 부서인 해외무역부로 발령을 냈다.

운도 실력이고 빽도 실력이라는 말이 세상에 회자되고 있듯 세상은 실력이나 노력만으로 이루지 못하는 경우도 있었다. 운칠기삼(運七機三). 말 그대로 운도 따라주어야 모든 것이 잘 풀릴 수 있다는 것이다.

그런 면에서 사회생활에 첫발을 내디딘 정우에게 운도 제법 따라주었다. 정우는 제일기업 사주의 첫째 사위 백 전무의 눈에 들었고 백 전무는 정우를 몹시 아끼고 총애했다.

백 전무는 S대 경영학과를 졸업 후 당대 최고 직장인 한국은행을 다니던 수재로 장인의 부름을 받고 회사 경영을 맡아 제일기업을 오늘과 같은 일류 기업의 반석 위에 올려놓은 경영의 귀재였다.

입사 면접 때부터 정우를 유심히 지켜보던 백 전무는 입사 1년이 지난 후 그를 해외무역부로 발령을 내고 향후 간부 사원으로 키우려는 생각을 갖고 있었다. 백 전무는 정우가 명문대 출신이 아님에도 불구하고, 업무 처리 능력은 물론 주위의 평판도 좋을 뿐만 아니라 사고방식도 건전하며 포용력을 지닌 젊은이로 향후 회사를 이끌어갈 핵심 인물로 손꼽고 있었다.

백 전무는 지금까지 승승장구하면서 좌절과 실패를 모른 채 선민의식에 충만한 엘리트였다. 그는 우월감과 프라이드가 넘치는 자기 위주의 빈틈없는 사람이었으며 모든 것은 철저한 계산하에 움직이는 인물이었다.

늘 1등만 하며 실패와 좌절을 경험하지 못하고 정상만 달려온 친구들은 인생의 참 깊이를 모른 채 언제나 선민의식, 엘리트 의식 속에 안하무인으로 독불장군이 되어갔다.

자기 자신에게조차 엄격하고 철두철미한 사람들은 타인에게도 자기 눈높이의 잣대로 상대하며 조금 부족한 사람, 뒤처진 사람들을 우습게 보고 무시하는 경향이 많았으며 관용의 모습 또한 부족한 듯했다.

고교 시절 수석을 도맡아 했던 정우 또한 주위의 친구들을 무시한 채 우월감과 오만함으로 자신은 늘 최고여야 한다는 자만심으로 가득했다. 그러나 대학에 거듭 떨어진 후 스스로 낮아진 자신을 발견할 수 있게 되었고, 인고의 세월을 보내고 나서 비로소 남을 인정하고 받아들이며 앞서가는 그들을 따라가며 순응하고 배우며 겸손할 줄 아는 자세를 가질 수 있었다.

인생을 한마디 말로 정의할 수는 없으나 정우는 '인생이란 끊임없는 장애물 경기다.'라고 생각했다.

우리가 살아가는 앞길은 예측 불허로 탄탄대로를 달리던 사람들도 예기치 못한 난관과 장애물을 만나 고전하게 되고, 뜻하지 않게 자신에게 불어닥치는 불행스런 사건 또는 가족에게 생긴 질병으로 고통을 겪게 되고 좌절하게 된다.

순간순간 우리는 그 시련과 고비를 극복하고 넘어가야만 비로소 장밋빛의 산 너머 남촌으로 내달릴 수 있는 것이다.

자신의 능력과 노력으로 쉽게 넘어갈 수 있는 장애물이 있는가 하면 정말로 극복하기 어려운 난관도 마주치게 된다. 때로는 급류에 휘말리거나 험준한 고산준령이 앞을 가로막고 천 길 낭떠러지가 나타나 우리를 좌절시킬 수도 있을 것이다. 그러나 끊임없는 노력과 불굴의 의지를 갖고 도전한다면 넘지 못할 산이, 건너지 못할 강이 있을까 싶다.

"꿈꾸는 자에게 꿈은 이루어진다."라고 하지 않던가. 정우는 "태양을 향해 쏘는 화살이 사과나무를 향해 쏘는 화살보다 높이 난다."는 영국 속담처럼 뜻은 크고 깊게, 마음은 넓게 가지고 험한 세상 다리가 되리라는 다짐 속에 사회에 발을 굳게 디뎠다.

2001년 엔론(Enron) 사태로 야기된 뉴욕 월가의 금융위기는 전 세계로 퍼져나갔다. 급기야 월가의 5대 유력 주자인 베어 스턴스(Bear Stearns)가 85년의 역사 속에 사라졌다. 이때부터 본격적으로 시작된 미국의 금융위기는 6개월 후 리먼 브라더스(Lehman Brothers)를 파산으로 내몰았으며 세계 경제를 불황의 깊은 늪으로 몰아갔다.

미국이 기침하면 한국은 감기에 걸린다는 말처럼 한국의 경제도 다른 나라와 마찬가지로 휘청거리며 침체되고 급속히 위축되어 갔다. 악몽과 같았던 제2의 외환위기 IMF가 다시 오는 게 아닌가 하는 우려와 걱정이 태산 같았다.

실물경제는 움츠러들고 내수 수요가 급감하여 계속적으로 국내 경제가 둔화되고 하락하면서 곳곳에서 불경기가 감지되었다. 경제 지표가 온통 빨간 불로 경고등이 켜지며 깜빡거렸다.

부동산 경기가 침체의 늪에 빠졌고, 특히 패션산업은 타격이 심각하여 기존 매출이 20-30%로 줄더니 시간이 갈수록 매출은 절반에도 미치지 못하는 수준으로 계속 떨어졌고 불황의 늪은 그 깊이를 예측하기 어려웠다.

창사 60년 이래 이토록 극심한 불황과 부진은 어느 누구도 겪어 본 적 없어 윗선의 경영진으로부터 아래의 말단 직원까지 모두 할 말을 잃은 채 망연자실했다. 어두운 그림자가 짙게 장막을 가린 채 언제 다시 태양이 뜰지 몰라 두렵고 불안했다.

미국으로부터 불어닥친 강력한 허리케인이 국내 경기를 뒤흔들고 초토화시키면서, 그 끝 바닥이 어딘지조차 가늠할 수 없어 더욱더 불안과 걱정이 커져갔다. 회사 내를 감도는 냉랭한 분위기는 견실했던 우리 회사도 예외 없이 망하는 게 아닐까 하는 두려움이 모두에게 엄습했다.

제일기업의 경우, 금년은 창사 60주년을 맞은 뜻깊은 해였기에 공격경영의 기치 아래, 국내외의 조직과 판매망을 늘리고 신제품도 다양하게 출시하여 세계 상위의 기업으로 도약하고자 많은 준비와 투자를 야심 차게 추진하여 왔다. 회사는 예기치 못한 엔론 사태에 갈팡질팡하고 있었다.

총괄본부장인 정우는 퇴근을 미루며 몇 달째 야근을 밥 먹듯했다. 하기야 그가 집에 일찍 가본들 따뜻하게 반겨줄 가족도 없고, 고민을 함께 나눌 가족도 없으니 늦게 귀가해도 문제될 것이 전혀 없었다.

그의 아내와 딸은 지금 미국 동부의 코네티컷주(State of Connecticut)의 덴버리(Danbury) 시에 살고 있었다. 딸 수지의 음악 재능을 키워주기 위해 유학을 보내놓고 안절부절못하고 애태우던 아내는 그 이듬해 수지의 뒷바라지를 해야 한다는 명분으로 미국으로 훌쩍 떠나 정우는 말 그대로 기러기 아빠 신세가 되어 지낸지 어언 5년째가 되었다.

정우는 잦은 해외 출장과 국내의 바쁜 업무로 마드린느를 자주 찾아볼 수 없었으나 틈틈이 시간을 내서 그녀를 보러 쇼룸으로 찾아갔다. 그녀가 잘 지내고 있는지, 입고 있는 의상이 어떤지 살펴보고 마음에 들지 않는 의상은 새로운 것으로 찾아서 코디해주며 편안하고 안락한 위치로 바꾸어주는 등 세심한 배려와 관심을 갖고 지켜보았다.

마드린느는 언제나 정우를 반기는 듯했지만 답답한 공간과 늘 같은 장소에만 머무는 따분함과 권태로움을 호소하는 듯했다. 밝은 조명 아래 비친 그녀의 모습은 가끔씩 기운 하나 없이 풀이 죽어있는 느낌이었다.

그녀는 주변의 모델들과 잘 어울리지 못하는 파리에서 온 이방인이었다. 그녀는 간절한 눈빛을 보내며 정우에게 호소했다. 그녀의 눈가엔 촉촉한 물기가 잔뜩 묻어나고 있는 듯했다.

"아베끄 무와, 실브쁘레!"

같이 있어 달라는, 함께 하고 싶다는 그녀의 애절한 간청을 물리치고 돌아서는 정우의 발걸음은 쉽게 떨어지지 않았다. 정우는 깊은 죄책감과 연민에 빠져들었다. S/S 시즌이 끝나고 F/W 시즌이 시작될 즈음 정우는 마드린느를 그의 집에 옮겨가기로 작정했다.

정우의 집은 아담한 5층 빌라로 우면산이 손에 잡힐 듯이 보였다. 창가에서 바라보면 예술의 전당과 오페라 하우스가 한눈에 들어오고 그 위로는 푸르고 시원한 우면산의 숲이 펼쳐져 있었다.

그녀는 오랜만에 시원한 밤공기를 마시고 별빛이 빛나는 밤하늘을 바라보며 1년 전 떠나온 파리의 하늘과 파리의 분위기를 그리워하는 듯했다. 다음 날 아침 거실로 나온 정우는 너무나 행복했다. 그동안 쓸쓸히 홀로 지내던 집에 사람의 온기와 생기가 가득 찬 듯했다.

"봉 쥬르 무슈! 봉 쥬르 마드모아젤!"

정우와 마드린느 그들은 애정이 가득 담긴 다정한 눈빛으로 아침 인사를 나누었다. 퇴근하여 집으로 돌아오는 정우의 발걸음도 다른 날과 달리 가벼웠다.

파리바게뜨에 들려 크루아상과, 아몬드가 들어간 부드럽고 바삭바삭한 마카롱 과자와 부드러운 빵 브리오슈와 그들이 제일 좋아하는 메종 드 끌로에서 만든 수제 초콜릿 드보브에 갈레를 사들고 왔다.

정우는 오랜만에 마드린느와 프랑스식 만찬을 함께하고 싶었다. 현관문을 열고 들어서자, "봉 스와 무슈!" 부드럽고 애교가 넘치는 아름다운 그녀의 목소리가 반갑게 그를 맞이하는 듯했다.

하루 종일 낭군이 돌아오길 기다리는 새색시처럼 마드린느의 온몸은 기쁨과 생기로 넘쳐나는 듯 느껴졌다.

"봉 스와, 마드모아젤!"

정우도 애정이 가득한 몸짓으로 마드린느에게 다가가서 가볍게 입맞춤을 하고 그녀를 포옹했다. 그녀는 부끄러운 듯 상냥한 미소와 행복한 표정을 지으며 살포시 그의 품에 안겼다.

정우는 마드린느를 위해 여러 가지를 준비했다. 그녀가 집에서 편안하고 지루하지 않게 보내도록 신경을 썼다.

그는 벤자민, 베고니아, 싱고니움, 마리안느, 칼라데아, 꽃 베고니아 같은 이파리의 색이 아름다운 화초와 군자란, 꽃 사과, 레몬 나무, 석류, 예루살렘 체리 등 열매가 아름다운 나무와 서양 난과 수선화 꽃밭으로 어우러진 화단을 꾸몄다.

또한 그는 인공폭포와 조그마한 연못도 만들어 비밀정원처럼 꾸미고 대형 수조엔 각종 열대어가 한가롭게 유영하도록 했다. 그리고 그는 마드린느가 하루 종일 집에 머물면서 외롭고 따분하지 않도록 클래식, 팝송과 그녀가 특히 좋아할 법한 샹송을 편집하여 하루 종일 들을 수 있도록 했다. 때로는 한국 음악도 들려주었다.

마드린느는 정우가 좋아하는 노래 중 유익종의 '그저 바라볼 수만 있어도'와 둘 다섯이 부른 '밤 배'의 애잔한 멜로디와 가사를 아주 좋아하는 듯했다. 강가에 나란히 앉아 반짝이는 강 물결 위로 흘러 내려가는 조그마한 밤배를 바라보며 노래하는 다정한 연인처럼 그들은 그렇게 함께 노래했다.

그해 12월 24일 크리스마스이브에 서울에는 함박눈이 펑펑 쏟아져 내렸다. 오랜만에 맞이하는 화이트 크리스마스는 불경기로 침울해하던 시민들에게 잠깐 시름을 덜어내고 즐겁고 들뜬 기분으로 다소나마 위안을 주는 듯했다. 창밖으로 보이는 예술의 전당 오페라 하우스의 지붕과 우면산은 흰 백색의 아름다운 세계를 펼쳐주고 있었다.

정우는 마드린느와 조촐한 크리스마스 파티를 가졌다. 크리스마스트리에 불을 밝히고 체리를 넣어 만든 프렌치 파이인 타르트와 봉봉 과자를 먹으며 노엘, 노엘을 합창했다. 창밖으로는 탐스런 함박눈이 소리 없이 쌓이고 가까운 교회에서 들리는 거룩하고 성스러운 성가대의 아름다운 하모니가 바람결을 타고 들려왔다.

화음이 잘 어우러진 성가대의 4부 합창은 거룩한 밤, 고요한 밤, 기쁘다 구주 오셨네!, 북치는 소년으로 이어지는 크리스마스 캐럴은 정우와 마드린느의 마음속으로 경건하게 들려왔다. 온 누리에 축복이 내리는 거룩하고 고요한 밤이었다.

전설적인 조각가이며 키프로스의 왕이었던 피그말리온은 독신주의자였다. 그는 훌륭한 솜씨로 상아를 깎아 여인상을 조각하였는데 그 작품의 아름다움이 살아있는 여인보다 더 아름다웠다. 그의 작품은 사람의 손으로 만들어진 것이 아니라 자연의 창조물처럼 보였다. 피그말리온은 자기 자신의 작품에 도취되어 자신이 상아로 깎아 만든 아름다운 여인상, 갈라테이아와 사랑에 빠졌다. 그는 여인의 조각상이 마치 살아 숨 쉬고 있는듯하여 손으로 쓰다듬고 끌어안기도 했다. 그리고 그 여인이 좋아할 것 같은 조개껍질이라든가 꽃과 새, 보석, 구슬 등을 선물로 갖다 바쳤다. 그는 조각상에 옷도 입혀보고 목걸이도 걸어주고 손에 반지도 끼워주었다. 그녀는 꽤나 매력적인 모습을 잃지 않았고 그는 그녀를 자기의 연인처럼 대했다.

아프로디테의 제전은 키프로스 섬에서 거행되는 최대의 호화로운 제전이었다. 아프로디테 여신은 피그말리온이 성심을 다해 제전을 준비하고 성공적으로 임무를 수행하는 모습과 진정으로 조각상의 여인을 사랑하고 있음에 감동하여 피그말리온에게 큰 상을 내리기로 마음먹고 제단의 불꽃을 타오르게 하여 그 조각상에 생명을 불어넣어 주었다. 그의 지극한 사랑에 감동한 여신 아프로디테의 도움으로 생명이 불어넣어진 갈라테이아와 결혼하여 한평생 사랑을 나누며 살았다는 신화처럼 갈라테이아의 축복과 기적이 마드린느에게도 일어났으면 하는 속절없는 바람 속에 밤을 보냈다.

최악의 한 해를 보낸 제일기업의 새해 첫날 분위기는 무겁게 착 가라앉아 침울했다. 예년과 달리 연말 특별 보너스는 꿈도 못

꾼 채 급료를 제때에 받는 것만으로도 감지덕지해야 할 형편이었다. 승진 인사도 없었고 신년도 사업계획조차 세울 수 없을 만큼 모든 것이 불투명하고 최악으로 치닫고 있어 모두가 거의 일손을 놓고 있었다.

정우의 머릿속은 무겁고 복잡해서 마음이 심란했다. 연말에 처와 딸아이에게 전화했었다. 오랜만에 나누는 대화였지만 통화는 싱겁고 간단하게 끝났다. 정우도 딱히 안부 외에 하고 싶은 말도 별로 없었지만, 그의 처 역시 할 말이 별로 없는 듯 무관심해 보였고 정우가 전화를 빨리 끊기를 바라는 느낌이었다.

가족으로부터 위로받고 싶었던 그는 외톨이가 된 기분이 들어 공허하고 허탈했다. 자신이 왜 이렇게 살고 있는지, 왜 이렇게 고단한 삶을 살아가야 하는지 반문했다. 갑자기 그리운 가족의 품으로 달려가고픈 충동이 들었다.

그러했기에 전화선을 타고 느껴지는 처의 무관심과 냉정함은 정우의 마음을 더욱 황량하고 처량하게 만들었다. 무언가 불길한 변화의 낌새가 느껴지고 불안한 그림자가 드리워져 그의 마음이 잔뜩 움츠러들었다.

매사 합리적이고 이타적이라는 평가를 받으며 살아온 정우는 타인을 먼저 배려하고 이해하는 삶을 살아왔다고 자부했다. 그러나 가장 가까운 가족에게는 과연 따뜻하고 헌신적 삶을 살아왔는지 새삼스레 회의가 들었다.

아마 자신은 그러하지 못했을 것이라는 자책이 들었다. 월말이면 월급이나 던져주고, 주말에는 주말대로 거래선 접대와 회사직원이나 상사들과의 식사나 술자리와 외부고객과의 골프 약속으로 공사다망하게 보냈지만 막상 가족과 더불어 보낸 시간이 거의 없었다.

한국의 자녀들이 바라보는 아빠들의 이미지는 대체로 소파에 누워 낮잠을 지거나, 신문을 보거나, 아예 그림 속에 아빠의 모습이 빠져있다는 기막힌 이야기가 남들의 얘기가 아니라 바로 자신의 이야기였다. 정우는 외동딸 수지에게 아빠 노릇을 제대로 해본 적이 단 한 번도 없었던 것 같다. 생각해 보면 참으로 가슴 아픈 일이 아닐 수 없었다.

수지가 유치원을 다니던 어느 토요일이었다. 그날 하루는 '아빠와 함께하는 신나는 토요일'이라는 주제 속에 아빠들이 아이들과 함께 유치원에서 그림도 그리고 놀이도 함께하고 노래도 배우면서 즐거운 하루를 보내기로 되어 있었다.

수지는 친구들에게 아빠 자랑을 하며 멋쟁이 아빠가 와서 같이 놀아줄 것을 잔뜩 기대했다. 정우도 이번에는 시간을 내어 꼭 가겠다고 수지와 몇 번씩 새끼손가락을 걸며 다짐을 한 터였다. 정우 또한 예쁜 딸 수지가 친구들과 어울려 노는 모습이 궁금하여 보고 싶었다.

수지와 정우가 나와 노래를 시작하기 조금 전 교실 창문 밖에서 처인 현주가 손짓으로 잠깐 밖으로 나와 보라는 신호를 보내서 정우는 잠시 밖으로 나왔다. 거기에는 회사에서 온 김 과장이

죄송하다는 표정으로 머뭇거리며 나타났다. 무언가 불길하다는 예감이 들었다. 정우는 약간 짜증스러운 낯빛을 하며 "무슨 일이 있나? 예까지 오게"라고 물었다.

"뉴스 못 보셨어요? 제1공장에 불이 나서 진화작업 중인데 워낙 큰 불이라 불에 잘 타는 원단과 소재가 많아 불길을 아직 잡지 못하고 진화작업 중입니다"

김 과장은 긴박한 화재 상황을 전했다. 그리고 사장님과 전무님이 현장으로 떠나시며 본부장님을 급히 찾으셨다고 했다.

잠시 망설였으나 마음이 더 급했다. 머뭇거릴 사안이 아니었다. 지체 없이 자리를 떠나 현장으로 달려가야 했다. 수지에게 "아빠 회사에 불이 나서 빨리 가봐야해."라고 말해놓고 현주에게 뒷수습을 당부했다.

이제 곧 수지의 차례인데 수지는 큰 낭패를 당한 듯 울먹거리며 "아빠 가지 마! 아빠 가면 안 돼!"라고 응석을 부리며 떼를 썼다. 수지로서는 납득이 되지 않는 일이었다. 서둘러 수지를 안아 올리며 달랬지만 수지는 분통을 터트리며 "몰라! 아빠 미워!"하며 토라져서 울음을 터뜨렸다.

유치원 선생님을 비롯하여 학부모와 아이들은 늘 명랑하고 쾌활하던 수지가 갑자기 심통을 부리며 엉엉 우는 모습에 모두 어리둥절했다. 담당 선생님과 현주는 서둘러 수지 아빠 회사의 공장에 불이 나서 '수지아빠가 삐~잉 삐~잉 소방관 아저씨처럼 불을 끄러 가야 한다.'고 말하면서 수지와 아이들을 달래자 모두 조용해졌다.

평소 아빠를 찾으며 즐겁게 재잘대던 수지는 그날 이후로 한동안 아빠를 멀리했고 아빠와 소원해졌다. 정우를 보면 "아빠 미워!" 소리치며 자기 방으로 뛰어 들어가곤 했다.

정우는 답답하고 속이 타들어 갔으나 속수무책이었다. 어찌할 방법을 몰라 애만 태웠다. 그로부터 한참 후 정우가 유럽 출장에서 돌아오면서 음악이 나오는 댄싱 퀸과 수지가 좋아하는 여러 가지 모양의 초콜릿을 선물로 사다주면서 다시 가까워질 수 있었다.

정우에게 이런 일은 비일비재했다. 모처럼 일요일 오후 가족들과 단란하게 보내려던 외출 약속이나 계획들이 직원들의 기습적 방문으로 번번이 취소되는 경우가 허다했다. 돌이켜보니 정우가 그의 가족들과 함께 오붓하게 보낸 시간은 손꼽아 셀 수 있을 정도로 가뭄에 콩 나듯 했다.

집에서는 어느덧 내어놓은 아빠, 내어놓은 가장이 되어가고 돈만 벌어다 주는 기계로 자신도 모르는 사이에 전락해가고 있었다. 정우의 아내는 수지의 재능을 핑계 삼아 친정 오빠가 자리 잡고 있는 뉴욕으로 떠날 준비를 소리 없이 착착 진행시키고 있었다.

바이올린에 소질이 있는 딸 수지가 중학교 2학년 가을 국내 유명 콩쿠르에서 주니어 부문 대상을 수상하자 집에서는 본격적으로 유학 준비를 시작했다. 뉴욕의 명문 음악학교인 줄리어드의 입학허가서를 받아본 후에야 정우는 비로소 모든 사태를 깨달았다.

정우의 수입만으로 수지의 음악 유학을 뒷바라지하기엔 다소 무리가 있었으나 처가가 있는 고향의 땅값이 신도시 개발로 천정부지로 치솟는 바람에 졸부가 된 처가의 덕과 얼마 전 돌아가신 장인으로부터 상속받았던 토지 일부를 처분하여 사놓았던 상가의 임대료 수입으로 부족한 재정적 문제는 그럭저럭 해결할 수 있었다.

이미 10년 전에 이민을 떠나 뉴욕에서 두 세 시간 거리에 떨어져 있는 코네티컷주의 덴버리 시 근교에 처남과 정우의 처가 공동구매하여 운영 중인 조그만 호텔이 있었다. 그의 처 현주는 이 기회에 친정이 있는 미국으로 가자며 남편인 정우에게 수시로 채근하고 있었다.

"우리 친정 식구들이 이민 간 지 10년이 다 되어가요. 아버지와 어머니가 당신이 한 살이라도 젊을 때, 미국으로 건너와 자리 잡는 게 어떠냐고 매일 채근하셔요.

당신 회사가 평생 우리 책임져 주는 것도 아니고, 당신 말대로 실적 떨어지고 경쟁에서 밀리면 끝이잖아요. 떼돈 벌어다 주는 것도 아니면서 맨 날 바쁘다는 핑계로 우리는 뒷전으로 밀려나 있고요.

요즘 불경기로 회사 분위기도 살벌하다면서요? 차라리 잘됐네요. 수지 없인 당신 못 살잖아요? 나도 이제 밤늦게 집에 들어오는 당신 혼자 기다리는 것도 지쳤어요."

사실 정우는 할 말이 별로 없었다. 회사에서 장래가 확실히 보장된 것도 아니고 언제라도 실적이 처지고 경쟁에서 밀리면 승진도 누락되고 사표를 써야 하는 것이 업계의 생리요 정글의 법칙이었다.

정우는 모아둔 재산이라야 그나마 처가에서 보태 준 돈을 합하여 장만한 중형 아파트와 약간의 저금과 수익을 바라보고 투자해둔 펀드와 주식 그리고 퇴직 시 받을 수 있는 퇴직금이 전부였다.

마음 한편에서는 '조금이라도 젊었을 때 이민을 가라'는 말과 함께 '젊은 부인 혼자 보내는 것은 정글에 내놓는 초식동물'이라고 충고하는 선배들의 조언도 귀가 따갑도록 들었다.

당시 정우는 직장인의 꽃이라 일컫는 이사 승진과 함께 총괄본부장의 승진을 앞둔 터라 처와 딸을 설득하기로 했다. 1~2년 더 이곳에서 최선을 다하고 마지막 인생의 불꽃을 태운 후 성과가 없을 때 미련없이 뉴욕으로 합류하겠다고 다짐을 한 후 그들을 미국으로 먼저 보낸 지 어느덧 5년의 세월이 흘렀다.

03. 올빼미의 도전

하계 올림픽, 동계 올림픽 그리고 FIFA가 주관하는 월드컵은 세계 3대 스포츠 대회로 전 세계인이 열광하는 제전이다. 대한민국은 이 3개 대회를 모두 성공적으로 개최한 몇 안 되는 인상적인 나라로 지금은 세계인의 뇌리에 각인되어 있다.

대한민국을 세계만방에 널리 알리고 본격적으로 중진국의 대열로 나아간 계기는 88 올림픽이 끝나고 90년대에 접어들어 독일의 라인강의 기적에 이어 한강의 기적을 이루며 힘찬 도약을 하는 시기였다. 한국 상품의 인지도가 올라가고 국격이 서너 단계 높아지면서 해외의 신뢰도 가파르게 상승하는 단군 이래 최대의 호황과 호기를 맞았다.

70~80년대 저임금을 바탕으로 중저가 생필품을 제조하여 수출하던 한국은 바야흐로 자동차, 선박, 철강 등 중공업 제품을 생산하기 시작했으며 가전제품, 컴퓨터 부품, 정유와 화학제품 등 선진국형 아이템으로 수출 주도형 성장으로 바뀌기 시작했다. 섬

유 및 의류 제품도 첨단 소재 개발과 디자인의 창조와 혁신으로 저가 상품 위주에서 벗어나 자가 브랜드를 내세운 중고가 아이템으로 탈바꿈하기 시작했다. 국가 전체적으로 활력이 넘치고 수출 강국으로 힘차게 발돋움하는 전진의 시기였다.

치열한 수출 현장에서 착실하게 업무를 배워나가던 5년 차 직원으로 대리를 거쳐 팀장에 오른 정우는 처음으로 해외 출장을 떠나게 되었다. 이제까지 위탁생산방식(OEM)을 위주로 하는 유럽과 미주지역 파트에서 일하던 정우는 자사 브랜드를 앞세워 동남아, 중동과 동구권을 아우르는 신규시장 진출을 개척하는 야심찬 프로젝트에 도전하는 적임자로 선정되어 어려운 임무를 맡게 되었다.

이번의 첫 출장은 홍콩, 싱가포르, 말레이시아의 쿠알라룸푸르를 거쳐 아랍 에미리트의 두바이, 사우디아라비아의 제다 그리고 쿠웨이트를 한 바퀴 도는 한 달간의 긴 여정이었다. 첫 출장이라 앞으로 펼쳐질 미지의 세계에 대한 기대와 흥분으로 밤새 뒤척이며 밤을 새운 정우는 다음 날 아침 현주와 수지의 배웅을 받으며 장도에 올랐다.

사실 이번 출장의 성패는 신제품 원단의 판매와 자사 의류 브랜드의 홍보, 그리고 새로운 거래처의 발굴에 달려 있었다. 동남아와 두바이에서의 상담은 순조롭게 마무리되어 계획보다 며칠 앞당겨 사우디아라비아의 제다로 향했다.

제다는 사우디의 서남단에 있는 항구도시로 상업의 중심지이며 풍부한 오일달러로 무장한 아랍의 거상들이 자리 잡고 있는 중동 지역의 요충지였다. 이곳에서는 기득권을 갖고 있는 일본과 떠오르는 신흥 한국과 상사들 사이에 치열한 경쟁이 벌어지고 있었다. 한국 상품들의 품질이 향상되고 가격 면에서도 경쟁력을 확보하자 그동안 일본이 장악하여 왔던 시장 쉐어가 빠르게 잠식당하는 중이었다.

그러나 아직도 사우디 남자들이 즐겨 입는 하얀색의 로브와 여자들이 즐겨 입는 검은색의 아바야는 일본 제품이 장악하고 있었다. 정우는 이번 기회에 일본의 아성을 무너뜨리고자 그동안 철저하게 준비한 고급 소재 원단과 참신한 로브 디자인으로 한판 승부를 벼르며 이곳으로 날아온 것이다.

기대에 잔뜩 부풀었던 정우의 기대는 첫 거래처 방문부터 꼬이고 무너져 내렸다. 알 가다비로 알려진 사우디의 거상은 예멘에서 사우디로 귀화한 가문으로 제다에서 섬유를 비롯하여 최근에는 프랑스의 유명 브랜드 향수와 화장품까지 독점 판매하는 사우디의 대표적 거상 중 하나였다.

현지 에이전트의 안내로 인도인 사환을 앞세우고 거래처를 찾아 나섰다. 고층의 현대식 상가를 짓고 있는 건축 현장 사이로 미로 같은 아랍식 흙 벽돌 사이의 오래된 건물을 이리저리 지나 7~8분쯤 뒤따라 걸었다.

아랍의 도시 대부분은 과거의 아랍과 현대의 아랍이 혼재되어 있는 적나라한 모습을 보여주고 있었다. 불과 10년 만에 사우디의 곳곳은 현대로의 탈출을 시도하는 건설 현장이 도시 곳곳에서 벌어지고 있었다. 잠시 걸었음에도 무더운 사막 날씨로 정우의 이마와 등에서는 땀이 흘러내렸다.

바이어의 사무실에 다다른 듯, 인도인 사환이 문을 열고 무거운 샘플 가방을 내려놓는 사이 손수건을 꺼내 땀을 훔치며 정우는 책상 너머의 중년 사내에게 목례를 건넸다.

그 상인은 정우에게 시선도 주지 않은 채 인도인에게 아랍어로 큰소리로 뭐라고 얘기하자 인도인 사환이 멈칫했다. 정우가 무슨 일이냐고 물어도 아무 대답 없이 다시 가방을 들고 밖으로 나가려 했다.

순간 정우는 무슨 일인지 알고 싶어 그 아랍 상인을 다시 쳐다보았다. 그 아랍 상인은 망설임 없이 손짓하며, "코리아? 저팬?"이라고 물으며 "저팬, 오케이! 코리아, 노!"라고 불쾌하다는 듯 소리치며 밖으로 나가라는 손짓을 했다.

순간 정우는 안으로부터 끓어오르는 수치심과 오기가 동시에 발동했다. 일본인에게는 가위, 바위, 보를 해도 질 수 없다고 생각하며 살아왔는데 일본을 우대하고 한국을 업신여기는 이 아랍 상인의 콧대를 반드시 꺾어 놓아야 분이 풀릴 것 같았다.

밖으로 나가려는 인도인에게 샘플 가방을 거칠게 뺏어 들고 정우는 성큼 성큼 아랍인 앞으로 걸어 나가며 단호하게 큰 소리로 외치듯 말했다.

"I am Korean. Why? No Korea!(난 한국 사람이요. 왜? 한국은

안 된다는 거요?)"

갑작스런 정우의 도발적 언행에 놀란 그 아랍 상인은 겁에 질려 자리에서 일어나 몇 걸음 뒷걸음치다가 간신히 뒤에 있는 의자에 걸터앉았다. 아랍인을 정면으로 응시하며 정우는 인도인에게 재빠르게 통역을 시켰다.

"나는 오늘 제다를 처음 방문했으며 첫 방문회사로 당신네 '알 가다비 상사'를 특별히 선택해서 찾아온 제일기업의 이정우 팀장입니다. 한국에서도 '알 가다비'상사는 신용도 높고 평판도 좋은 회사로 알려져 있어 꼭 거래를 하고 싶어 찾아왔습니다. 더구나 아랍 사람들은 정이 많고 친절하여 처음 보는 손님도 친절하게 맞이한다고 들었는데 내가 잘못 알고 있나요?

정우는 상대방이 말할 틈도 주지 않고 속사포처럼 쏘아붙이고 통역 마치기를 기다렸다.

멋쩍은 미소를 지으며 통역을 듣고 있던 그 아랍인은 "아쌀람 알라이쿰"하며 악수를 청했다. 정우에게 미안하다는 사과와 함께 의자를 권하며 홍차를 내왔다. 그들은 서로 명함을 나누며 정식 인사를 나누었다. 40대 초반으로 보이는 그의 이름은 '아부드 알 가다비'로 '알 가다비'의 둘째 아들로 현재 섬유 부문을 맡고 있다고 했다.

정우는 궁금해서 왜? 한국 사람을 들어오지 말라고 했는지 물었다. 그는 나쁜 뜻은 없었다며 사실 한국과는 10년 전 아버지 때부터 사업을 시작하여 좋은 관계도 맺고 한국과 장사하여 돈도 많이 벌었다고 실토했다. 그런데 1~2년 전부터 한국 물건을 사면 손해를 보게 되어 결국 한국과 절대 거래하지 않기로 작정했다는 것이었다.

정우가 물었다. "품질에 하자가 있었나요? 납기에 문제가 있었나요? 가격이 비싸서?" 그는 아니라고 했다. 한국 물건은 가격도 싸고 품질도 좋고 납기도 잘 지키며 10년 전에 비해 클레임 해결도 성의 있게 하며 신용도 많이 좋아졌다고 했다. 그러면서 한국 사람들은 정말 장사할 줄 모르는 문외한이라고 안타까워했다.

일반적으로 품질이 좋아지고 물건이 부족하면 수요와 공급의 원칙에서 따라 값이 오르는 게 당연한데 한국 상품은 공급이 딸리면서도 반대로 가격이 하락하는 기현상이 보인다고 털어놓았다. 한국 상사들은 시장 상황과 반대로 서로 경쟁하며 가격을 조금씩 깎아 주며 오더를 받아가기에 혈안이 돼 있다고 한탄했다.

이곳에서 가장 인기 있고 없어서 못 파는 로브용 75데니어의 폴리에스터 화이트 원단도 성수기인 지난 몇 달 사이에 무려 50센트나 폭락하여 라마단을 앞두고 대량 구매했던 자기의 회사는 물론 많은 상인들이 큰 손해를 입었다고 했다. 더구나 성수기임에도 가격이 더 떨어질 것 같다는 루머에 도·소매상들이 구매를 꺼리고 있다고 했다.

가격이 얼마나 더 떨어질지 아무도 예측하기 어려운 사정이라고 했다. 이미 창고에 쌓인 물건이나 선적 중인 물건도 값이 내려가 모두 손해 볼 것이 뻔한데, 누가 더 한국 상품을 사겠느냐는 이야기였다.

이런 이야기를 듣고 있는 정우도 아무 말을 못 하고 암담함을 느꼈다. 상사 간의 덤핑으로 무역 현장이 아수라판이 되고 있다는 점보는 듣고 있었지만, 이 정도로 심각한지 본사에서는 아무도 모르고 있었다.

분위기를 바꿀 겸, 정우는 잠깐 보여줄 게 있다고 말하고 샘플 가방을 열어 아부드에게 새로 개발한 신제품 원단과 로브 디자인을 보여주었다. 이 원단은 제일기업에서 H대 섬유학과와 산학공동연구 시범사례로 다년간 연구 끝에 야심 차게 개발해 낸 특허품으로 한국의 어느 회사도 만들 수 없으며 일본 상사도 아직 개발 중인 50데니어의 첨단 소재 중 하나였다,

아부드의 눈이 휘둥그레지며 만면에 웃음을 띠었다. 노련한 상인답게 역시 그는 원단을 볼 줄 아는 눈을 가지고 있었다. 원단을 이리저리 뒤집어 보고 손바닥 위에 올려놓고 터치하며 질감을 느껴보기도 하면서 '원더풀'을 연발하며 아주 흡족해하며 이런 신제품을 찾고 있었다는 눈치였다.

갑자기 근처의 모스크에서 긴 음절의 기도 소리가 스피커를 타고 길거리로 웅웅 울리며 들려왔다. 기도 시간을 알리는 방송이었다. 아부드는 아쉬운 표정을 지으며 차 한 잔 더 마시며 사무실에서 기다려 달라고 말하며 서둘러 밖으로 나가 모스크 쪽으로 향했다.

종교 경찰관들이 상가를 돌며 감시하고 있어 상인들은 자의 반

타의 반으로 기도에 참여했다. 오일 머니를 자랑하듯 새로 잘 지어진 모스크는 사막의 뜨거운 태양 아래 웅장한 자태를 뽐내며 무슬림을 끌어모으고 있었다. 손과 발을 깨끗이 씻고 해뜨기 직전부터 시작해서 메카를 향해 하루에 7번 기도를 드리는데 지금은 3번째 기도를 드린다고 했다.

경건한 의식을 마치고 알라신으로부터 좋은 가르침을 받은 듯 만면에 미소를 가득 띠며 아부드는 사무실로 들어섰다. 그리고 곧이어 악명 높은 아랍식의 끈질긴 흥정이 시작되었다. 그들은 상담하면서 서로 기세 좋게 가격을 놓고 밀당을 시작했다.

정우가 야드 당 5.5 달러에 가격을 제시하자 아부드는 정색을 하며 4 달러하며 거의 30% 정도 내린 가격을 제시했다. 정우가 아부드의 터무니없는 가격에 흔들림 없이 처음 제시한 가격을 주장하자 아부드는 웃으며 아랍식이라고 말하며 나시 20% 할인하여 4.5 달러를 불렀다.

가격 차이가 점점 줄어들고 있었다. 이는 상대방이 이 물건을 꼭 사고 싶다는 의사 표현이 틀림없었다. 상담은 지금부터 시작되는 느낌이었다.

정우는 정색하며 처음 제시한 가격이 합당한 가격으로 너희가 충분한 마진을 볼 수 있다고 했다. 아부드는 끈질기게 마지막이라며 10% 디스카운트하여 5달러를 불렀고 더는 물러나지 않겠다는 시늉을 했다.

정우는 마지못한 척, 5.25 달러로 조금 낮춘 가격을 제시했다.

계속되는 가격 흥정은 벌써 30분이 지났음에도 서로의 주장만 되풀이되고 더 이상 진전이 없었다. 당시 시장가격의 형성은 스위스산 면 자수는 야드당 20달러, 일본산은 15달러, 한국산은 10달러 선에서 거래되었다.

　물론 스위스산은 일본제보다 일본산은 한국산보다 원단 및 자수의 품질이 뛰어났기에 가격이 더 비싼 것은 말할 필요도 없이 누구나 인정했다. 그리하여 시장의 인식과 가격 형성은 아이템을 불문하고 한국산은 대략 일본 유사 제품의 70% ~ 80% 선에서 이루어졌다.

　정우는 진심을 담아 말을 이었다. 이와 비슷한 일본 제품의 샘플을 보여주며 아부드에게 시장 가격이 얼마인지 되물었다. 6달러라는 대답이 들려오자 정우는 정색했다. 일본제보다 품질이 더 뛰어난 우리 제품을 헐값에 팔 수 없으며 6 달러 이상을 받아야 한다.

　하지만 나는 당신과의 첫 거래이기 때문에 우호 가격인 5.5달러까지 양보하겠다. 그리고 향후 1년 동안 물량을 담보한다면 당신에게 독점권을 주겠다고 정우는 당근을 제시했다.

　아부드는 정말 끈질기게 물고 늘어졌다. 그는 한참 동안 정우의 말을 들어주는 척하더니 파이널, 파이널을 외치며 5.1 달러를 정말 마지막 가격이라고 선언하며 서운한 표정을 지으며 일어섰다,

　정우는 내심 책정한 가격은 5.15 달러였기에 아부드가 최종 제시한 가격을 그냥 받아들여도 될 만한 흥정이었으나, 독점공급조

건을 붙여 어느 정도 물량을 확보해야 이 아이템을 제다 시장에서 장기간 유통시킬 수 있다고 판단했다. 그래서 월간구매물량이 10만 야드 이상이면 가격을 맞추어 줄 수 있다고 역 제의를 하였다.

"이런 특수하고 한정적인 아이템은 독점공급, 독점 판매를 함으로써 가격을 유지하고 시장 지배를 보다 쉽게 할 수 있을 것입니다. 아브드 씨, 내 말 믿고 한번 시도해 보세요. 손해날 일 없을 겁니다. 우리 회사는 당신에게 독점공급, 독점판매권을 드리고 그 약속을 지킬 겁니다.

그리고 한 가지 더 알려드리지요. 만약 당신이 이 계약을 원치 않으면, 우리는 스미토모(住友) 상사를 통해 접근한 '알고 사이비'훼밀리와 이와 똑같은 조건으로 계약할 수 있습니다. 우리는 일본 상사를 통하지 않고 한국 에이전시와 일하기 위해서 딩신을 찾아온 것입니다."

닥터 '알고 사이비'는 동부 담만 지역의 토호였다. 그는 현 정부에서 건강복지부 장관을 지내고 있는 실세 중 한 인물이었다. '알가다비'상사는 사우디와 아프리카 시장을 놓고 '알고 사이비'와 박 터지게 경쟁하는 상대였다. 아브드가 찔끔하는 모습을 곁눈으로 보며 정우는 "나는 가능하다면 당신과 이 거래를 꼭 하고 싶습니다."라고 진심을 전했다.

정우의 진심이 통했던지 고민하던 아부드는 한국 상사와 다시 거래하는 것과 물량가격 등은 모두 중요한 사안이라 혼자 결정할 수 없으니 2, 3일만 기다려 달라고 하며 이틀 후 다시 만나자고 했다.

중동지역에서의 거래는 "인내심을 갖고 기다려야 한다."는 선배와 상사들의 조언을 상기하며 정우는 흔쾌히 동의했다. 아랍인들은 '신의 뜻대로'라는 '인샬라'를 외치고, 내일을 뜻하는 '브크라'를 연발하는 장기전의 명수이자 가격 후려치기의 달인이라 했다.

이틀 후 다시 만난 정우와 아부드는 오랜 지기처럼 다정하게 반갑게 악수를 나누었다. 자리에 앉자마자 그는 당장 계약하자고 하면서 물었다.

"월간 생산 물량이 얼마인가요? 월간 최대 50만 야드입니다. 그럼 최대 얼마만큼 공급할 수 있는지요? 하나의 시장에 최대 30%까지 15만 야드 정도 가능합니다. 15만 야드로 시장을 독점하기는 어렵습니다. 최소한 20만 야드는 공급해 주시고 대신 가격은 5달러로 디스카운트해 주세요. 그리고 시장 상황을 보아 추가 공급도 고려해야 합니다."

아부드는 가족회의에서 한국 회사와 다시 거래하는 것을 반대하는 의견을 자기가 강력하게 나서서 극복하고 물량과 단가에 대한 논의 끝에 어렵게 합의가 이루어졌다며 정우에게 협조를 구했다. "이 비즈니스는 당신과 나를 위해서도 꼭 성공해야 합니다."라고 힘주어 말했다.

정우는 예상 밖의 큰 물량을 과감히 발주하는 그들의 큰 손에 놀라움을 금치 못했다. '알 가다비'는 역시 거상 중의 거상이었다. 그들은 이 신제품으로 시장을 석권하고 큰 이익을 낼 수 있다고 확신하고 있는 듯했다.

더 이상 실랑이할 필요가 없었다. 거상답게 통 크게 나오는 그들에게 정우도 합당한 예우를 해야 한다는 생각이 들어 기분 좋게 그의 제의를 받아들였다. 야드당 5달러, 물량은 월 20만 야드(100만 달러)의 거래로 1년간 총 200만 야드 1,000만 달러어치를 독점 공급하기로 합의하고 본사에 상세한 내용을 타전하여 내락을 받은 후 계약서에 최종적으로 서명했다.

회사에선 환호성이 터지고 초대형 계약을 이뤄낸 정우에게 격려와 칭찬이 쏟아졌다. 정우는 자기가 한 것이 아니라, 그동안 시장에서 쌓아온 제일기업에 대한 신뢰와 더불어 마침 신제품 개발이 시장의 수요와 맞아떨어져 서로가 윈-윈 하는 초대형 계약이 성사되었다고 겸손하게 보고했다. 정우로선 상담조차 못 할 뻔한 위기를 패기와 뚝심으로 극복하고 이번 출장의 최대 과제인 신제품 판매를 성공리에 수행한 것이었다.

정우는 아부드와 맞닥뜨렸던 사우디에서의 첫째 날이 문득 떠올랐다. 낯선 이국땅에서 처음 보는 외국인에게 거침없이 대들었던 자신의 행동은 과연 용기였는지? 치기였는지? 가늠하기 어려웠다.

정우는 일본과 비교하여 한국을 차별하는 아부드의 무례한 말한마디에 자신도 모르게 분기탱천하여 오기가 끓어올랐던 것이다. 그는 자신의 젊은 날 광기와도 같은 담대함이 어디에서 왔을

까를 자문했다.

　까마득히 잊고 지내던 시절. 나락의 끝까지 추락하여 암울했던 재수, 삼수 시절과 30개월의 군대 생활이 주마등처럼 뇌리를 스쳤다. 어쩔 수 없어 억지로 끌려다니던 이류 대학생활 1학년을 마치고 정우는 입대했다.

　신체와 정신이 건강한 대한민국의 젊은이는 누구나 조국을 수호할 신성한 국방의무가 있었다. 정우는 선배들이나 주위의 친구들처럼 징집영장을 받고 이듬해 군에 입대하였다.

　논산으로 떠나는 정우를 배웅하며 평소 말이 없으시던 아버지께서 한마디 언급하시며 당부하셨다. "어디서든 최선을 다해라. 군대에서도 솔선수범하고 최선을 다해라. 남들이 군에서는 대충하고 넘어가라지만 넌 그래선 안 된다. 너도 그렇게 생각하지 않겠지만 말이다. 그리고 건강하게 아무 탈 없이 잘 다녀와라."

　정우도 군 입대를 앞두고 선배들은 그에게 한결같이 충고했다. "군대에선 중간만 가라. 절대 1등 하지 마라. 너만 고달파진다."고 그들은 앵무새처럼, 금과옥조인양 떠들어대는 똑같은 소리를 반복했다. 그러나 정우의 생각은 달랐다. 군대라고 해서 다를 것은 없다. 아버님의 당부가 아니더라도 그는 매사에 최선을 다하리라 다짐하며 군 생활을 했다.

　어느 누구는 군대에서 아까운 청춘을 썩혔다고 했지만, 정우는 2년 6개월의 군대생활이 아깝지 않았고 오히려 배운 것 또한 적지 않다고 생각했다. 논산 훈련소의 10주간 신병훈련을 통해서 그들은 부모님의 사랑을 깨닫고 가족과 사회의 소중함을 느끼고 비로소 국가가 그들에게 어떤 존재인지 알게 되었다.

특히 유격훈련은 정우의 심신을 강화하고 단련시킨 소중한 학습과 경험의 광장이었다. 정우는 유격을 통하여 인간의 무한한 잠재 능력을 경험했으며 '불가능을 가능케 하라'는 유격대 구호대로 훈련을 받아들이고 업무를 수행하면서 말할 수 없는 값진 경험을 했다. 애초에 불가능은 없었다. 스스로 불가능하다고 느끼고 있을 뿐이었다.

유격은 적의 기습적 공격에 아군이 유리한 전황을 이끌어 내기 위한 전투 훈련이다. 따라서 유격훈련은 치열한 게릴라전을 수행함에 필요한 극기 훈련과 체력단련을 위주로 한다.

로마제국의 군인들은 "훈련은 피 흘리지 않는 전쟁, 전쟁은 피 흘리는 훈련"이라 했다. 유격훈련장에는 각종 장애물 코스가 있고 인간이 가장 공포를 느낀다는 11m 높이의 막 타워에서 인내와 담력을 키우는 훈련이 행해진다. 참호격투는 물론 악명 높은 PT 체조로 시작하여 8km의 산악구보로 유격훈련은 대장정을 마친다.

정우의 부대는 춘천에 주둔하는 1군사령부 직할 단위부대로 사단 유격훈련과는 달리 부대원 각자가 유격훈련장을 개별적으로 입소하여 1주간의 훈련을 받아야 했다. 유격훈련명령을 받은 정우는 선임 병장으로 상병 1명, 일병 2명을 인솔하여 춘천 북쪽의 샘 밭에 있는 집결지로 출발했다.

집결 장소에는 소문대로 악명 높은 유격대 조교들이 트레이드 마크인 빨간 모자를 쓰고 유격훈련 병사들을 줄 세운 후 겁을 주며 눈을 부라렸다. 화천의 오음리 유격장까지는 도보 행군으로 4시간 거리임에도 군기가 바짝 든 유격병들은 전력 질주하듯 산악을 달려 3시간 만에 38도선 이북에 있는 유격장 막사에 도착했다.

오음리 유격장은 38선 이북에 위치해 있어 6.25 전에는 북한군이 주둔했던 곳이다. 막사는 인민군이 사용하던 1개 분대 9인용 붉은 벽돌로 지어져 왠지 으스스한 느낌이 들었다.

계급장도 떼고, 명찰도 떼고, 대신 올빼미 번호가 달린 유격 복장으로 갈아입자 첫날부터 고된 훈련이 시작되었다. 정우도 이름 대신 108번 올빼미로 불렸다. 일명 죽음의 체조라는 PT 체조로 훈련이 시작되었는데, 조금만 동작이 틀려도 조교 앞에 불려나가 호된 기합을 받아야 했으므로 올빼미들은 죽기 살기로 따라 했다.

유격대 조교들은 군기를 바짝 잡으며 고삐를 늦추지 않고 유격병들을 정신없이 몰아쳤다. 그래야 정신을 바짝 차린 훈련병들이 방심하지 않고 험하고 힘든 유격훈련을 사고 없이 무사히 마칠 수 있기 때문이었다.

첫날부터 PT 체조와 산악구보 등으로 육체의 한계를 극대화하는 과정 속에서 정우는 고난도 훈련에 하나씩 적응해 갔다. 넷째 날은 로프 타기와 암벽타기로 유격훈련은 강도가 점점 높아지면서 고도의 집중력이 요구되는 훈련이었다. 집중력이 떨어지면 안전사고가 날 수 있어 훈련병 모두가 숨소리조차 죽이며 극도로 긴장했다.

숙달된 조교는 90도 각도의 깎아지른 암벽 위로 밧줄을 타고 능숙하고 민첩하게 하강하는 시범을 보였다. 모두가 겁을 먹고 두려워하며 웅성거리자 조교들이 정렬! 정렬!을 외치며 훈련병들을 절벽 앞에 일직선으로 세웠다.

조교들은 날 선 목소리로 복창! 복창!을 외쳤다. 훈련 조교는 우리들에게 "푸쉬-업(팔굽혀펴기) 100회 실시!"를 명령했다. 정우는 갑자기 어안이 벙벙해졌다. 평소에 운동 좀 하는 애들도 20회 ~ 30회 하면 많이 하는 축에 드는데 100회라니 도저히 자신이 없어 죽었구나 생각했다.

하나! 둘! 셋! 넷! 구령에 맞추어 따라가는데 어느새 20회가 지나고 30회도 지나고 50회에 이르렀지만 정우에게는 신기하게도 힘이 남아 있었다. 조교의 힘찬 구령에 맞추어 100회를 가뿐히 마치자 정우는 물론 모든 훈련병들은 안도의 숨을 내쉬며 뒤로 나자빠졌다.

대열이 흐트러지자 빨간 모자의 조교는 또다시 호통을 쳤다. 이 새끼들 군기 봐라! 100회 재실시! 이렇게 반복하기를 열 번, 훈련병들은 생전 처음으로 푸쉬-업 1,000회를 해내는 기적을 연출했다. 푸쉬-업 1,000회를 마치고 난 그들 앞에 더 이상 불가능은 없어 보였다.

그들은 모두 자신감에 차있었고 불가사의하고 불가능한 일을 해낸 자신들이 자랑스러웠다. 유격대의 구호 '불가능은 없다. 있으면 가능케 하라'를 자나 깨나 외치게 했던 이유를 이제야 이해할 수 있었다.

10분 전의 자신들과 지금의 자신들은 전혀 다른 세계를 경험하고 있었으며 무엇이든 해 낼 수 있을 것 같은 불굴의 투지와 자신감이 넘쳐나고 있음을 훈련병 모두는 느끼고 있었다.

기적은 이것만이 아니었다. 마지막 날은 단독군장으로 8㎞ 구보를 완주하여 모든 교육을 끝내고 수료증을 교부받아 자대로 귀대하는 날이었다. 만약 구보에서 한 사람이라도 낙오되면 그 소속 부대원 전원은 재교육을 받아야했다. 이것이야말로 나만이 아닌 우리를 일깨우는 군대의 생리였다.

8㎞ 구보는 강원도 산자락의 비탈길을 오르내리는 난코스로 체력이 고갈된 상태에서 6월의 폭양 아래 수통 차고, 탄띠 매고, 철모 쓰고, 개인 화기를 든 채 20kg의 단독군장으로 장거리를 달려야 했기에 낙오병들도 심심치 않게 발생하는 마지막 관문이었다.

정우와 부대원 3명은 군화 끈을 단단히 조여 맨 후 마음을 단단히 먹고 마지막 구보를 시작했다. 모두 완주할 수 있다는 자신감을 보였으나, 정우는 평소의 훈련에서 자주 열외되었던 PX병 김일병이 미덥지 못하여 조심스레 그의 뒤를 따라갔다.

들리는 소문에 의하면, 그는 별 셋의 빽으로 PX병이 됐다고 했다. 4㎞ 구간에 다다를 때부터 일병 두 명이 조금씩 처지기 시작했다. 속도를 조금 늦추며 반환점을 향해 계속 달려갔다. 반환점에 다다랐을 때 정우 일행은 물론 구보하던 모든 유격대원들이 환성을 지르며 앞다투어 달려 나갔다.

반환점을 돌자 도로 양쪽으로 길게 늘어서서 물동이와 커다란 물받이 그릇을 내놓고 바가지 한가득 씩 물을 떠주는 아가씨들과 때론 머리 위로 시원하게 물을 끼얹어 주는 여인들의 아름다운 광경이 펼쳐지고 있었다.

더위에 지치고 목마른 병사들을 위하여 오음리 일대의 음식점과 유흥주점의 아가씨들이 모두 나와 격려하며 박수를 쳐주고 물을 떠주며 응원하는 모습에 물 한 모금 얻어 마신 군인들은 다시 활력을 찾고 힘차게 반환점을 돌아 뛰어나갔다.

평소 유흥가의 아가씨들을 경원하던 정우도 가슴이 뭉클해졌다. 저들도 환경만 바뀌면 얼마든지 사랑받고 아름다울 수 있다는 사실을 새삼 깨달았다. 말뚝에 치마만 둘러도 모두 여자처럼 보인다는 주체할 수 없는 젊은 군인들에게 그들은 모두 천사이며 미스 코리아처럼 보였다.

반환점을 돌면서부터 김 일병과 박 일병은 지친 기색이 역력했다. 정 상병과 말없이 눈짓을 나누며 김 일병과 박 일병의 소총을 하나씩 나누어 메고 정우는 일행을 다시 독려하며 이끌었다. 30도를 넘는 무더운 날씨로 인해 모두 점점 지쳐가는 가운데 뒤로 처지는 병사와 낙오하는 병사들의 모습이 간간히 보이기 시작했다.

간신히 버텨가며 헉헉거리며 구보하던 김 일병이 마지막 2㎞

지점의 죽음의 언덕을 남기고 더는 못 뛰겠다며 도로 위에 털썩 주저앉았다. 죽으면 죽었지 더는 못 뛰겠다는 듯 괴로운 표정을 지으며 가슴을 움켜잡고 '나 잡아 잡수'하는 표정을 지었다. 그대로 두면 영영 못 일어날 것 같다고 직감한 정 상병이 수통을 꺼내 물을 마시라고 건네며 좋은 말로 타일렀다.

"여기서 낙오하여 유급이 되면 그동안 고생한 보람도 없이 우리 모두 지옥 같은 유격대에서 1주일을 또다시 보내야 해. 힘들어도 조금만 더 뛰자. 너만 힘든 거 아니야. 박 일병과 나도 힘들지만 어렵게 버티고 있는 거야."

김 일병은 못 들은 척 얼굴을 찡그리며 가슴을 부여잡고 아예 길바닥에 누워 버렸다. 순간 정우의 손이 번쩍 올라가고 김 일병의 뺨을 후려치며 일갈했다.

"너 한 놈 때문에 우리 모두 유급을 당할 순 없어. 기어서라도 가야 해. 빨리 일어 낫!"라고 소리치며 김 일병을 난폭하게 잡아 일으켜 세우며 그의 철모를 벗겨 한 손에 들고 구보를 재촉했다. 평소 말없이 후임병을 챙겨주던 다정다감하던 정우의 호통에 놀란 김 일병은 정신이 번쩍 들어 후다닥 일어섰다.

김 일병의 눈앞에는 두 자루의 소총을 어깨에 메고 자신의 철모를 들고 서 있는 정우의 모습이 어리자 그의 가슴이 찡하게 울려오는 듯했다. 자신도 해야겠다는 투지가 일었는지 철모도 벗고, 소총도 없어 몸이 홀가분해진 김 일병은 정 상병의 부축을 받으며 힘을 내어 다시 뛰기 시작했다.

올빼미의 도전

잘났든 못났든 고참병에게는 신참과는 다른 무엇이 있었다. 군대에선 짬밥이 결정적 순간 위력을 발휘했다. 어깨에 소총 두 자루를 메고 한 손에는 철모를 들고 앞장서 뛰면서 정우는 군가를 선창했다.

구보 중에 군가 제창!, 군가는 진짜 사나이! 하~나, 두~울, 하~나, 두~울. 하나, 둘, 셋, 넷. 모두 소리 높여 '진짜 사나이'를 우렁차게 부르며 다시 달리기 시작했다.

"사나이로 태어나서 할 일도 많다만
너와 나 나라 지키는 영광에 살았다.
전투와 전투 속에 맺어진 전우야
산봉우리에 해~뜨고 해가 질 적에
부모 형제 나를 믿고 단잠을 이룬다."

이어서 '행군의 아침'과 '진군가'를 불렀다. 힘겹게 따라붙던 다른 부대원들도 군가를 함께 부르며 힘을 냈다. 군가 아닌 군가 '성냥공장 아가씨'를 부를 때는 모두 한 옥타브 더 높이 목청껏 소리 높여 불렀다. 군가를 부르며 모두 하나가 되어가면서 어디서 났는지 모를 힘과 용기가 부대원 전체에게 불끈불끈 솟아남을 느꼈다.

우렁찬 군가는 피 끓는 청년의 정열을 불러일으키는 강렬한 힘을 지니고 있었다. 힘든 훈련을 마치고 귀대하는 병사들의 지친 걸음을 어루만져주고 일으켜 세우며 단결력과 일체감을 조성하여 모두가 힘을 얻고 하나 되게 하는 마법 속으로 자신들도 모르게 빠져들었다.

마지막으로 언덕을 향해 모두 힘을 다해 뛰어오르자 드디어 저 멀리 유격대 연병장으로 향하는 포플라 가로수 길이 푸른 잎을 반짝이며 도열하듯 양쪽 길로 나란히 서있는 모습이 한눈에 들어왔다.

모두 환호했다. '최후의 5분이다 끝까지 싸워라'를 소리 높여 부르며 연병장을 향해 뛰었다. 그리고 유난히 힘들고 험난했던 6월 오음리 유격의 대장정을 무사히 마쳤다.

군복무 시절의 힘든 경험도 지금은 다시 그리워지는 추억이 되었다. 추억에서 깨어난 정우는 호텔로 돌아와서도 아부드가 안타깝게 얘기하던 모습이 자꾸 떠올랐다.

한국에서도 간간히 S 물산, H 상사, D 인터내셔날 등 재벌기업들이 수출실적을 늘리려고 앞다투어 투매를 하며 시장 질서를 교란하고 있다는 이야기를 듣고 있었지만, 이 정도로 심각할 줄은 상상을 못 했다.

결국 그 피해는 고스란히 섬유 전문 업체로 전가되어 머지않은 장래에 섬유 전문 기업들은 하나둘씩 채산성이 떨어져 재무구조가 부실하게 되고, 결국은 경쟁력을 잃고 도산하게 될 것이었다.

주력업종이 섬유가 아닌 재벌기업이나 다른 대기업들은 이러한 상황이 '강 건너 불'로 치부될 수 있겠지만, 섬유업이 불황의 늪에 빠지더라도 그들은 섬유업에서 철수하여 섬유 이외의 업종에 손을 내밀면 되었다.

이와 같은 덤핑과 투매사례는 섬유를 비롯하여 의류업종뿐 아니라 전 업종에 걸쳐 자행되고 있는 망국적 행태였다. 관련 단체와 정부는 이를 방관하고 있었다. 이는 덤핑이든 출혈경쟁이든 내일을 내다보지 않고 달러만 들어오면 만사형통이라는 수출주도형 팽창 위주의 정책이었다.

건설 붐을 타고 중동지역에 진출한 건설업체의 경우는 그 도가 극심했다. 공사비 전액의 30%에 달하는 선수금을 수령하는 관행에 맛을 들여 원가에도 못 미치는 덤핑으로 대형 공사를 따내 건설회사들은 중동 건설시장을 그야말로 쑥대밭으로 만들었다. 그들은 막대한 선수금을 국내로 들여와 부동산 투기에 쏟아부어 천문학적 부를 축적했던 것이다.

그러한 부조리를 알고 있으면서도 국내 주요 일간지들은 마치 어마어마한 공사를 수주하여 국위 선양을 한 것처럼 호들갑을 떨었다. 중동 지역에 나가 있는 양식 있는 한국인들은 새로 지은 초현대식 건물들을 바라보며 "건물 둘 중 하나는 한국에서 공짜로 지어 준거나 다름없다."고 말하며 씁쓰레했다.

가전제품 또한 예외가 아니었다. 기술력과 품질에 앞서는 L 전자를 따라잡겠다고 뒤늦게 해외시장에 뛰어든 S 물산과 D 인터내셔날은 앞다투어 저가공세로 세계 가전 시장을 휘젓고 다니는 바람에 "TV 모니터 한 대 팔아도 1달러가 안 남는 아이템으로 전락했다."고 출장 중에 만난 L 상사 직원은 푸념을 늘어놓았다.

아무리 경쟁의 시대라지만 왜 한국 사람들은 또는 한국 회사들은 국제적 봉 노릇을 하고 비웃음을 받아가며 공멸을 가져오는 식의 사업을 계속하는 것일까? 거기에는 분명 여러 가지 피치 못할 사정이 있을 테지만 우선 자기들만 살고 보자는 소아적 이기주의가 제일 클 것 같았다.

우선 회사 입장에선 수출을 계속해서 달러를 벌어들여야 은행권으로부터 값싼 이자의 무역금융을 빌려 쓸 수 있고 정부로부터 정책금융까지 얻어 낼 수 있었다. 결과적으로 주변 환경이 수출상사들에게 수익보다 매출을 우선하며 수출 드라이브로 달러를 벌어들이는 수출 경쟁에 뛰어 들게 만들었기 때문이다.

무조건 수출 실적을 많이 올려야 실력과 능력 있는 인재로 치부되어 승진 가도를 달리는 세상이었다. 비즈니스의 'B'자조차 모르고 비즈니스의 개념조차 정립이 안 된 채 상사의 직원들은 무역 현장이나 수출 현장에 학도병들처럼 무작정 투입되었다.

일본 상사들은 달랐다. 정우가 필요한 원자재를 구매하려고 일본 상사에 문의하면 같은 스펙의 원자재 가격은 마루베니도 스미토모도 닛쇼이와이도 모두 같은 가격이었다. 기본물량이나 추가주문물량에도 그들의 오퍼 가격은 모두 각본을 짠 것처럼 흔들림이 없었다. 그래서 그들의 상품에 더욱 신뢰가 가는 것 같았다.

이와 달리 한국 상사들의 행태는 전혀 달랐다. 해외 거래처에서 물량을 늘려 다시 오퍼하면 가격을 내려주었고, 다른 회사가 수주하기 전 서둘러 오더를 수주해 갔다.

외국인의 눈에는 분명 한국 상사맨들의 개인적 자질과 실력이 일본 상사맨들보다 더 뛰어난 것처럼 보였다. 그러나 막상 상담에 들어가 거래를 하다보면 일본 상사맨들이 훨씬 조직적이고 효율적으로 일하는 것 같다고 외국의 수입상들은 평했다.

일본은 국가와 국민 모두 유럽을 가든, 미국을 가든, 중동을 가든 세계 어디서나 1등 국가, 1등 국민의 대우를 받을 자격이 있었다. 우리가 인정하기 싫지만 객관적으로 그들은 충분한 자격을 갖추고 있었다.

04. 첫사랑

바라보고만 있어도 한없이 좋으며 둘이 마주하고 있으면 더욱 가슴 설레며 전율하는 듯 벅찬 행복감으로 차오르는 사랑이란 무엇일까? 수필가 알랭 드 보통은 "사랑은 인간이 구현할 수 있는 가장 아름다운 행위"라고 말한다. 남녀 간의 진솔한 사랑이야말로 삶에 있어 최고의 선이며 우리가 경험할 수 있는 가장 값진 생의 선물이기에 세상 여자들은 자신의 삶을 온통 뒤흔들어 놓는 처절하고 가슴 시린 열렬한 사랑 놀음을 후회 없이 한 번쯤은 해보고 싶어 하는 것이다.

'용기 있는 자가 미인을 얻는다.'라는 서양의 속담처럼 사랑은 저절로 이루어지거나 쉽게 얻어지는 것이 아니라 사랑은 노력하고 헌신하고 경쟁 속에 쟁취하는 것임을 우리에게 시사하는 것이다. 사랑은 서로를 배려하고 존중하며 상대를 위하여 자신이 무엇을 할 수 있는지 열과 성을 다하여 찾아가는 가운데 그 사랑의 진실된 모습과 진정성에 이끌려 서로에게 호감을 갖게 되고 자신도 미처 깨닫지 못하는 사이 어느덧 상대방의 친절과 매력에 깊이 빠져들게 된다.

"성숙한 사랑은 더 많이 인내하고 배우며 노력해야 얻어지며, 살아있는 동안 마음껏 사랑해도 아쉬움이 남을 텐데 후회하지 않고 사랑하는 법을 배우는 것만으로도 우리들의 인생은 짧다"고 '도대체 사랑'이라는 책을 통해 곽금주 교수는 우리에게 여러 가지 사랑론을 들려준다.

정우는 대학 시절 사랑하는 여인이 있었다. 군에서 제대하고 대학에 복학한 후 처음 만난 여인이었다. 그녀는 정우가 복학하던 해 수석으로 졸업하고 모교에 남아 조교로 있으면서 대학원에서 석사과정을 밟고 있는 장래가 유망한 재원이었다.

어느 봄날 강의를 듣고 나오던 정우는 위층에서 내려와 그의 곁을 스치며 교수실로 들어가는 여학생을 발견하고 가슴이 마구 뛰었다. 그녀를 처음 본 순간부터 정우는 자신도 알 수 없는 열정의 늪으로 조금씩 빠져들어 가고 있음을 느꼈다. 아마 그녀가 바로 그녀일 것이라 확신하며 옆에 있는 국문과 친구에게 물었다.

"금방 교수실로 들어간 애, 올해 수석 졸업한 그 애 맞지?"

국문과 복학생인 그는 네가 어떻게 그녀를 알고 있느냐는 듯 궁금한 낯빛을 하였다. 다시 그녀를 보게 될 일은 없을듯하여 정우는 쓴웃음을 지었다. 그러나 눈을 감으면 그녀의 단아하고 이지적인 모습이 눈앞에 아른거렸다. 좀처럼 그녀에 대한 환상을 지울 수가 없었다.

그러나 정우에게 어찌할 뾰족한 방법이 있을 리 없었다. 그녀가 복학생인 자기를 쉽게 만나줄 리가 없었다. 설사 한 번 만나본들 달라질 그 무엇이 있겠는가? 정우는 자신의 처지를 생각해서 꿈을 깨야 했다.

그해 가을, 그녀를 만날 수 있는 행운이 기적처럼 아니 차라리 운명처럼 정우에게 다가왔다. 정우는 그것을 느낄 수 있었다. 그리고 이 절호의 기회를 놓치지 말고 잡아야 한다고 다짐했다.

정우는 창간하는 학보사의 영자신문 편집장을 맡게 되었다. 정우는 궁리 끝에 금년도 수석 졸업생인 그녀의 글을 싣기로 하고 그녀에게 자신이 직접 원고 청탁을 하러 가기로 했다. 이제 자연스럽게 그녀를 만나는 데 아무런 문제도 없을 것이었다.

10월 중순의 가을 하늘은 구름 한 점 없이 높고 푸르며 날씨는 맑고 깨끗했다. 정우는 휘파람을 불며 교정을 가로질러 국문과 교수실로 향했다. 그녀의 이름은 유림으로 국문과 조교로 재직 중이었다.

정우는 심호흡을 한 번 한 후 교수실을 노크했다. 바로 그녀가 얼굴을 내밀었다. 반쯤 열린 문을 잡고 서서 낯선 정우를 바라보며 그녀는 "무슨 일로 왔나요?" 하고 물었다. 그녀는 잠깐 스쳐 지날 때 보았던 모습보다 훨씬 더 아름답고 단아한 얼굴을 하고 있었다. 뛰는 가슴을 진정하며 정우는 자신을 소개했다.

"이번에 창간하는 영자 신문사의 편집장 이정우입니다. 창간호인 만큼 금년도 수석 졸업하신 유림 님의 글을 싣고 싶습니다. 후

배들을 격려하는 글이나, 본인의 작품, 에세이 등 어떤 형태로의 글이든 모두 좋으니 꼭 실어주셨으면 감사하겠습니다."

정우는 상대에게 최대한의 예우를 갖추면서도 힘 있고 자신 있게 말했다. 그녀는 정우의 말이 끝나기를 기다린 후 "죄송합니다. 시간이 없어요"라며 단호히 거절했다.

그녀에게서 당황해하고 난처해하는 표정이 잠시 스쳐 지나가는 것을 놓치지 않은 정우는 더 이상 밀어붙이지 않고 오늘은 이쯤에서 물러나야 되겠다고 생각하며 후배들을 위해 좋은 글을 써주시면 좋겠다는 말로 여운을 남기고 발길을 돌렸다.

꼬박 일주일을 기다린 후 정우는 다시 그녀를 찾아갔다. 두 번째 만남 역시 그녀는 들어오라는 말도 없이 정우를 교수실 밖에 세워 둔 채 대화를 했다. 정우는 자존심이 상하고 슬며시 오기가 났다. 그러나 정우는 원고 청탁서와 원고지를 정중하게 내밀며 다시 요청했다.

"창간호인 만큼 유림 씨, 당신의 글을 꼭 싣고 싶습니다. 재학생들도 유림 씨의 글을 반가워할 것입니다"

그러면서 정우는 금년 2월 졸업 시즌에 D 일보에 실렸던 각 대학 수석 졸업자의 프로필에서 보았던 그녀에 대해 잠깐 언급했다.

"E 중·고교 수석 졸업에 본 대학 수석 졸업까지 내리 수석 3관왕을 했으니 정말 대단합니다. 뵙게 돼서 정말 영광입니다."

말을 건네자 그녀는 잠시 부끄러운 듯한 얼굴로 딱딱했던 표정을 풀고 정우를 응시했다. 칭찬은 고래도 춤추게 하듯 비로소 정우를 제대로 마주하며 그의 존재를 인정하는 듯한 반응을 보이며 마지못해 원고청탁을 받아들였다.

원고 마감에 임박하여 보름 후쯤 세 번째로 유림을 찾아 나섰다. 정우의 거듭된 강요로 마지못해 응낙했던 그녀는 조금 쓰다 만 영문 원고를 들고 나와 나머지는 도무지 자신이 없어 쓸 수가 없었다고 했다. 의외의 고백이었다. 자존심이 강한 그녀가 머뭇거리며 말을 이었다.

"처음 써 보는 영작문이라 글쓰기가 쉽지 않군요."

부끄럽고 창피하다는 듯 말을 건넸다. 정우는 순간 머리가 번뜩였다. 그리고 그녀를 향하여 고개를 치켜세우며 당당하게 말했다.

"한글 원고는 준비가 다 됐나요? 제가 번역하여 드릴 테니, 그 원고를 주십시오."

정우는 그녀가 마지못해 건네주는 원고를 보물인 양 품에 간직하고 편집실로 돌아왔다. 그녀의 전공답게 연암 박지원의 고대소설 허생전을 현대적으로 요약하고 평전을 쓴 감상문 형식의 작품으로, 그녀의 고전에 대한 해박한 지식이 돋보이는 내용으로 우화적인 소재를 재치 있게 잘 엮어 썼음이 한눈에 들어오는 글이었다.

창간호는 우여곡절 끝에 여러 가지 어려움을 극복하고 한 달 보름 만에 발행할 수 있었다. 모두들 영문으로 작성하는 글이라 쉽게 원고를 마감하지 못하고 시간이 지체되었으나 미국인 선교사로 극동방송 국장으로 일하시던 레스번 교수님의 도움으로 여러 번의 수정과 교정을 거쳐 간신히 날짜에 맞추어 타블로이드판 4면의 영자신문 창간호가 발행된 것이다.

신문이 나오자마자 정우는 신문과 원고료를 챙겨 들고 유림을 만나러 국문과 교수실로 찾아갔다. 영자 신문과 함께 원고료를 건네자 그녀는 원고료는 받지 않겠다고 한사코 거절했다. 원고료가 생각보다 엄청나게 많아 부담을 느끼고, 자신이 직접 쓰지 않았다는 점을 들어 그녀는 완강히 거부했다.

정우는 웃으면서 원고는 분명히 그쪽에서 쓰신 것이고 저는 단지 번역을 했을 뿐이니, 정 그러시다면 번역료 대신 점심이나 저녁을 한번 사주면 된다고 얘기했다. 그제야 그녀는 "아! 그러면"이라고 짧게 내뱉으며 마지못해 받아들였다.

정우는 그녀가 일주일이나 이주일 후에는 반드시 전화해 올 것이라고 확신하고 기다리고 또 기다렸다. 그러나 그녀의 전화는 한 달이 다 지나가도록 걸려 오지 않았다. 정우는 맥이 빠지고 실망감에 젖어 들었다.

학기말 시험이 끝나고 종강하던 12월 중순 오후 정우는 예기치 않게 유림의 전화를 받았다. 전화가 늦어져서 미안하다는 사과와 함께 2~3일 후 오후에 시간을 낼 수 있느냐고 물었다. 그녀 또한 학기 말 논문 준비로 바빠서 시간을 낼 수 없었던 것이다.

그녀는 대학 근처에 있는 카페 피렌체로 정우를 초대했다. 카페 피렌체는 아라베스크 문양과 코린토 장식이 잘 어울리는 중세

풍의 세련된 이탈리아식 인테리어와 파스타가 일품인 고급 식당으로 근처에서는 정평 있는 레스토랑이었다.

정우와 유림은 대화를 나누기 시작한 지 얼마 되지 않아 곧 이주 오래전부터 잘 알고 지내던 지기처럼 금방 서로에 대해 친밀감을 느끼기 시작했다. 허생전 평전으로 시작된 대화는 한국 고전에 얽힌 얘기로 꽃을 피웠다.

유리부인의 황조가와 신라 향가 처용무와 고려가요를 줄줄이 외어대며, 쌍화점과 동동에 얽힌 남녀의 상열지사와 이조시대의 청산별곡과 정철의 송강가사에 이르기까지 그들은 시공을 넘나들며 이야기를 무궁무진하게 이어나갔다. 그녀는 정우가 영문학을 전공하고 있음에도 불구하고 자기와 대화를 나눌 만큼 해박한 고전 지식에 감탄했다.

백제 가요인 정읍사(井邑詞)에 대한 대담에서는 남편의 무사 귀환을 기다리는 가녀린 여인의 감성을 섬세한 언어로 표현한 뛰어난 운율에 공감하며 서로 바라보며 소리 내어 읊조렸다.

정읍사

달하 노피곰 도다샤
어긔야 머리곰 비취오시라
어긔야 어강됴리 아으 다롱디리
져재 녀러신고요

어긔야 즌 대를 드대욜셰라

어긔야 어강됴리

어느이다 노코시라

어긔야 내 가논 대 졈그를셰라

어긔야 어강됴리 아의 다롱디리.

　멀리 장사를 떠난 정인이 어두운 밤길에 넘어지지 말고 다치지 말고 무사히 돌아올 수 있게 달님께 높이 떠서 환하게 밤길을 비추어 달라는 기원으로 새벽마다 정화수 떠 놓고 천지신명께 지아비와 자식들의 건강과 안녕을 바라는 기도를 올리는 우리나라의 어머니와 아낙네의 가슴 찡한 모습이 떠오르는 노래였다. 정인의 무사 귀환을 애타게 기다리는 여인의 심정을 이보다 더 절실하고 절묘하게 표현할 수 있을까? 정우는 백제 여인의 진한 마음이 아니라 유림의 깊고 따뜻한 눈길이 자신에게 비치는 듯 착각이 들었다.

　그들은 시간 가는 줄도 모르게 상대방의 이야기에 공감하며 조금씩 벽을 허물어가면서 서로가 아주 오래된 친구처럼 가까이 더 가까이 느껴졌다. 오히려 오랜 세월을 돌고 돌아 마침내 인연의 꼭짓점에 이제야 도달했다는 아쉬움도 잔뜩 묻어 있었다.

　대학원에서 석사과정을 밟고 있는 그녀의 전공 분야는 민속학이라고 했다. 최근에는 강릉 단오제의 별신굿에 대한 연구를 하고 있어 해마다 오월 단오제가 되면 강릉 남대천으로 달려간다고 했다.

그해에도 음력 5월 5일 강릉단오제는 성황리에 막이 올랐다. 일행은 유림과 정우 그리고 지도교수님과 재학생 등 다섯 명으로 모두 민속학을 전공하거나 관심을 갖고 있는 사람들로 특별히 이번 단오제에서 공연되는 '강릉별신굿'에 대한 기대가 크다고 했다.

닷새에 걸쳐 시즌굿, 성주굿, 장수굿, 심청굿을 올리고 마지막 날 대나무 굿으로 막이 내리는데 신목인 대나무를 내려 성황님이 그동안의 굿을 흡족하게 보셨는지 알아보는 굿으로 잡고 있는 시목이 떨리거나 세게 흔들리면 그동안의 여러 굿에 만족했다는 뜻이라고 했다.[03]

가면극과 대맞이 굿으로 피날레를 장식하고 닷새에 걸친 축제가 끝나고 파장을 하면 그동안 흥겨움에 들떠있던 사람들의 마음 한 곳에는 어딘지 모를 허탈감 속에 진한 외로움이 찾아든다.

축제기간동안 여기저기 쫓아다니며 자료를 수집하고 채록하느라 정신없이 바빴던 그들 일행은 학회 일로 서둘러 서울로 돌아가시는 교수님을 배웅한 후 경포대의 어느 횟집으로 찾아들었다.

주인아주머니는 그들 일행을 아주 잘 아는 듯 몹시 반기며 바다가 훤히 보이는 창가로 안내했다. 넓고 푸른 바다와 시원한 바닷바람은 그동안 쌓였던 피로를 말끔히 씻어주는 듯했다.

그동안의 노고에 대해 서로서로 격려하고 다독여주며 한자리

---

03. 강릉단오제의 전승과 비전, 강릉대 인문학 연구소 편에서 발췌 인용

에 모여 앉아 오랜만에 긴장을 풀고 맥주와 소주잔을 기울이며 이야기꽃을 피웠다. 시간 가는 줄 모르고 밤새 이야기를 나눌 수 있는 젊음은 활기차고 거리낌이 없어 좋은 것이었다. 화제는 자연스레 굿 이야기로 이어졌다.

굿당에서 무당이 보여준 초능력과 신들림으로 인해 영매에 관한 갑론을박이 벌어졌다. 영매에 관한 존재론과 세습무와 강신무 중 누가 더 영험이 있는지? 신은 과연 존재하는지? 그들의 대화는 며칠 밤을 새도 다 끝내지 못할 정도로 시종 진지하게 이어졌다.

버선발로 날이 시퍼렇게 바짝 선 작두 위에 올라가 신명이 나서 덩실덩실 춤을 추는 무녀를 보며 과연 그들은 무슨 생각을 했을까? 그것은 인간의 초능력인가 아니면 마귀나 귀신 들린 사람의 이적인가? 끝없이 이어지던 대화도 자정을 넘기고 하나둘씩 자리를 떠나 숙소로 돌아가자 정우와 유림도 자리를 털고 일어나 밤바다를 보기 위해 바닷가로 나섰다.

부드러운 감촉이 그의 허리 사이를 파고들며 그녀가 살며시 팔짱을 꼈다. 잔잔한 파도 소리만 들리는 고즈넉한 해변의 모래언덕에 앉아 그들은 먼바다와 밤하늘을 올려다보았다. 초승달 사이로 은하수와 별빛이 그들의 어깨 위로 쏟아질 듯 반짝였다.

밤공기가 차갑게 느껴져 정우는 웃옷을 벗어 유림에게 걸쳐주었다. 피곤한 듯 그녀가 머리를 그의 어깨에 살며시 기대왔다. 바람결을 타고 그녀의 상큼한 향기가 스치며 그의 영혼을 흔들었다. 정우는 유림을 마주 바라보며 애정이 가득한 미소를 지으며 "사랑해 영원토록"이라 속삭이며 그의 입술을 그녀에게 가져갔다.

기다리고 있었다는 듯 받아들이는 그녀의 입술은 촉촉하게 섞어 부드럽고 매우 감미로웠다. 첫사랑의 첫 키스는 온 세상을 품은 듯 벅차고 황홀하며 환희 그 자체였다.

그들은 손에 손을 맞잡고 마주하며 오래도록 행복감에 젖어 들었다. 바라보고만 있어도 좋은 사람, 함께 있음으로 더없이 행복해지는 사람, 이토록 지혜롭고 사랑스럽고 아름다운 여인과 사랑을 하게 된 것이 정우에게는 크나큰 행운으로 느껴졌다.

그녀는 늘 생동감이 넘치고 말 한마디 한마디 마다 재치가 있어 사랑스러웠다. 일상에서 보이는 그녀의 행동이나 말에는 한 치의 흐트러짐도 없었다. 정우는 그녀에게 매료되어 그녀의 '팬'이 아닌 그녀의 '편'이 되어 주기로 했다.

인기가 떨어지면 멀어지는 팬이 아닌, 비가 오나 눈이 오나 항상 그대를 지키는 그대의 영원한 편이 되어 설혹 그녀가 세상의 온갖 비난과 질타를 받아도 변함없이 그녀를 지키는 그녀를 위한 방패가 되리라 생각했다. 그녀의 모든 것을 좋아하고 존중하기에……

페트라르카가 라우라를 연모하여 써 내려간 연시는 정우의 마음과 닿아있었다. 시인은 그녀를 향한 마음을 다음과 같은 시로 표현했다.

성스러운 아름다움을

다른 곳에서 찾고자 하는 것은
헛된 노력이라.
그녀가 그토록 아름답게 굴리던
그녀의 두 눈을
일찍이 본 적이 없는 사람은,
그녀가 얼마나 달콤하게 호흡하고
얼마나 다정하게 말하며
또 얼마나 사랑스럽게
웃는지 모르는 사람은
사랑이 어떻게 치료하고,
또 어떻게 죽는지 모른다네.[04]

또한 정우는 그녀를 위해서라면 모든 것을 다 주어도, 모든 것을 다 바쳐도 아깝지 않다고 생각했다. 영원히 그녀를 지키며 그녀와 함께하는 삶이 되기를 갈망하기에⋯⋯.

석사과정을 마치고 박사논문을 준비하는 과정은 녹록치 않아 보였다. 끊임없이 민속학 자료를 모으고 고증해야 하며 또한 구전되어 내려오는 얘기를 채록하느라 그녀는 지방 곳곳을 자주 찾

---

04. 프란체스코 페트라르카, 칸초니에레. 이상엽 (나남, 2005)

아다녔다.

　간혹 유림은 산골의 외딴 마을이나 남해의 섬마을에 사는 촌로나 무속인을 찾아 혈혈단신으로 길을 나섰다. 그녀는 귀중한 자료를 하나라도 더 모으고 점점 사라져가는 구전설화나 이야기를 보존하고 후대에 남기는 일이 자기가 지금 해야 할 사명이라고 생각하고 있었다.

　유림은 가끔 느닷없이 정우에게 전화를 걸어 채록을 위해 먼 남도 지방으로 떠난다고 알려오곤 했다. 정우가 그녀의 이러한 돌발적 이야기를 듣노라면 정우는 몸에 전율이 일어나고 가슴이 저려왔다.

　그녀와 동행하지 못하고 알 수 없는 험지로 홀로 보내는 자신이 늘 미안하고 안타까운 마음뿐이었다. 그러나 유림은 아무 걱정 말라는 투로 정우를 안심시켰다.

　유림과의 데이트는 늘 갑작스럽게 이루어졌다. 학업과 논문 준비로 시간에 쫓기는 그녀는 며칠씩 밤을 거의 뜬눈으로 지새우고 난 후 기진맥진한 목소리로 전화를 했다.

　"나 벌써 며칠째 잠도 못 자고 피곤해 죽겠어! 맛있는 거 사줄 거면 지금 나갈게!"

　정우는 그럴 때면 군말 없이 모든 약속을 취소한 채 그녀를 명동으로 데리고 나가 가장 맛있는 점심식사나 저녁을 함께했다. 한 달 또는 두 달에 한 번 정도 찾아오는 귀중한 시간을 맞아 같이 보내는 시간은 그들 모두 즐겁고 행복했다.

정우를 만나면 유림도 공부하느라 지친 심신을 추스르고 원기를 회복하고 재충전하여 또다시 연구에 몰두할 수 있었다. 그녀에게 첫째 애인은 자신이 가장 사랑하는 학문이었고, 둘째 애인은 정우였다. 그러나 정우는 불평한 마디 하지 않고 그녀를 받아들이고 그녀와 함께하고 그저 바라보고만 있어도 행복하다고 느꼈다.

정우는 희고 깨끗하며 정갈한 그녀의 손을 몹시 좋아했다. 그녀의 손은 너무 곱고 수정처럼 아름다워 섬섬옥수라는 표현 그대로인 듯 손에 손을 잡고만 있어도 가슴이 뛰었다. 가벼운 포옹과 입맞춤으로도 그들의 가슴은 뛰고 행복했다. 정우는 그녀를 진정 사랑했고 경외하였으므로 당장 육체적 욕망은 충분히 억제할 수 있었다.

정우는 결혼하기까지 그녀의 육체를 탐하지 않고 순결을 지켜주는 것이 서로의 사랑을 숭고하게 지키는 일이라 믿었으며, 그녀에게 육체적 욕망을 갖는 것조차 수치스러운 일처럼 생각했다. 두 연인은 충분히 서로를 느끼고 향유하며 사랑하고 있었다.

박사과정 3년 차에 들어가자 유림의 집에서는 과년한 딸자식이 결혼하지 않은 채 공부에만 매달려있는 것이 걱정되어 혼사 문제를 들고 나왔다. 유림은 아직 못다 한 공부가 남아있었고, 정우는 졸업 후 직장생활을 시작한 지 얼마 되지 않은 초년병으로 결혼 준비가 되지 않은 상태여서 그들은 결혼에 대한 구체적 생각을 못 하며 지내고 있었다.

어머니와 언니들의 성화에 못 이겨 어쩔 수 없이 맞선자리에 끌려 나가는 그녀는 무척 고역스러웠다. 유림의 의사를 묻지도 않은 채 일방적으로 잡은 날짜와 시간에 맞추어 어머니와 언니의 성화를 어쩌지 못하고 호텔 커피숍으로 내몰리듯 나가야 했다. 유림은 맞선을 본 후일담을 담담하게 대수롭지 않은 듯 얘기했으나 당사자인 정우는 심기가 불편함을 숨길 수 없었다.

집안과 집안이 연결되어 만나는 맞선 자리였기에 상대는 대개 유림을 마음에 들어 하는 듯했다. 개성 상인의 집안 내력과 큰 사업체를 운영하는 상대의 집안에서는 박사 며느릿감에 대한 호기심도 높았다.

1차 맞선에서 결혼에 관심이 없음을 넌지시 밝혔음에도 불구하고 두 번째 약속을 요청해 오면 유림은 반드시 친구나 후배를 한두 명 데리고 나갔다. 사실상 무언의 거부였다. 어머니와 언니의 체면을 세워주려면 두 번쯤은 만나 주어야 뒤탈이 없을 터였다.

"그쪽도 그러시겠지만 저도 어머니와 언니의 성화에 못 이겨 잠시 끌려 나왔어요. 전 생각하고 있는 사람이 있어요. 그리고 공부도 더 해야 합니다."

그럼에도 상대방이 언니나 어머니를 통해 재차 만남을 요청해 오면 그녀는 말없이 이번에는 4~5명의 제자나 후배를 데리고 나가 비싼 저녁 식사를 그들과 함께 실컷 즐기고 돌아왔다. 돈 많은 집안의 머리가 텅 빈 자들에게 써먹는 고전적 수법이었다.

그녀의 성격을 잘 알고 있는 어머니와 언니는 이러한 해프닝을 몇 차례 겪은 후, 지쳤는지 더 이상 맞선 보라는 얘기는 하지 않고 그녀의 태도를 주시하며 네가 사귀는 사람이 있으면 집으로 한 번 데려오라는 독촉을 했다. 유림과 정우는 서로의 마음만 있을 뿐 아직은 때가 아니라는 생각으로 날짜를 차일피일 미루고 있었다.

한 해가 또 훌쩍 지났다. 유림은 유림대로 정우는 정우대로 열심히 살았고 앞날을 위해 일보씩 전진했다. 유림은 3년의 박사과정을 마치고 마지막 학위 논문을 제출하고 통과되기를 기다리는 중이었다.

이제 그들은 새로운 향로를 찾아 미지의 바다로 떠나야하는 분기점에 와 있었다. 아직 가보지 않은 길이 그들 앞에 놓여 있었고 그들은 그 길을 흐르는 세월 따라 구름에 달 가듯 어쩔 수 없이 따라갔다.

영남지역 구전민요의 자료를 수집하기 위해 유림은 경남 하동에 내려가 90세에 가까운 노인들과 일주일을 보내고 돌아왔다. 이런 노인들의 기억을 더듬어 민요를 채집·수록하는 일은 매우 힘들고 시간을 재촉하는 작업이었다.

하루 이틀 시간을 미루다가 갑자기 당사자가 병이 들거나 돌아가시게 되면 귀중한 자료를 더 이상 구할 수가 없게 돼 낭패를 보는 일도 있어 일정이 잡히면 유림은 지체 없이 현장으로 달려가야 했다.

노인들과 더불어 하는 작업이기에 쉬엄쉬엄 나누어 진행하는 바람에 꼬박 일주일을 보내고 귀가한 유림은 피로가 겹쳐 앓아누웠다. 하루 이틀 지낸 후 몸을 훌훌 털고 일어나려 했지만 유림은 온몸에 기운이 하나도 없고 식욕마저 없어 끼니를 걸렀다.

보다 못한 어머니가 서둘러 언니가 있는 병원으로 데려갔다. 산부인과 의사로 있는 언니는 X-RAY를 찍고 채혈을 하며 몇 가지 검사를 하였다. 이틀 후 병원을 찾아가자 언니는 차트를 들여다보며 걱정스런 얼굴로 종합병원으로 가서 정밀진단을 받아 보는 것이 좋겠다고 했다.

대학병원에 입원한 유림은 MRI 촬영도 하고 십여 가지에 이르는 검사를 받은 결과 최초에 악성 종양으로 의심되던 것들이 단순한 혹으로 판명되어 제거했지만 과거에 골반염을 심하게 앓은 적이 있어 난관의 손상과 폐쇄로 인해 임신이 불가능할 것 같다는 소견이 있다고 언니가 조용히 말해주었다.

게다가 유림이 30이 가까운 나이로 임신을 하면 무리가 가서 좋지 않으니 결혼해도 임신 및 출산은 절대 금기라고 했다. 유림은 정우를 떠올리며 눈시울이 붉어지고 왠지 미안한 생각이 들었다. 언젠가 결혼을 한다면 그건 당연히 정우의 몫이였다. 정우가 아닌 다른 어느 누구도 그녀의 가슴 속에 자리 잡은 남자는 없었다.

사랑하는 사람과 결혼하고 사랑하는 사람의 아이를 낳고 사랑하는 사람과 꼭 닮은 아이를 키우는 일은 여성에게 크나큰 기쁨이요, 행복한 삶일 것이라 생각했다. 그러나 자신이 그렇게 할 수 없는 운명이라면 평생 후회하며 가슴 쓰리고 아파할지라도 조용히 그 자리를 비우고 정우 곁을 떠나야 한다고 생각했다.

정우는 포부가 크고 야망이 있는 남자로 지금 걷고 있는 길에 결코 만족하고 있지 않음을 그녀는 알고 있었다. 내심 드러내놓고 말하고 있지 않으나 그는 공부를 더 하고 싶어 했다. 더 큰 세상, 더 넓은 세상으로 뛰쳐나가 더 의미 있는 일, 더 큰 일을 하고 싶어 했다.

가정 형편상 더 이상 공부를 할 수 없어 정우는 그 뜨거운 열망을 가슴에 묻어두고 현실에 순응하며 살아가고 있을 뿐이었다. 그래서 그는 자신이 다 못 이룬 꿈과 성취를 먼 훗날 자기 아이들이 이루어주길 기대하며 자기 후세를 위해 부모님들이 못다 해주신 성원을 기꺼이 어떤 희생을 무릅쓰고라도 이루어주고 싶다고 입버릇처럼 말하곤 했다.

페미니스트요, 휴머니스트라 자칭하는 정우는 아이를 최소한 셋은 낳아야 한다고 주장했다. 요즈음처럼 아이 하나만 낳아서 장난감처럼 애완견처럼 키우는 것은 부모의 이기심이라 지탄했다.

아이 하나라고 애지중지 키우며 모든 응석을 다 받아주고 키운 결과 아이는 이기적으로 독립심도 없고 어려움을 모르고 자라 험난한 세상을 살아가기에 너무 유약한 존재가 된다고 했다.

장성해서도 후일 부모님들이 모두 돌아가시면 그들은 형제자매 하나 없는 사고무친의 고아가 되어 고립무원을 맛보게 될 것은 자명한 일이었다. 형제자매와 어울려 자라는 것은 정서적으로 심리적으로 어려울 때나 힘들 때 서로 의지하며 도와가며 살아갈 수 있을 것이다.

병원에서 퇴원하고 핼쑥해진 얼굴로 연구실에 나간 유림에게 교수님께서 퇴원을 축하하시며 반가운 소식이 하나 있다고 전해 주셨다. 일본의 쓰쿠바 대학에서 좋은 조건으로 연구원 제의가 들어왔다며 검토해보라고 하셨다.

3년간 풀 스칼라쉽이라는 파격적 제의도 매력적이지만, 박사 학위 과정을 마치고 최종 논문을 준비하고 있는 그녀로서는 일본에서 심도 있게 연구하면서 학위를 받는 것은 장래에 순풍에 돛을 다는 격이었다.

쓰쿠바 대학 민속학 연구소는 민속학 분야에서 손꼽히는 곳으로 유림은 그곳에서 권위 있는 석학들의 지도를 받으며 자기 학문의 지평을 넓히고 싶었다. 그녀의 전공 분야인 민속학은 많은 자료를 모으고 관련 지역에 수시로 현지 탐방하여 자료나 고서적이 발견되면 수시로 구입해야 하는 등으로 꽤 많은 돈이 들어갔다.

정우의 한 달 치 봉급으로는 필요한 도서 구입과 경비조차 감당하기 벅찬 수준이었다. 그녀는 집안으로부터 아낌없는 후원과 지원을 받고 있어 별 어려움 없이 학문에 정진할 수 있었다.

정우는 자신이 무기력하고 한심하다는 자괴감을 떨쳐버릴 수가 없었다. 사랑하는 여인의 꿈을 위하여 자신이 해줄 수 있는 것이 아무것도 없는 것 같았다. 남자에게 여인을 사랑할 수 있는 자격은 진정한 사랑과 함께 자신과 사랑하는 연인의 꿈을 이룰 수 있는 능력과 헌신할 수 있는 역량을 갖출 수 있어야 한다고 생각했다.

'용감한 자가 미녀를 얻는다.'라고 했지만 현대 사회에서 용기만 가지고 사랑하는 여인을 얻을 수는 없다. 자질과 능력을 겸비하고 그들의 꿈을 함께 펼쳐나갈 수 있을 때라야 사랑을 얻을 수 있고 그 사랑을 지킬 수 있을 것이다.

민속학 분야에서 세계적으로 인정받는 쓰쿠바 대학에서 마지막 학위를 받고 싶다는 열망으로 그곳 연구원으로 떠나겠다는 유림의 말을 듣고 정우는 그녀를 보내야 한다고 생각했다. 지금 그가 할 수 있는 일은 아무것도 없었다.

그녀는 더 큰 세상, 더 넓은 세상으로 나가 그녀의 꿈을 펼쳐야 했다. 그녀를 붙잡고 있는 것이 능사가 아니었다. 사랑하므로 떠나보낼 수 있어야 했다. 그녀의 첫째 연인은 그녀가 사랑하는 학문이었으므로 그녀는 그해 봄에 쓰쿠바 대학으로 떠났다. 일본으로 떠나면서 그녀는 담담하게 말했다.

"3년이 걸릴지 5년이 걸릴지 모르겠어. 그러니 꼭 기다려달라는 말은 하지 않을게. 미래는 나 자신도 확신할 수 없을 테니까."

사람의 눈에는 그의 마음이 담겨있다. 눈은 마음의 창이므로 깊고 슬픈 눈길을 담은 그녀의 눈시울이 붉어졌다. 그녀는 한숨을 내쉬며 힘들게 말을 이었다. 사랑하기에 돌아오지 않을 수도 있다는 말은 입 안에서 맴돌 뿐 차마 정우 앞에서 꺼낼 수 없었다.

　멀리 떠나보내고 헤어져 지내는 것도 견디기 힘든 일인데 그녀의 마지막 말 한마디가 정우의 심장을 후벼 팠다. "꼭 기다려 달라는 말은 하지 않을 게. 미래는 나 자신도 확신할 수 없으니까."라는 말을 듣는 순간 정우의 심장은 얼어붙는 듯했다. 비수에 꽂힌 심장처럼 그의 얼굴이 창백해졌다.

　기다리지 말라는 모진 이야기를 그녀가 어떻게 내게 이토록 쉽게 던질 수 있단 말인가? 나와의 관계를 정리하겠다는 무언의 암시였을까? 그렇다면 나는 그녀에게 어떤 존재였단 말인가?

　유림이 다시 돌아오지 않을 결심을 하고 떠난 것을 까마득히 모른 채, 정우는 그녀의 마지막 남긴 말을 되새기며 불면의 밤을 보냈다. 그러나 말은 그렇게 하고 떠났어도 그녀는 분명 자신에게 다시 돌아올 것을 정우는 믿어 의심치 않았다.

　쉴 틈 없이 바쁘게 돌아가는 회사 생활과 숨 가쁜 일상은 마음의 고통을 빨리 잊게 하는 만병통치약이었다. 한 달 두 달이 훌쩍 지나가고 일 년 가까이 지나면서 그의 시야에서 유림의 모습이 조금씩 사라져갔다. 눈에 보이지 않으면 사랑도 식어간다고 했던가. 그야말로 "out of side, out of mind(보이지 않으면 마음도 사라진다)"였다.

　유림의 사랑이 견고하다고 믿었던 정우도 조금씩 세월이 흘러감에 따라 균열이 생기는 듯했다. 가끔씩 걸려오던 전화도 뜸해지기 시작했다. 정우의 일상은 일벌레가 되어 회사에서 일만하는 워크 홀릭으로 무미건조한 삶을 살아가고 있었다.

돌아오지 않을지도 모른다는 그녀의 마지막 말이 귓가에 맴돌수록 정우는 점점 그녀에 대한 꿈과 연민의 정이 가슴에서 조용히 소리 없이 스러져가는 것을 느꼈다. 그녀에 대한 추억도 오랜 옛날 일처럼 아득히 멀어져 가는 듯했다.

사랑을 위해서라면 어떤 전쟁도 불사하고 아무리 험한 일도 마다하지 않으나, 사랑이 없으면 아무 의욕도 없이 하찮은 역경조차 감내하기 힘들어할 것이다.

페트라르카가 일방적으로 연모하던 여인 라우라가 다른 도시로 떠나서 그녀의 모습을 보지 못하는 동안 페트라르카는 절망 속에서 다음과 같은 시를 남기게 된다.

> 지붕 위의 어떤 참새도, 숲속의 어떤 짐승도
> 나만큼 외롭지 않았네.
> 내가 그 아름다운 얼굴을 보지 못하고 또 다른 태양을
> 모르기 때문이며,
> 내 두 눈도 바라볼 다른 대상이 없었음이네.
> 눈물 흘리는 것은 항상 내 최고의 기쁨이고
> 웃는 것은 고통이며, 음식은 쓰디쓴 독약 같고
> 밤은 괴로움이며, 맑은 하늘은 내 마음을 어둡게 하고
> 그리고 잠자리는 힘겨운 전쟁터라네.

수면은 사람들이 말하듯 나에게는 정말
죽음의 친척이고, 삶 속 달콤한 생각에서
심상을 빼앗아가는 것이라네.

아름답고 행복한 이 세상의 유일한 마을이여
푸른 강둑들이여,
꽃이 만발하고 그늘진 들판들이여

그대들은 내 선(善)을 가지고 있고, 나는 울고 있네.
내가 살거나 죽거나 쇠약해져도
달빛 아래에
내 상황보다 더 고귀한 것은 없으며
내 고통의 뿌리는 참으로 달다오.[05]

---

05. 프란체스코 페트라르카, 칸초니에레. 이상엽(나남, 2005)

05. 결혼과 별리

유림이 쓰쿠바(筑波) 대학의 연구원으로 홀연히 떠난 후 3년의 세월이 흐르는 동안 정우와 유림은 각자 떨어져 자신들의 삶에만 몰두하여 세월만 흘려보낸 탓에 마음이 멀어지고 쌓였던 감정도 차츰 메말라갔다.

그런데 주위의 가까운 친구들이 하나둘씩 결혼해서 가정을 꾸리고 가장 절친했던 친구 석현마저 결혼하여 혼자 노총각으로 덩그러니 남게 되자 정우는 비로소 외로운 느낌이 들었다.

회사 일로 바쁜 와중에도 외로움을 달래기 위해 주말이면 틈을 내어 친구들과 어울려 연극이나 영화도 보고 연휴가 낀 주말에는 설악산이나 지리산으로 산행을 떠나기도 했다.

친구들과 함께 산행이나 때로는 산악회를 따라 떠나는 산행은 직장생활과 도시의 팍팍한 삶에서 찌든 때를 깨끗이 털어내 심신을 맑고 새롭게 하였다.

한국의 산과 계곡은 일본의 다소 인위적 산세와 중국의 거대한 자연 그 자체를 보는 것과 달리 매우 인간적 정취를 품고 있어 늘 어머니의 포근한 품에 안기는 것처럼 편안하게 느껴졌다.

정우의 친구들이 모두 결혼한 후 그들의 생활패턴이 신혼 위주로 바뀌면서 정우가 좋아했던 산행도 차츰 시들해지기 시작했다. 결혼 초기 그런대로 친구들의 모임에 빠지지 않고 참석하던 친구들도 첫 아이를 낳고부터는 점차 가정으로 돌아갔다.

유림으로부터 소식이 끊긴 것이 벌써 1년이 넘었다. 그동안 한국에 서너 차례 왔다 갔음에도 정우에게는 안부 전화조차 없었다는 것이 내심 그의 마음에 어두운 그림자를 드리웠다. 유림은 첫해, 두 번째 해에는 가끔씩 전화를 걸어오다가 3년 차에 접어들면서 아예 소식이 뚝 끊겨버렸다.

정우는 3년 기한으로 떠난 일본에서의 생활이니 유림은 이제 연구를 마무리하고 귀국 준비로 틈을 내기 쉽지 않을 거라고 자신을 달래고 있었으나, 섭섭한 마음만은 금할 길이 없었다. 서울에 있을 때조차 연구에 몰두하면 그녀는 5~6개월씩 소식조차 없다가 어느 날 불현듯 나타나던 스타일이었기에 정우로서는 마냥 기다리는 일밖에 달리 방도가 없었다.

정우는 가끔씩 유림의 집으로 전화하거나, 쓰쿠바 대학 연구소로 연락했으나 그녀와는 좀처럼 연결이 되지 않았다. 그녀로부터의 소식이 완전히 단절되기까지 오랜 기다림의 세월을 보낸 정우에게 따뜻한 봄날은 다시 돌아오지 않았다.

유림과의 인연은 그렇게 소리 없는 바람처럼 사라졌다, 유림은 정우를 진정 사랑했기에 징우의 앞날을 위해 그녀가 일본으로 떠날 때 다시 돌아오지 않기로 결심했던 것이다. 이런 속사정을 모르는 정우는 그녀에게 그 이유를 소리쳐 묻고 싶었다.

정우는 "너 어디 있어! 어디서 뭘 하고 있어!"하며 허공을 향해 소리를 질러보았지만 이러한 절규는 반향 없는 메아리에 불과했다. 정우는 차츰 지쳐갔다. 그는 배신감과 버림받았다는 허탈감으로 자포자기의 심정이 되었다.

이제 유림은 흔적도 남기지 않고 멀리 떠난 듯했다. 유림의 집으로 연락을 해보아도, 쓰쿠바 대학으로 전화를 해도 유람의 행방을 알 수 없었다. 그제야 정우는 유림이 자기에게 말하지 못하고 떠난 피치 못할 사연이 있을 것이란 짐작을 했다. 그러나 정우는 유림이 떠난 진정한 이유를 끝내 알 수 없어 안타까울 뿐이었다.

유림이 쓰쿠바로 유학을 떠난 후 소식이 끊긴지 오래였음을 알고 있는 친구들과 그들의 부인들이 멋진 여자를 소개해 주겠다고 했지만, 정우는 번번이 그들의 제의를 거절했다. 정우의 부모님도 삼십을 훌쩍 넘긴 그에게 "이제는 결혼해야 되지 않겠느냐?"고 성화였다.

그러나 마음에 짙게 멍울진 정우는 쉽사리 가슴을 열 수가 없었다. 유림의 빈자리와 그늘은 오래오래 정우의 가슴 속에 멍울져 남아있었다. 사랑했던 사람과 이별은 정말 가슴 아프고 괴로운 일이었다.

진정 사랑했던 사람과의 이별 후 남성들이 느끼는 슬픔과 외로움은 여성들보다 상처가 오래 남는다. 정우는 친구나 선배가 자연스레 마련해준 미팅도 계속 사양하자 주변에서도 이젠 선뜻 나서주는 사람이 없었다.

그래도 인연은 따로 정해져 있었다. 음대 강사인 선배 처제의 피아노 콘서트에 초대 받아 참석했던 어느 일요일 오후 세종문화회관 소강당에서 연주회가 끝나고 조촐한 다과회가 열렸다.

정우는 이 자리에서 지금의 처인 현주와 인사를 나누었고, 이 만남은 또 다른 운명처럼 소리 없이 그에게 다가왔다. 선배 부인과 같은 여고 선생인 그녀는 세련된 의상과 미모를 겸비한 이십대 후반의 여성으로 성격이 차분하고 깔끔해보였다.

"두 사람 오늘 드디어 만났네, 그동안 서로 소개를 시켜주려고 여러 번 기회를 마련했는데 오늘에야 얼굴을 보게 되는군!" "여기는 S 여대 출신 퀸카 현주 씨, 여기는 제일기업의 킹카 이정우 과장, 두 분 참 잘 어울리네요."

선배가 소개하자 현주는 정우의 이름을 들어 알고 있었다는 듯 미소를 지으며 고개를 까딱하며 인사했다. 사실은 오래전부터 현주에게 정우를 소개시켜 주려고 몇 번씩 자리를 마련하려 했으나 정우의 갑작스런 해외 출장 등으로 번번이 기회를 놓쳤다는 것이었다.

그들 일행은 2차로 자리를 옮겨 근처 호텔의 커피숍으로 향했다. 그날의 화제는 당연히 정우와 현주에게 쏠렸고 정우는 그날 저녁 모임이 늦게 끝나자 현주를 집까지 바래다주었다.

그동안 본의 아니게 바람을 맞혀 미안한 마음이 들었을 뿐만 아니라 정우는 상대를 배려하는 순수한 마음에서 밤늦게 귀가하는 그녀를 바래다주었다.

선배 내외는 정우와 현주의 만남이 잘될 것으로 믿고 애프터 미팅을 독려했다. 그들의 관심과 성원에 부담을 느낀 정우는 일종의 통과의례로서 예의상 애프터 미팅을 신청했다.

그녀는 첫 번째 만났던 인상과는 달리 선이 굵고 성격이 모나지 않으며 소탈하고 여자들에게 일반적으로 보이는 시샘이나 질투심 같은 것이 거의 없이 솔직담백했다.

그녀의 부친은 지방 도청의 고위직 출신으로 비교적 여유 있는 집안에서 자란 탓에 그늘진 구석 없이 밝고 자신감에 차있었으며 여자대학 의상과를 졸업하고 학교에서는 가정 과목을 가르치고 있었다.

정우는 현주 학교의 젊은 선생님 그룹들과 자주 어울려 영화도 보러 가고 주말에는 교외로 기차 여행을 떠나기도 했다. 그렇게 세월은 빠르게 지나가고 그들의 주변에서는 정우와 현주의 거듭된 만남을 결혼으로 치부하고 언제쯤 날짜를 잡느냐고 노골적으로 물어오는 사람도 있었다. 정우나 현주 모두 장난삼아 만날 나이는 아니었기에 그들은 서로의 만남이 조심스럽고 부담스러웠다.

지나간 세월 정우는 늘 유림을 마음에 품고 살았기에 다른 여인들에 대한 접근이나 관심조차 꺼려했다. 돌이켜보면 정말 자신과 잘 어울리고 자기를 좋아했던 여성들이 주변에 여럿 있었다. 그러나 대부분의 여인들이 정우의 무관심 때문에 눈치를 살피다 이제는 모두 그의 곁을 떠나가 버렸다.

유림도 떠나버린 지금 그는 깊은 생각에 잠겨 그와 미래를 함께할 반려자의 모습과 어떤 사람과 함께 해야 행복한 가정을 이룰 수 있을지를 곰곰이 자문해 보았다.

정우는 연애지상주의자로서 결혼은 무엇보다 사랑이 우선해야 한다고 늘 입버릇처럼 말했다. 첫사랑의 여인과 평생을 함께하는 꿈, 그것이 천국이던 지옥이던 영원할 수 있다면 그는 모든 것을 감내할 수 있으리라 믿었다.

정우와 현주가 만남을 거듭할수록 차츰 서로에게 호감을 갖게 되었다. 봄 · 여름 · 가을이 지나고 다시 겨울로 접어들자 그들은 이제 특별한 일이 없으면 시간을 내어 자주 만났다. 정우는 자기도 모르는 사이 어느덧 한 여인을 다시 사랑하기 시작했다.

정우는 현주마저 보내면 더 이상 자신과 어울리는 여인을 만날 수 없을 것 같았다. 그녀는 매력적이고 아름다우며 지성미를 갖춘 여인이었다. 양가에서는 두 사람에게 결혼을 독촉했다.

그들은 더 이상 머뭇거릴 것이 없었다. 겨울이 깊어가는 어느 토요일 오후 정우는 진심을 담아 현주에게 프러포즈를 했고 그녀는 이를 흔쾌히 받아들이고 그들은 만난 지 1년 만에 결혼했다.

첫째 딸 수지를 낳은 후 현주는 정우의 만류에도 불구하고 교사직을 그만두고 가정과 육아에만 힘을 쏟았다. 후일을 위해 휴직을 하되 교사직을 포기하지 말라는 주변과 정우의 조언에도 불구하고 그녀는 한 남자의 아내로서 한 아이의 엄마로만 살고 싶다고 했다. 아이들을 가르치는 일이 자신의 적성에 잘 맞지 않을 뿐더러 너무 힘이 든다고 했다. 대신 그녀는 집안 살림에 아주 충실했다.

부부 동반이 허용된 해외 출장이나 바이어의 초청에도 그녀는 어린 수지를 혼자 친정어머니께 맡기고 갈 수 없다며 번번이 고사하여 정우는 홀로 출장을 다녔다. 그녀의 모성애는 유별난 듯 잠시도 수지와 떨어져 지내지 못했다. 그녀는 집안 곳곳을 꾸미며 그림 같은 공간으로 연출하고 인테리어 작업도 손수 했다.

그들의 집은 항상 빛이 나고 청결하며 궁전과도 같이 안락했다. 그들의 집은 개방적 분위기와 행복이 넘치는 스위트 홈 같은 분위기로 이웃이나 그녀의 친지들은 자주 그들의 아파트로 찾아와 커피나 다과를 즐기며 시간을 보내곤 하였다.

그들의 집은 행복한 집의 상징처럼 개방되어 항상 친지들과 방문객이 끊이지 않고 즐겁게 나누는 대화와 웃음소리가 그치지 않았다. 그들은 아무 불만 없이, 크게 부족함 없이 서로 다정하고 행복한 부부로 수지와 현주가 미국으로 가기 전까지 그렇게 살았다.

줄리어드 스쿨은 세계 각국에서 몰려든 음악 영재들로 넘쳐났다. 주로 한국, 일본, 홍콩, 중국에서 온 아시아계 학생들이 많았고 중남미에서 온 라틴계 학생들도 가끔씩 보이고 미국에서는 특히 유태인계 자녀들이 눈에 띄게 많이 보였다.

명성 그대로 줄리어드의 음악 교육은 체계적이며 효율적인 교수법으로 그들의 영재를 교육시키며 엄격히 관리하며 훈련시켰다. 세계 최고 시설과 교수진의 헌신적인 노력과 심혈을 기울여 가르치는 제자 훈련과 개인 레슨으로 학생들이 실력은 일취월장했다. 때로는 의식적으로 동료들과 경합을 시키는 과정을 거치고, 치열한 경쟁을 극복하도록 스스로 혹독한 훈련과 연습을 통하여 기량을 연마하여 진정한 일류 음악가로 키워냈다.

대체로 한국에서 유학 온 학생이나 교민의 자녀들은 우수하며 뛰어난 재능을 갖고 있었으며 학생 자신은 물론 열정적인 부모의 관심과 후원은 줄리어드의 관계자들마저 감탄하고 때로는 지나친 관심과 관여에 질리기도 했다. 그들이 누구인가? 오늘의 정경화, 정명화, 정명훈을 길러내고 사라 장이나 장한나 같은 세계적인 바이올리니스트를 키워낸 한국의 부모가 아니던가? 그뿐이랴 골프의 박세리와 박지은을 만들어냈으며 2010년 1월 우리 온 국민은 물론 전 세계를 감탄시키고 경악게 한 우리의 자랑스럽고 아름다운 딸 '김연아'를 있게 한 그들이 아니던가? '김연아'! 그녀가 있어 그 해의 동계 올림픽 내내 대한민국은 얼마나 행복했으며 우리 스스로 자신이 한국인임을 얼마나 자랑스럽게 느꼈는가? 그녀는 대한민국과 한국인을 단숨에 세계인의 뇌리 속에 1등 국가로 1등 국민으로 확실히 각인시킨 위대한 업적을 남겼다. 동계스포츠는 그동안 유럽과 북미 국가를 위시한 부자나라들의 축제인 동시에 백인들 중심의 스포츠로 열렸으며 특히 피겨 스케이팅은 동계 올림픽의 꽃으로 아시아에서 금메달을 목에 걸어 본 적이 없는 난공불락의 요새였다. 김연아 는 역대 최고의 점수로 '여왕폐하'의 칭호를 들으며 전 세계를 감동의 도가니로 몰아넣었다. 오천 년 역사에 전 세계에 한국의 위상을 널리 떨친 이처럼 감격스럽고 영광된 날이 또 없었으리라.

수지는 학년이 올라갈수록 실력이 눈에 띄게 향상되어 졸업을 일 년 앞두고 스프링 콘서트에서 학생 대표로 연주할 기회를 얻음과 동시에 그해 가을 모스크바에서 열리는 차이코프스키 콩쿠르에 참가할 자격을 얻었다.

수지의 바이올린 연주 솜씨는 나이에 어울리지 않을 정도로 세련됐고 선곡에 대한 이해와 기교도 뛰어났으며 담대하게 연주했다. 수지는 그녀 또래를 뛰어넘는 최고의 바이올리니스트로 평가받고 있었다.

수지는 줄리어드에 입학한 후 이자크 펄만 교수로부터 계속 레슨을 받는 행운을 누렸다. 줄리어드에는 그녀 외에도 세상의 이목이 집중되는 뛰어난 어린 연주자들이 많았다.

따라서 줄리어드에서는 훌륭한 실내악단과 현악 중주단을 여러 팀 구성해서 콘서트도 열고 순회공연도 했다. 수지 역시 현악 4중주단의 멤버로 활약하며 틈틈이 솔리스트로 연주하면서 프로로서 경력을 쌓아가고 있었다.

수지의 4중주단은 수지가 제1 바이올린을 맡고, 제2 바이올린은 보스턴 출신의 와스프(Wasp) 후예 데이비드 스튜어트가 맡았으며, 비올라는 팔레스타인 이민자로 빼어난 미모의 에니카 라바키가 맡았으며, 첼로는 이탈리아계 미국인인 크리스티안 키엘리니가 맡았다.

　신록이 우거진 초여름 밤, 줄리어드의 메인 홀에서 수지의 현악 4중주단의 초연이 있었다. 연주자의 가족은 물론 친지들과 학생 및 관계자들이 모두 초청되어 그들의 초연을 흥분과 기대 속에 감상하는 콘서트가 열렸다. 콘서트는 하이든의 현악 4중주 D장조 작품 64-5 종달새를 선곡하여 2시간 가까이 연주가 진행되었다.

　현악기만으로 연주된 종달새는 풍부한 음량이나 다채로운 음색을 들려주지는 못했지만 종달새의 지저귐이 마치 아지랑이 낀 초록 보리밭에서 들려오는 듯 경쾌하고 밝은 음색의 아름다운 곡이었다.

　그들은 초연임에도 긴장하지 않고 실수 없이 성공적으로 연주를 마쳤다. 장내는 떠나갈 듯한 함성과 박수갈채로 젊은이들의 출발을 힘차게 격려하고 축하했다. 연주회가 끝나자 조촐한 칵테일파티가 열렸다. 이 파티에서 연주자들의 가족들이 자연스럽게 어울렸고 서로 인사를 나누었다. 수지의 가족은 어머니와 외할머니, 외삼촌과 외숙모 그리고 사촌들이었다.

06. 신화 속으로

미국 생활에 점차 적응해 나가고 있는 수지와 아내와는 달리 정우는 회사 일로 바쁘기만 할 뿐 무미건조한 생활의 연속이었다. 혼자 있을 때면, 정우는 자신이 진정 그리던 삶은 이런 것이 아니라는 생각이 문득문득 뇌리를 스쳤다. 사회 초년병 시절 꿈에 부풀어 패기와 열정 하나만으로 무섭게 내달리던 시절이 새삼 그리웠다.

세월은 무심히 흘러 그도 어느덧 불혹의 나이 40대 초의 나이가 되었다. 그는 이제 사회생활 13년 차로 사회의 오피니언 리더로 성장하였다. 그리고 회사에서는 총괄본부장의 중책을 맡고 있었다.

가족을 미국으로 떠나보낸 후 1~2년은 그런대로 버티며 지낼 만하였다. 그동안 틈틈이 출장차 미국에 들러 한 두번씩은 아내와 수지를 만나기도 하였다. 그러나 3년 정도 세월이 흐르자 만남도 줄어들고 전화조차 뜸해지면서 더욱 외로움에 젖어 들었다.

정우는 설날이나 추석 같은 명절에는 홀로 외롭고 쓸쓸하여 가족이 그리워져 창밖의 달을 바라보며 눈시울을 붉혔다. 외로움과 그리움에 사무쳐 세월을 한탄하던 금실 좋은 부부들도 해를 거듭할수록 차차 그 외로움에 익숙해져 오랜 세월이 지나 재결합하더라도 그 긴 세월 동안의 공백이 쉽게 채워지지 않는다고 했다. 그들은 평생 뿌리내리지 못하고 떠도는 부평초처럼 살아가는 인생일지도 모를 일이었다.

정우는 집에 돌아오면 마드린느와 무언의 대화를 나누고 파리지앵이 좋아하는 샹송을 같이 들으며 그들이 좋아하는 프렌치 파이와 와인을 마시고 그녀를 위한 일거리를 찾아 베란다의 화원을 가꾸고 열대어에게 먹이를 나누어 주는 일이 그에게 다소의 위안거리였다. 마드린느를 집에 데려온 지도 벌써 일 년이 되어가고 있었다.

일주일이 멀다하고 찾아오는 외국 바이어와 국내 중요 거래처의 접대는 총괄본부장인 정우가 맡아야 할 일 중의 하나였다. 정우는 오늘 내년도 사업계획과 관련하여 S/S 시즌의 상담을 위해 미국 LA에서 찾아온 '샤손사'의 부사장 '헨리 샤헤리'와 저녁을 같이하기로 했다.

샤헤리는 내년 시즌에 제일기업의 제품을 대량 구매하겠다고 정우에게 언질을 준 터라 저녁 식사 자리는 시종 화기애애한 분위기 속에 진행되었다. 장소는 세검정에 위치한 한정식을 전문으로 하는 '석파랑'이었다.

'석파랑'은 한 때 대원군의 별장으로 쓰이던 한옥으로 유서 깊고 운치 있는 고급 레스토랑으로 제일기업에서 자주 손님을 접대하는 장소의 하나였다. 밖에서 보기에는 여느 오래된 한옥과 다르지 않게 보였으나, 대문을 열고 들어가는 순간 한눈에 들어오는 풍경은 마치 병풍에 그려진 한 폭의 동양화를 보는 듯했다.

목조 건물의 본채가 자리 잡고 있는 정원 위쪽의 널찍한 바위 절벽 너머로는 소나무 숲이 빽빽이 병풍을 드리운 듯 솟아있어 편안하고 아늑한 분지에 둘러싸인 느낌이 들었다.

바위 절벽 사이로 난 돌계단을 오르면 대원군이 난을 즐겨 쳤다는 서너 칸짜리 별실이 운치 있게 자리 잡고 있어 집안과 정원을 한눈에 내려다볼 수 있었다.

'석파랑'에서는 한정식을 코스메뉴로 개발하여 외국인의 입맛에도 맞출 수 있도록 다양하게 준비했다. 모든 음식이 채소류와 육류와 보양식이나 건강식이 골고루 포함되어 있어 대부분 기호에 따라 거부감 없이 음식을 즐겼으며 곁들여 마시는 문배주나 홍주 또는 안동 소주 등과도 궁합이 잘 맞아 즐겁게 먹고 마셨다.

호텔 레스토랑에서 한정된 음식에만 익숙했던 사람들은 이곳 석파랑에서 정성 들여 만든 한국의 전통음식, 전통가옥과 정원 그리고 한국의 19세기 개화기에 얽힌 대원군의 에피소드를 들으며 한국의 유서 깊은 문화나 전통을 새삼 깨닫는 듯했다.

오랜만에 한 잔 술에 취해 기분 좋게 귀가한 정우는 반갑게 주인을 맞이하는 마드린느에게 다가가서 다정하게 살짝 껴안고 그녀의 매력적 볼우물의 뺨에 가볍게 입맞춤을 했다. 마드린느는 향수에 젖어 외로움이 가득한 눈길로 정우에게 호소하는 듯했다.

"무슈 정우! 나는 당신에게 여인으로 대접받고 싶어요! 나의 유일한 그대! 당신의 사랑을 받고 싶어요!"

마드린느의 절규는 전류를 타고 정우의 몸에 감전되듯 밤공기를 가르며 강력한 파장을 일으키며 엄습해왔다.

그녀는 비쥬가 달린 진회색의 통치마에 올해의 유행 패턴인 커다란 푸치 무늬가 찍힌 산호색의 새틴 블라우스를 입고, 그 위에 랑뱅 스타일의 버진 울로 짠 검은색 모직 재킷을 걸치고 섹시하게 보이는 검정 스타킹에 광택이 나는 검정 하이힐을 신고 있었다. 길고 하얀 목에는 두 줄로 된 아이보리 색 진주 목걸이와 작은 진주로 간결하게 세팅된 이어링이 잘 어울려 우아하고 품위 있고 세련미가 돋보이는 매력적인 모습이었다.

그러나 벌써 몇 달째 같은 자리에서 같은 의상을 걸치고 하루 종일 정우만 바라보고 기다리는 판에 박힌 일상 속에 정우의 무관심에 화도 나고 따분하여 짜증이 나 있는 듯 보였다. 오늘은 정우도 그녀의 그러한 기분을 충분히 이해할 수 있었다. 정우 또한 너무 고독하고 외로움으로 긴긴 세월을 보내고 있었으므로…….

정우는 욕조에 따뜻한 물을 가득 담고 장미 꽃잎을 한가득 흩뜨려 놓은 후 마드린느를 안아 들고 욕실로 들어갔다. 그녀는 새 색시처럼 부끄러운 듯 눈을 내려감으며 그의 몸에 착 달라붙었다. 귀걸이와 목걸이를 풀고 재킷과 블라우스를 차례로 벗긴 후 마지막으로 그녀의 스타킹과 브래지어를 걷어내는 정우의 손길도 가늘게 떨렸다. 정우는 시선을 위로한 채 그녀를 따뜻한 물로 샤워부터 시킨 후 따뜻한 물과 장미향이 그윽한 욕조 속으로 밀어 넣었다.

오랜만의 목욕에 마드린느는 기분이 몹시 좋은 듯 흡족해하며 편안함을 느끼는 듯 아주 행복한 모습으로 스르르 두 눈을 감은 채 경쾌하고 감미롭게 들리는 아드린느를 위한 발라드(Ballade pour Adeline)를 들으며 목욕을 즐기는듯했다. 리처드 클레이더만의 로맨틱하면서도 낭만적인 피아노 연주는 세대를 뛰어넘어 한국인이 가장 좋아하는 피아노 연주곡으로, 한 남자가 자신이 진심으로 사랑했던 여인 아드린느를 위하여 만든 음악으로 아름다운 선율만큼 가슴 아픈 사랑이 담긴 곡이었다.

'아드린느를 위한 발라드'

사랑하는 한 여자를 위해 한 남자가 헌정한 가슴 시리도록 아름다운 곡이라고 했다. 전쟁에서 한쪽 팔을 잃고 차마 그녀에게 다가가지 못하고 멀리서 바라만 보고 살아온 남자. 그는 그녀를 위해, 못다 한 사랑과 못 이룬 사랑을 위해 눈물 속에서 이렇게 아름다운 노래를 작곡했다.

정우는 그녀의 긴 머리가 물에 젖지 않도록 조심하며 부드러운 타월에 비누칠하여 그녀의 온몸을 씻어주었다. 비누 거품을 모두 닦아내고 마지막 샤워를 끝내자 마드린느의 몸은 날아갈 듯 가뿐하고 산뜻했다. 정우는 마드린느를 두 팔로 안아 들고 그의 침실로 들어가 널따란 침대에 그녀를 눕혔다.

깨끗하고 하얀 마드라스 코튼 위에 작은 꽃무늬가 화사하고 깔끔하게 프린트되어 있는 침대 시트는 정결하여 그녀에게 깊은 안식을 주고 평온한 가운데 정우의 따뜻한 체취를 온전히 느낄 수 있어 한결 좋은 것 같았다. 곧이어 샤워를 마치고 침실로 들어온 정우는 마드린느 곁에 나란히 누웠다.

정우와 마드린느는 태초의 인간처럼 몸에 아무것도 걸치지 않은 나신이었으나 서로 부끄럽거나 어색하지도, 쑥스럽지도 않은 듯 자연스러웠다. 기다리던 정우가 가쁜 숨을 고르며 마드린느를 향하여 팔을 뻗어 그녀를 품에 안으며 다정하게 입맞춤을 했다. 그녀의 몸에서는 은은한 장미향이 퍼져 나왔다. 마드린느는 볼에 발갛게 홍조를 띠며 수줍어 하는듯했다. 그럴 때면 그녀의 볼우물이 한층 깊어져 더욱 섹시하고 매력적인 여인이 되었다. 그녀의 매혹적인 모습을 보며 정우의 마음과 몸이 점점 뜨거워지고 가슴이 뛰었다. 정우는 부드럽게 마드린느의 몸을 어루만졌다. 그녀의 젖가슴은 탄력 있는 풍선처럼 팽팽하게 부풀어 오른 듯 했으며 잘록한 허리, 탄력 있는 히프, 매끈한 다리 정말 완벽한 몸매로 정우를 재촉했다.

오랜만에 연인을 품에 안은 정우의 몸은 점점 뜨거워졌다. 정우는 정성을 다해 그녀를 애무하며 사랑을 했다. 첫사랑을 나누는 남녀처럼 그들의 몸 전체가 긴장하여 떨리며 서로 팽창하는 것을 느낄 수 있었다. 활화산이 뜨겁게 달아올라 거대한 용암을 분출하기 일보직전처럼 그들은 뜨거운 열기에 휩싸였다. 그들은 서로에게 좀 더 가까이 하기 위해, 서로 하나가 되기 위해 온몸을 다해 꼭 껴안았다.

정우가 다정하게 말했다. "쥬 땜므 (Je t'aime)"

마드린느도 미소 지으며 대답했다. "쥬 따도 (Je t'adore)"

그날 밤 정우는 마드린느와 뜨거운 사랑을 나누었다.

07. 슬픈 기러기

　처자식을 해외로 보내고 혼자 남아 외롭고 쓸쓸하게 떨어져 살고 있는 사람들의 처지는 기러기를 닮았다. 기러기는 먼 곳까지 날아가 새끼들의 먹이를 구해온다. 그래서 자녀 교육을 위해 자신을 희생하는 아버지를 비유적 표현으로 기러기 아빠라 한다.

　기러기는 홀로 되어도 짝을 찾지 않고 혼자서 극진히 새끼들을 보살피며 키우는 새이다. 언제부터인가 아이들과 처를 외국으로 보내고 혼자 지내는 홀아비를 기러기 아빠로 부르게 되었는지 정확하지 않다. 아마도 우리나라의 경제 규모가 제법 커지고 살만해진 1990년대부터 우리의 가정에서 해외 교육에 눈을 돌리고 2010년대에 기러기 아빠들이 피크를 이룬 것 같다.

　1997/1998년 IMF 시기를 맞아 기러기 아빠들은 그 숫자가 한동안 줄어들더니 경기가 회복되자 다시 폭발적으로 늘어나기 시작했다. 기러기 아빠들은 40~50대 가정이 주류를 이루었다.

　차츰 30대 가정에서도 유치원을 갓 나온 자녀들을 데리고 어학

연수의 명목으로 미국, 캐나다, 영국, 호주로 떠났으며 심지어는 생활비가 비교적 적게 드는 필리핀이나 말레이시아와 싱가포르로 향하는 주부들도 눈에 많이 띄었다.

그러나 자식들을 위한다는 명목으로 남편들을 홀로 두고 굳이 떠나야 하는지? 가족 간의 사랑을 함께 느끼고 나누며 주어진 여건 안에서 스스로 만족하며 행복을 찾아야 하는 것은 아닌지? 우리 아이들의 엄마, 아줌마들은 이를 한 번쯤 따져봐야 했다.

가족과 생이별을 하고 가장인 남편이 홀로 지낸다는 것은 견디기 힘든 일이다. 1, 2년은 그런대로 잘 버티던 정우도 3년 차에 접어들자 점점 견디기 힘들어지고 외로움과 고독함이 날로 더해졌다.

정우는 특히 추석이나 설날 같은 명절에는 오갈 데가 없어 집에 홀로 남아 휘영청 밝은 달을 바라보며 남몰래 눈물짓기도 했다. 가족들과 더불어 보냈던 명절이 새삼 그리워지며 객지에서 아빠 없이 외롭게 보낼 수지나 처를 생각하면 당장 달려가고 싶었다.

제일기업의 각 부서에는 젊고 유능한 인재들이 많았다. 제일기업은 인재경영을 위주로 학벌보다 개인의 실력을 중시했다. 선발된 직원들은 사내에서 무한경쟁을 통해 인고의 세월을 극복하고 살아남아야 했다.

어렵사리 선발된 직원들은 과도한 업무상의 스트레스로 1, 2년을 버티지 못하고 회사를 그만두는 경우도 40~50%에 달했다. 그러니 대리, 과장을 거쳐 부장까지 오른 직원들은 뛰어난 실력과 자기 업무에 대한 헌신 및 열정도 대단했으며 인내심이 뛰어나고 인성까지 갖춘 인재 중의 인재였다.

패션 회사의 사활은 디자인에 달려 있다고 해도 과언이 아니기에 새로운 시장을 선도할 신선하고 시대의 흐름과 잘 어울리는 창조적 디자인이 끊임없이 개발되어야 했다.

디자인실에는 해외 유학파는 물론 구내 유수의 대학에서 디자인과 의상학을 전공한 직원들로 넘쳤다. 따라서 제일기업의 디자인실은 젊고 유능한 디자이너들이 모두 선망하는 회사의 1순위 부서였다.

총괄 본부장 정우는 상품기획실과 디자인 파트에 많은 시간과 공을 들여 관리를 해왔다. 디자인실의 30대 후반 돌싱인 김규리 실장은 해외 유학파답게 매우 개방적이며 당당하고 자기 일에 대한 자신감과 확신으로 가득 찬 매력이 넘치는 커리어 우먼이었다.

각종 회의를 함께하고 때때로 사적인 대화도 나누면서 자연스럽게 서로에 대해 조금씩 알게 되자 정우와 규리는 상대를 깊이 인정하고 존중해주는 사이로 발전했다.

후일 규리는 정우가 자신의 고교 선배임을 알게 되었고 그 후 사석에서는 정우를 선배님이라고 부르며 깍듯이 대하자 정우는 규리가 더욱 사랑스럽게 느껴지고 예쁘게만 보였다.

방배동의 아담한 빌라에 살고 있는 정우와 가까이 살고 있는 규리는 주말 저녁이면 가끔씩 전화를 걸어와 저녁을 사달라고 졸랐다. 그렇게 그들은 시간이 나면 틈틈이 어울려 지내며 서로의 외로움을 달랬다.

정우가 때때로 친구를 만나거나 다른 일로 함께하지 못할 때에도 그녀는 정우가 나타날 때까지 밤늦게 카페에서 혼자 술을 마시며 기다리는 일이 한두 번이 아니었다. 드디어 12월 어느 저녁 와인을 취하도록 마셔댄 그녀는 외로움에 사무쳐 정우에게 사랑을 고백하며 정우를 유혹했다.

김규리 실장은 미국의 손꼽히는 P 디자인 스쿨을 졸업하고 뉴욕의 유명 백화점에서 수석 디자이너로 근무하다 큰아버지이신 회장님의 부름을 받고 제일기업으로 돌아온 재원이었다.

그녀는 유학 중 사귀던 미국 남성과 결혼하였으나 성격 차이와 문화적 갭을 극복하지 못하고 결혼한 지 7년 만에 이혼을 한 후 한국으로 돌아온 가슴 아픈 사연을 지닌 이혼녀였다.

와인에 취해 몸을 제대로 가누지 못하고 휘적대는 그녀를 보다 못한 정우는 그녀 혼자 사는 아파트로 데려다주려고 일어섰다. 아파트 경비원의 따가운 시선을 뒤로 하고 그녀를 부축하고 그녀의 집 앞에 서서 문 열기를 기다렸다. 취한 그녀는 문 앞에 달린 키패드의 비밀번호를 제대로 누르지 못하고 몇 번씩 헤매었다.

참다못한 정우가 비밀번호를 물어보자 그녀는 취중에 혼잣말처럼 중얼거렸다. 정우가 화난 목소리로 재차 물어보자 약간 정신을 차린 규리가 손가락으로 L**22 이라고 표시하는 것 같았다. L**22은 정우의 휴대폰 끝자리 수라 의문 속에 그는 재차 규리에게 물었다. 그녀는 L자를 그리며 **둘둘이라고 취기 어린 목소리로 말했다.

**둘둘? 정우는 헛웃음이 나왔다. 내 휴대폰 뒷자리 네 자릿수를 아파트 현관 비밀번호로 설정해두고 나를 유인해 여기까지 오게 만든단 말인가? 도대체 그녀의 속셈은 무엇인지 궁금했다.

소문은 허무맹랑한 속성을 지녀 해당되는 사람을 예기치 못한 궁지에 몰아넣기도 하는 것이다. 규리는 정우에 대한 그런 소문을 사실처럼 믿고 있는 듯했다. 아니 차라리 믿고 싶었는지 모르는 일이었다.

정우가 몇 년째 기러기 아빠로 살고 있는 것을 익히 알고 있는 동료나 직원들 심지어 상사들까지 정우가 별거 아닌 별거를 오랫동안 하고 있는 것을 미루어 사실상 별거 중이거나 이혼을 고려 중인 것이 아닌가 하는 의심의 눈초리로 그를 바라보고 있었던 것이다.

어느 누군가가 한두 번 데이트하는 것이 목격되면 여러 가지 뜬소문이 본인들만 모른 채 삽시간에 사내로 퍼져나갔다. 벌써 깊이 사귀고 있다느니, 한 발짝 더 나가서 임신까지 하여 벌써 양가가 상견례를 했다거나 결혼 날짜까지 잡았다는 카더라 통신이 난무하는 세상이었다. 근거 없는 소문은 입에서 입으로 전해져 광속도로 퍼져나갔다.

규리는 자신의 마음을 송두리째 꺼내어 정우에게 보여주고 싶어 오늘은 작정하고 술을 마시고 그녀의 아파트로 끌어들이기 위해서 술에 취한 척 정우에게 몸을 맡겼던 것이다. 아파트 문을 열고 거실에 들어가 그녀를 소파에 눕히는 순간 규리는 기다렸다는 듯이 팔을 뻗어 정우를 껴안으며 기습적으로 키스를 하며 말했다.

"정우 선배! 선배가 너무 좋아요. 그래서 미치도록 사랑하고 싶어요. 선배가 없으면 너무 허전해요. 저 어쩌면 좋아요. 이건 사랑의 아픔, 사랑의 고통이에요."

고백에 이어서 무너질 듯 몸을 맡기며 향긋한 와인 향이 어우러진 뜨거운 입술을 부딪치며 그녀의 부드러운 혀끝이 정우의 입 안으로 대담하게 파고들었다. 정우는 그녀의 보드라운 살결이 가슴에 와 닿는 순간 황홀해지며 몸과 마음이 흔들리고 뜨거운 욕망이 달아오르는 것을 느꼈다. 규리는 매혹적인 몸매를 드러내며 노골적으로 정우를 유혹했다.

한동안의 갈등과 망설임 끝에 가까스로 정신을 차린 정우는 타오르는 욕망을 자제하자 "선배는 바보, 위선자"라고 소리 지르는 규리를 뒤로 한 채 그녀의 아파트를 빠져나왔다. 어스름한 새벽길을 걸어 나오며 정우는 자신이 바보인지 겁쟁이인지 위선자인지도 모르겠다며 시니컬한 쓴웃음을 지었다.

혼자 살고 있는 정우에게 유혹은 늘 밀물처럼 왔다 썰물처럼 사라졌다. 도둑고양이의 외도처럼 달콤한 유혹의 결말은 씁쓸함과 한동안의 자괴감으로 이어져 그를 괴롭힐 것이었다.

그는 도덕군자는 아니었지만, 부정한 애정행각은 그의 삶을 조금씩 좀먹어 들어가 영혼을 피폐하게 만드는 것이라 믿어 왔기에 달콤한 유혹을 어렵게 뿌리치며 견디고 있었다.

회사의 일이 꼬이거나 힘들어 어디에 하소연 할 곳조차 없어 잠 못 이루고 뒤척일 때면 정우는 불현듯 잠자리를 털고 일어나 가까운 노량진의 수산시장이나 동대문이나 남대문 시장으로 뛰쳐나갔다.

그곳은 생생한 삶의 현장으로 활기가 넘치고 한 바퀴 둘러보고 있으면 어느새 새로운 힘이 솟구쳤다. 수산시장의 경매장에서 터져 나오는 고함과 함성은 잠든 새벽을 소리쳐 일깨우기에 부족함이 없었다.

남대문이나 동대문 시장은 불야성의 거리였다. 동대문 일대의 밀레오레, 두타, 디자이너 클럽, 동평화시장, 청평화시장은 불을 대낮같이 환하게 밝힌 채 사람들을 끌어모으는 젊음과 야성을 유혹하는 살아 숨 쉬는 거리였다.

파리가 불타고 있는 것이 아니라 동대문이 불에 타고 있는 듯, 거리는 수많은 인파로 활기가 넘치고 모두들 두 눈을 반짝인 채 삶의 의지를 밝히며 잠자는 도시를 산 채로 깨웠다.

그들을 바라보고 있노라면 어느덧 심신이 나약해지고 실의에 빠져 의욕을 잃고 있던 정우도 정신이 번쩍 들어 다시금 일어설 수 있었다.

'잘 보아둬! 그들은 자네보다 훨씬 힘들고 어려운 처지에 있어! 그러나 그들의 저 빛나는 눈동자와 삶에 대한 의지 앞에 자네는 부끄럽지 아니한가? 당신의 딸과 처는 당신만 바라보고 있지 아

니한가?'

소리 없는 소리에 정우는 다시금 정신을 화들짝 차리고 신발 끈을 조여 맨 후 일상으로 다시 돌아가 회사 일에 열중할 수 있었다. 그러나 인간은 한없이 나약한 존재이기에 정우 또한 그 범주를 벗어날 수 없었다. 이따금 동대문이나 남대문 시장을 둘러보며 재충전된 원기와 의지도 시간이 지나면 또 소리 없이 무너져 내렸다.

외롭게 지내는 같은 처지의 친구들이 전화를 해와 가끔씩 그들과 어울려 시간을 함께 보내곤 했으나 차츰 그들의 힘들어하는 모습을 볼 때면 정우 자신이 더욱 지치고 힘들게 느껴져 자리를 피하게 되자 친구들과 어울리는 횟수도 점점 뜸해지게 되었다.

불경기로 회사가 도산되어 직장을 잃게 된 친구들이나 구조조정으로 명예퇴직을 당한 기러기 아빠로 살고 있는 친구들의 처지는 딱했다. 갑작스런 실직에 차마 그 소식을 가족들에게 알리지 못한 채 어떻게 해서든지 걱정하지 않도록 학비와 생활비를 보내려고 집을 팔고 전세를 옮겨가며 돈을 만들어 보내기도 하였다.

신문지상에서는 기러기 아빠들의 참상이 가끔씩 보도되었다. 회사의 부도로 모든 것을 잃게 된 아빠가 가족들에게는 그 사실을 숨긴 채 제때 송금도 못 하게 되고 생활고에 시달리다 한강에 투신하였다는 소식이었다. 뒤늦게 모든 사실을 알게 된 가족들의 심정은 얼마나 처참하고 처절했을까?

자녀들은 계속 공부시켜야 하고 또 시집·장가를 보내야 하는

데 남편이 벌어다 주는 돈으로 생활하던 전업 주부가 가장이 덜
컥 쓰러지거나 회사에서 쫓겨나면 무슨 수로 뒷감당을 할 수 있
을까? 그 처와 자식들이 해외에서 오도 가도 못 하는 신세가 되어
부랑자로 전락하는 모습은 차마 눈 뜨고 볼 수 없는 일이며 피를
토하고 죽을 일이었다.

어떻게 하든 회사에서 인정받고 살아남아 가족을 돌봐야 했기
에, 가시고기처럼 자신은 죽어가더라도 끝까지 어린 새끼를 지키
기 위해 발버둥치는 처절한 모습과 부성애에 가슴이 찢어질 듯
아프고 쓰라린 대한민국 가장들의 애환이 절절히 느껴졌다.

세상은 도대체 어떻게 돌아가는지? 기러기 아빠의 불행은 단
지 그들만의 일이 아니었다. 기러기 아빠의 사회적 현실은 우리
사회의 슬픈 자화상으로 우리 사회의 병리현상이었다.

08. 폭설의 장난

　졸업을 앞두고 수지의 현악 4중주단 '에벤에셀'은 카네기 홀에서 공연할 기회를 얻게 되었다. 최고의 실력뿐 아니라 든든한 후원자 없이는 꿈의 무대인 카네기 홀에서 콘서트를 갖는다는 것은 하늘의 별 따기와 다름이 없었다. 이 연주단은 줄리어드에서는 물론 뉴욕 음악계에서도 주시하고 있는 차세대 유망주들로 구성되어 있으며 그들의 후원자늘은 막강한 배경을 가진 패밀리들이었다.

　그들이 선택한 곡목은 모차르트가 하이든에게 헌정한 2개의 바이올린과 비올라와 첼로를 위한 현악 4중주의 6개 곡 중 k 387 G 장조와 B 바르토크 그리고 베토벤의 현악 4중주 OP 18번 비창과 월광 소나타 순으로 이어졌다.

　상당한 실력이 없으면 연주하기 어려울 뿐만 아니라 아직 어린 학생들이 감성적으로 소화해 내기가 쉽지 않은 곡이었으나 이들은 난해한 곡을 큰 실수 없이 성공적으로 연주를 끝냈다.

12월 중순의 토요일 오후, 카네기 홀을 가득 메운 청중들은 연주곡이 하나씩 끝날 때마다 우레와 같은 박수와 환호를 보냈다. 마지막 연주가 끝났을 때 무려 3회에 이르는 커튼콜로 젊고 패기에 찬 이들 4중주단을 힘차게 격려했다. 이들의 데뷔는 아주 성공적으로, 뉴욕 타임지의 음악평론가도 호평을 마다하지 않았으며 그들을 차세대 음악계를 이끌어 갈 4인방으로 치켜세웠다.

연주회가 끝나고 외할머니와 외삼촌 가족들은 모두 돌아갔으나 현주는 다음 순회공연을 준비하러 떠나는 수지를 위해 하룻밤을 같이 머물며 도와주고 챙겨주어야 했다. 다음 날 점심을 함께한 후 수지와 연주자들과 모든 스태프는 대형 리무진 버스로 떠나고 현주는 혼자 덩그러니 알 함스레이 호텔 로비에 남아 있었다.

갑자기 멍해지고 허탈감에 빠지고 피로가 엄습하며 진한 외로움이 몰려왔다. 날씨마저 을씨년스럽고 하늘은 희뿌연 잿빛으로 가라앉아 눈이 곧 내릴 것 같은 날씨였다. 부드럽고 은은한 커피 향이 맴도는 따뜻한 커피 한 잔이 불현듯 마시고 싶었다.

맨해튼 45번가에 위치한 올드 알 함스레이 호텔 커피숍은 18세기 영국 풍의 격조 높고 고풍스러운 카페로, 뉴욕의 명소로 알려진 곳이었다. 커피숍을 향하여 천천히 발을 옮기는 현주의 등 뒤로 인기척이 들리며 그녀에게 누군가 다가왔다.

"미세스 리, 누구 기다리시나요?"

이탈리아 억양이 섞인 점잖고 듣기 좋은 목소리가 들려왔다.

크리스티안의 아버지 클라우디오 카엘리니가 환한 미소를 띠며 사람 좋은 얼굴로 다가왔다. 학부모 모임과 연주회를 통해서 여러 번 만났던 터라 서먹서먹하지 않았다. 앞으로도 4중주단의 후원자로서 자주 보게 될 인물이었다.

남부 이탈리아 나폴리지역 출신의 클라우디오는 이민 2세대 성공한 사업가로 이탈리아 프랜차이즈 레스토랑인 '피자리토'를 미국 동부 일대에 여러 곳 운영하고 있었다.

그 체인점의 마카로니, 피자, 스파게티를 비롯한 이탈리아 전통 요리는 맛도 좋고 가격도 비싸지 않아 뉴욕을 중심으로 동부 일대에서는 잘 알려진 프렌차이즈 레스토랑이었다.

커피와 케이크를 나누며 그들은 수지와 크리스티앙과 다른 두 멤버에 대한 얘기와 그들의 향후 연주회 계획에 대한 이야기로 이어갔다. 대화는 유익하고 즐거웠다. 커피를 서빙하는 웨이터는 고전적 정장을 차려입고 손님 한 분 한 분에게 예의를 다하여 정성껏 서빙 했다. 잠시였지만 현주는 기분이 아주 좋았다.

커피를 추가 요청하면 절대로 리필하지 않고 새로운 잔에 따뜻한 커피를 다시 내왔다. 올드 알 함스레이 커피숍은 사전 예약이 없으면 입장이 불허되는 곳으로 뉴욕의 명사들이 대화를 나누기 위해 자주 찾는 곳이었지만 클라우디오가 지불한 200달러의 커피 값은 너무 비싸 현주를 놀라게 했다.

어느덧 자리를 떠나야 할 시간이 되었다. 클라우디오는 약간 섭섭한 표정으로 자리에서 일어섰다. 그녀가 자동차를 가져오지 않아 기차로 덴버리로 돌아간다는 얘기를 듣고 클라우디오는 자기가 기꺼이 모셔다드리겠다며 동승을 요청했다.

뉴욕에서 2시간 거리에 떨어진 올드 그린위치 근처의 스탠포드에 살고 있는 그는 현주를 데려다주기 위해서 북쪽으로 필라델피아 뉴헤이븐 보스턴을 지나 2시간 정도 더 올라가야 했다.

현주는 스탠포드 근처 기차역까지만 태워다 달라고 요청했으나 집까지 꼭 바래다주겠다는 친절이 넘치는 이 이탈리안 신사의 호의를 더 이상 거절하지 못하고 그의 차에 올랐다.

클라우디오의 링컨 컨티넨탈은 차체가 묵직하고 튼튼하며 실내도 아주 넓고 쾌적했다. 그들은 맨해튼을 빠져나와 북쪽으로 향하는 I-95 N 고속도로를 타고 북상했다. 일요일 오후라 자동차들이 많지 않아 클라우디오는 속력을 내어 달리기 시작했다.

미끄러지듯 쾌속으로 달리기 시작하여 3시간 반 후면 덴버리시에 다다를 수 있을 것 같았다. 현주는 그곳에 도착하면 그를 저녁에 초대하여 정갈한 한정식을 대접하겠다고 생각했다.

음식에 일가견이 있는 이 이탈리안은 한국 음식을 대하고 어떤 품평을 내릴지 자못 궁금했다. 현주는 의미 있는 미소를 지었다. 옆에서 바라보던 그가 무슨 재미있는 일이 있느냐고 물었다.

"오늘 저녁 한국 식사에 초대하고 싶습니다."

"오! 영광입니다. 감사합니다."

"사실, 한 번쯤 한국 음식을 먹어보고 싶었습니다."

"멋진 저녁이 될 것 같습니다."

클라우디오는 천진난만한 아이처럼 환성을 지르며 기쁨을 감추지 못했다. 한식은 꼭 먹어보고 싶었는데 그럴 기회가 없었다며 친구에게 들은 즉 한식은 매우 variety하고 delicious 하다며 즐거운 식사가 되리라 잔뜩 기대하는 눈치였다.

시간이 지날수록 차량이 늘기 시작하여, 예정보다 시간이 많이 지체되어 두 시간 가까이 지나서야 그들은 포트 체스터 근처의 휴게실에 들러 베이글과 스타벅스 커피로 간단한 요기를 하고 나와 95번 고속도로를 다시 달렸다. 클라우디오가 살고 있는 스탠포드로 향하는 도로를 뒤로하고 그들은 684번 도로를 타기로 했다.

검은 구름이 잔뜩 깔리고 뿌옇던 겨울 하늘은 그들이 호텔을 나서기 전부터 이미 눈발을 날리기 시작했다. 북쪽에는 아침부터 눈이 내리고 있다고 예보되어 있으며 늦은 오후엔 폭설이 내릴 거라는 예보가 있어 클라우디오는 차의 속력을 조금씩 높이고 있었다.

조금씩 흩날리던 눈은 채 10분도 지나지 않아 화이트 플레인스 근처에 이르자 함박눈이 되어 쏟아지기 시작했다. 곧이어 바람에 흩날리는 눈송이는 시야를 가릴 수 없을 정도로 하늘 가득히 쏟아져 내렸다. 뉴욕 북쪽에는 이미 많은 눈이 내린 듯 갓길에는 군데군데 차를 세워놓고 비상용 체인을 감아올리는 차들도 보였다.

클라우디오는 경쾌한 재즈풍의 음악으로 CD를 바꾸어 틀어주며 걱정스레 앉아있는 현주를 안심시켰다. 늦어도 3시간 안에는 당신을 덴버리 시에 데려다주겠다고 했다. 그러나 그들의 바람과는 달리 눈발은 더욱 거세게 휘몰아치며 고속도로 위로 쏟아져 내렸다.

북쪽에는 낮부터 많은 눈이 내리고 있던 듯 이미 고속도로 주변의 숲은 하얀 눈으로 뒤덮이고 눈에 들어오는 모든 시야는 순백색의 은빛 천지로 바뀌어 있었다. 도로에 눈이 점점 쌓이자 자동차들은 질주를 멈추고 말 그대로 엉금엉금 기어가기 시작했다.

휴게실에서 나온 후로 한 시간 이상 달렸지만 제자리걸음을 한 듯 30마일도 가지 못한 듯했다. 평일 같으면 두세 시간 남짓하여 한 달음으로 갈 수 있었으나 지금으로서는 얼마나 시간이 더 걸릴지 알 수 없었다.

저 멀리 파인 마운틴으로 향하는 언덕이 서서히 보이기 시작했다. 언덕만 넘으면 2시간 안에 덴버리에 도착할 수 있을 것 같았다. 그러나 어찌 된 일인지 그 언덕으로 오르는 차들이 하나도 보이지 않았다. 그들이 불안해하면서 언덕 쪽으로 차를 몰았다.

언덕에 거의 다 다다를 무렵 도로 순찰대가 언덕으로 오르는 길을 폐쇄한 채 테리 타운으로 빠지는 옆길로 안내했다. 길이 미끄러워 오를 수 없을 뿐 아니라 사고 방지를 위해 도로를 차단하고 우회하도록 조치하고 있었다. 도로를 우회하여 가려면 10~20마일쯤은 더 돌아가야 했다.

이미 기상 예보는 폭설 경보를 내리고 있었다. 호텔을 나와 3

시간 넘게 달렸으나 목적지에는 이제 절반을 조금 넘게 왔을 뿐이었다. 갈 길은 먼데 첩첩산중이었다. 주위는 이미 어둠이 내리고 차창 밖으로는 눈보라가 더욱 세차게 몰아치고 있었다.

다섯 시간 만에 눈이 25cm나 쌓이는 기록적인 폭설로 뉴욕주를 비롯한 동북부 해안 지역과 내륙 지역은 비상사태라고 방송했다. 산간으로 빠져 들어가는 도로와 언덕은 모두 폐쇄되고 비교적 평탄하고 안전한 도로로 우회하도록 도로 순찰대가 나서서 유도하며 시속 20마일로 서행하도록 계도했다.

그들도 별수 없이 파인마운틴 언덕에서 옆길로 우회하여 화이트 플레인스 쪽으로 방향을 틀었다. 동지를 앞둔 12월의 저녁은 금방 어둠으로 바뀌었다. 어느덧 6시도 훌쩍 지나가고 있었다. 커피 한 잔과 빵 한 조각으로 요기만 했던 그들은 배가 몹시 고팠으나 집 근처로 최대한 가까이 가려고 이리 저리로 달리고 또 달렸다.

그렇게 한 시간 더 발버둥 쳐봤으나 고작 앞으로 30마일 정도밖에 더 나갈 수 없었다. 기상청에서는 더욱 절망적인 예보를 했다. 오늘 밤부터 내일 낮까지 눈이 더 내릴 것으로 예보하며 적설량은 50~60cm까지 쌓일 것이므로 차량 운행과 여행의 전면 중지를 당부했다.

이제 도로 위를 엉금엉금 기어가듯 오가는 차량도 한두 대로 거의 보이지 않았다. 더 이상 길에서 헤매다가는 눈 속에 파묻히고 도로 위에서 꼼짝 못 하는 신세가 될 것이 자명했다.

클라우디오는 걱정스런 낯빛이 되어 조심스럽게 말을 건넸다. 근처 도시로 들어가서 우선 저녁을 먹으면서 사태를 파악하고 방법을 찾아보자는 얘기였다. 현주도 내심 당황하기는 마찬가지였으나 내색은 하지 않고 침착하게 그렇게 하는 것이 좋을 것 같다고 동의했다.

그들은 화이트 플레인스로 진입하여 가까운 레스토랑부터 찾았다. 그들은 몹시 춥고 배가 고팠다. 따뜻한 수프와 감자요리와 비프스테이크를 허겁지겁 먹고 난 후에 뜨거운 차와 커피를 마시며 얘기를 나누었다. 잠시 후 클라우디오는 레스토랑 안에 있는 손님들과 어울려 이야기를 나누었다.

그들은 모두 계속 내리는 폭설에 대한 근심과 걱정으로 정보를 교환하며 대화를 나누었다. 어느 도로가 폐쇄됐느냐? 눈이 얼마나 내리고 쌓였으며 얼마나 더 내릴 것 같은가?

100년 만에 내린 폭설로 벌써 산간 지방은 고립되고 도시 간의 연결도 대다수 끊겼다는 얘기와 함께 내일까지도 계속 눈이 내릴 경우 1m도 넘게 적설량이 쌓일 것 같다는 예보도 있었다고 했다.

레스토랑 안에는 마을 주민들과 폭설을 피해 들어온 여행객까지 뒤섞여 떠들썩하게 얘기를 나누었다. 그가 들은 정보에 의하면 이 근처에 호텔이 두 개밖에 없어 방을 구하기 쉽지 않을 것 같으니 빨리 호텔을 찾아 나서야 했다. 그들은 서둘러 식당을 빠져나와 근처 호텔로 향했다.

첫 번째 찾아간 화이트 플레인스 플라자 호텔에는 이미 빈방이 하나도 없었다. 스위트룸조차 없어 더 물어볼 말도 꺼내지 못했다. 그들은 서둘러 두 번째로 메리어트 호텔로 찾아갔으나 역시 빈방이 없다는 프런트 데스크의 절망적인 대답밖에 들을 수가 없었다.

잘못하다가는 꼼짝없이 차 안에서 밤을 새워야 할지도 모르는 낭패감으로 곤혹스러워하던 클라우디오가 작심한 듯 현주에게 로비 바에서 잠깐 기다려 달라고 얘기한 후 프런트 데스크로 가서 어딘가로 열심히 전화를 했다. 시간은 속절없이 흐르고 있었다.

여러 차례의 시도와 초조한 기다림 끝에 클라우디오는 만면에 미소를 가득 띠며 승전보를 전하는 전사처럼 의기양양하게 열쇠 두 개를 흔들어 보이며 나타났다. 절대로 없다던 방을 두 개씩이나 어떻게 구할 수 있는지 현주는 고맙고 감격했다.

두드리면 열린다고 했던가? 그는 여기저기에 수소문하며 친구가 최고 책임자로 있는 뉴욕의 메리어트 호텔로 전화하여 이곳의 총지배인을 움직여 VIP 룸을 확보했던 것이다.

그는 룸 하나하나에 상당한 돈을 지불하고 가까스로 방을 구했다. 시간은 이미 자정이 가까워져 오고 호텔 밖은 더욱 거세진 눈보라와 폭풍으로 소용돌이치고 있었다. 그들은 너무 지치고 피곤하여 가벼운 눈인사로 굿 나잇! 하며 각자의 방으로 헤어졌다.

호텔 제일 위층에 자리한 VIP 룸은 규모가 크고 화려했다. 벽면은 최고급 실크 벽지로 마감하고 스와로브스키 크리스털이 매어 달린 샹들리에와 소파, 가구, 침대는 모두 최고급 이탈리아 수

제품으로 격조 있고 품위 있는 제품이었다.

그 화려함에 압도당한 현주는 코트도 벗지 않은 채 창가에 서서 멀리 내려다보이는 파인마운틴을 바라보았다. 주변은 온통 하얗고 사위는 고요하여 마치 하얀 눈꽃 나라로 잠시 여행을 떠나온 느낌이 들었다.

욕실에는 스파 시설이 잘 갖추어져 있었다. 그녀는 따뜻한 물을 커다란 욕조에 한가득 받아 놓고 옷을 하나씩 벗어놓은 후 피로에 지친 몸을 담갔다. 그녀의 몸매는 아직도 30대 못지않은 탄력과 윤기 나는 피부로 눈이 부셨다. 에어로빅과 요가로 다져진 그녀의 몸은 군살 하나 없이 균형이 잘 잡혔으며 희고 깨끗한 피부는 매끄러워 보였다.

자신의 싱싱한 몸을 내려다보며 스스로 만족감을 느끼면서도 그녀는 왠지 씁쓸한 느낌이 들었다. 불현듯 허허로움과 외로움이 처연하게 가슴에 내려앉았다. 밤새도록 잠을 못 이루고 뒤척이다 새벽녘에 잠이 들었던 그녀는 전화벨 소리에 잠이 깼었다.

"굿 모닝, 미세스 리!"

클라우디오였다. 아침 식사가 방에서도 준비되니 필요한 것을 주문하라는 얘기였다. 쉐프가 직접 트레일러 가득히 싱싱한 야채와 과일을 가져와서 샐러드를 만들어 주고, 김이 무럭무럭 나는 뜨거운 토마토수프에 갓 구워낸 와플과 간단한 요리를 서빙하였다, 아메리칸 커피를 끝으로 맛있는 아침 식사를 마친 현주는 클라우디오에게 감사하다는 전화를 넣었다. 그리고 12시에 호텔

로비에서 보기로 했다.

밤새도록 내린 눈은 그칠 줄 모르고 아침나절까지 계속 내리고 있었다. 이미 적설량은 70센치미터를 육박하고 산간지방은 오늘도 계속 눈이 내린다면 1미터가 넘어 기상 관측 이래 최대의 적설량을 기록할 것이라 했다.

미국 동북부 지방은 모두 고립되고 교통은 마비되고 일부 지역은 정전이 되고 통신마저 두절되는 사태가 벌어졌다. 헬리콥터로 비상식량과 구호품을 나르는 모습이 TV에 비춰졌다.

클라우디오와 현주도 어쩔 수 없이 꼼짝 못 하고 갇힌 신세가 되었다. 그들은 하루나 이틀 더 이곳에 머물 수밖에 없는 현실을 받아들이고 즐기기로 했다. 그러나 온통 눈으로 뒤덮이고 교통이 두절된 상태에서 어디 갈 데도 마땅치 않았다. 클라우디오는 저녁에 현주를 이탈리아 식당으로 초대했다.

호텔 2층에 자리한 레스토랑은 현대식으로 깔끔했다. 현주는 클라우디오에게 주문을 맡겼다. 자신이 알고 있는 이탈리아 요리는 많지 않으니 전문가인 클라우디오에게 맡기는 편이 더 좋을 듯했다.

클라우디오는 현주에게는 해산물 요리를 자신에게는 육류 요리를 주문하고 샐러드에 들어갈 씨즈닝과 토핑에 대해서 몇 가지 현주의 의견을 물어보고 주문을 마쳤다.

이탈리안 디너는 음식의 종류도 많고 음식의 양도 상당히 많이 나오는 요리로 처음 나오는 프리모와 메인 요리로 나오는 세

콘도로 나뉘며 2~3시간씩 담소를 하며 와인을 곁들여 즐기는 요리였다.

현주의 취향에 따라 주문한 레드와인인 1984 산 머독을 웨이터가 가져와 시음을 부탁하자 클라우디오는 능숙한 솜씨로 음미하며 현주에게도 시음을 권했다. 향긋한 포도 향과 은은한 알코올의 붉은 자줏빛 액체가 목구멍을 타고 부드럽게 넘어갔다.

에피타이저 - 수프 - 샐러드 - 스파게티 또는 파스타 - 메인 코스로 생선 또는 육류 - 후식으로 케이크와 과자 그리고 과일과 아이스크림 - 마지막으로 커피나 차로 이어지는 끊임없는 식사는 실로 즐겁고 유쾌했다. 주로 클라우디오가 이야기를 주도했고 현주는 가끔씩 질문도 하고 답변도 하면서 장단을 맞추었다.

클라우디오가 주문한 음식은 현주로서는 처음 접해보는 이탈리아 요리였다. 하나하나가 모두 새롭고 신기하여 이모저모 물어보면서 조금씩 먹었다. 이탈리아 전통 샐러드 중의 하나인 판자넬라는 정사각형의 크루아상과 과일에 허브 종류인 바질을 넣어 입 안에 톡 쏘는 듯하며 향기가 돌았다.

메인 코스로 클라우디오는 비프를 현주에게는 킹크랩을 주문했다. 마요네즈와 올리고당 겨자와 오렌지 주스로 양념을 한 킹크랩의 속살 위에 쌉쌀한 향의 엔다이브와 톡 쏘는 맛이 일품인 크레송을 얹어 내온 요리는 시각, 후각을 물론 먹는 즐거움으로 가득했다.

현주는 제공된 요리의 삼분의 일도 다 먹을 수 없었으나 클라우디오는 풀코스 요리를 즐기며 그 많은 음식을 거의 남기지 않고 다 먹어 치웠다. 그의 식욕은 왕성한 듯 보였다.

젊은 시절 날씬하고 매력적이었던 이탈리아 아가씨가 30~40대가 되면 살이 찌고 뚱뚱해지는 이유를 알 수 있을 것 같았다. 그들은 남녀를 불문하고 거뜬히 풀코스 요리를 즐기고 먹었으므로 그들에게 식사는 단순히 허기를 채우고 영양을 보충하는 것이 아니라 그것을 즐기고 향유하는 그들의 문화였다.

즐겁고 유쾌한 식사 시간을 마친 그들은 호텔 맨 위층에 있는 칵테일 바로 올라갔다. 특별한 약속도 갈 곳도 없는 그들은 적당히 시간을 보낼 장소가 필요했다. 칵테일 바에는 사람들로 붐볐다.

클라우디오는 스키치 온 더 록을 현주는 마티니를 시켜놓고 식후 포만감을 즐기며 조금씩 마셨다. 칵테일바 건너편 나이트클럽에서는 흥겨운 음악에 맞추어 남녀가 어울려 춤을 추고 있었다. 잠시 후 그들도 춤을 추는 일행 속에 끼어들었다.

클라우디오는 능숙한 솜씨로 춤에 서툰 현주를 이끌며 리드했다. 시간이 지나갈수록 스텝이 점차 익숙해지고 흐르는 음악에 따라 리듬을 타며 블루스를 추었다.

가끔씩 스텝이 엉키거나 회전하며 돌 때마다 서로 맞닿는 육감과 체취에 그녀는 경직되고 손에 땀이 배었다. 자신도 모르는 사이에 어느덧 몸과 마음이 서서히 클라우디오의 넓은 품 안으로 기울어지고 있었다.

먹고 마시고 춤추며 서서히 취해가는 동안 시간은 자정을 넘겼다. 클라우디오도 현주도 모두 본능이 자극하고 있었다. 그들은 모두 홀로 지낸 세월이 오래되어 사람을 그리워하고 있었다. 잠시 춤을 멈춘 클라우디오가 그녀의 허리에 손을 얹은 채 다정한 눈길을 보내며 목마름에 호소하듯 조용히 말했다.

"메이 아이 키스 유?"

현주는 숨이 멎은 듯 눈만 깜빡거린 채 꼼짝도 못 하고 그 자리에 그대로 얼어붙었다. 다리가 후들거리고 가슴이 뛰었다. 무언가 거절하는 말을 해야 한다고 생각하면서도 그녀는 아무 말도 하지 못하고 그대로 서 있을 수밖에 없었다. 잠시 머뭇거리던 클라우디오가 현주가 허락한 것으로 알고 몸을 낮추고 그녀의 허리를 감으며 부드럽게 입술을 덮쳐왔다.

그는 무례하지 않게, 점잖고 부드럽게 그녀에게 키스했다. 낯선 사내의 입맞춤에 현주의 가슴이 마구 고동쳤다. 맥박이 빨라지고 호흡이 거칠어지며 몸이 뜨거워졌다. 몸속 깊숙하고 은밀한 곳으로부터 정염이 타고 올라 그녀의 온몸을 열기로 휘감았다.

여자와 그릇은 밖으로 돌려서는 언젠가는 깨지고 탈이 난다고 했다. 정글에 놓여 진 사슴은 언젠가는 맹수의 타깃이 되고 그들의 먹잇감이 되곤 한다. 이탈리아 친구와 함께하는 모임에 자기 여자 친구를 데려가면 바보라는 유럽 사람들의 농담이 괜한 얘기가 아니었다. 이탈리아 남성들은 특유의 친절함과 멋진 매너, 위트로 주변을 사로잡고 여심을 훔치고 움직이는 천부적인 난봉꾼의 재능을 타고났음이리라.

그날 밤 현주는 클라우디오의 연인이 되었다. 이 바람둥이 이탈리안은 키도 크고 젊고 잘생긴 멋진 남자였다. 친절하고 예의 바르며 훌륭한 매너로 여자를 감동시키고, 재미있고 유머가 넘치는 타고난 난봉꾼으로 그동안 정우에게서 느껴보지 못했던 색다른 감성이 풍부한 매력적인 남자였다.

09. 미끄러진 계단

 F/W 시즌을 어렵게 보내고 새해를 맞아 사태를 관망하던 제일기업은 시간이 갈수록 경기가 더 악화되어 수출과 내수 부문 모두 극심한 부진을 보여 특단의 조치를 내려야 할 시기가 도래하고 있음을 직감적으로 느끼고 있었다.

 벌써 6개월째 계속 경제지표는 하강 곡선을 그리고 불경기에 특히 약한 패션 의류 업종은 최악을 치닫고 있었다. 이미 몇몇 중견업체는 도산하였고 시중에는 S사, T사 등 업계의 내로라하는 기업들도 부도 일보직전이라는 루머로 흉흉했다.

 다른 회사와 마찬가지로 제일기업도 비상이 걸렸다. 혹시나 하던 기대와는 달리 제일기업도 불황의 거대한 파도 앞에는 속수무책으로, 망망대해에 내몰린 일엽편주에 지나지 않았다.

 여러 가지 자구책과 대안을 쏟아냈으나 어떤 뾰족한 처방도 소용이 없었다. 매에 이기는 장사가 없듯, 불황을 의식한 소비자들이 씀씀이를 줄이고 지갑을 꼭꼭 잠가두는 탓에 의류업계의 매출은 급전직하로 뚝 뚝 떨어졌다. 의류업계는 최악의 상황으로 패닉 상태였다.

이대로 6개월이나 1년만 더 지속되면 재고가 산더미처럼 쌓이고 현금의 흐름이 막히고 순환이 되지 않아 돌아오는 어음을 결제하지 못하고 견뎌낼 기업이 하나도 없을 것이었다. 외부 차입금이 거의 없어 재무구조가 아주 탄탄하다던 제일기업조차 이런 판국에는 거덜이 날 형편이었다.

하루가 멀다 하고 제일기업에서는 대책 회의나 전략회의가 열렸다. 총괄 본부장인 정우는 수출부, 국내 영업부, 생산부, 관리부, 기획실에서 연일 올라오는 보고서와 서류를 들고 사장실과 회장실로 불려 들어갔다. 이때마다 그는 지옥문을 두드리는 심정이었다. 곤욕스럽고 처절했다.

모든 비난과 책임과 질책이 그에게 쏟아졌다. 이따금씩 사장실과 회장실에서는 고성이 들려왔다. 정우는 어디에 하소연 할 곳도 없이 그 모든 비난과 질책을 고스란히 받아들여야 했다.

그것이 자기의 몫이고 자기가 받아들여야 할 운명이었기에 비껴가려고도, 피하려고도 하지 않고 꿋꿋이 받아들였다. 내가 사장이나 회장이었으면 더하면 더했지 가만있지 않았으리라는 생각이 먼저 들었다.

불황이 시작된 지 일 년이 지나도록 회복세가 보이지 않자 제일기업의 중역들과 사장과 회장은 중대한 결단을 내릴 준비를 하고 있었다. 제일기업은 생존을 위한 고육책으로 모든 사업과 규모를 절반 이하로 축소하기로 했다.

그리고 현금으로 전환할 수 있는 일부 알짜배기 계열사마저 매각하려는 등 우선 모기업을 살리기로 방향을 정했다. 정우에게도 이러한 지침이 통보되었고 그 대안을 찾도록 구체적 지시가 하달되었다.

정우는 생산부, 국내영업부, 수출부, 기획실, 관리실의 5개 부문 본부장을 불러 모아 긴급회의를 열어 향후 대안을 찾았다. 정우는 그들과 머리를 맞대고 온갖 지혜를 짜내기 위해 불철주야 노력했다.

애당초 수천 명을 해고하고, 기구를 없애고, 일자리를 빼앗는 일은 결코 가볍게 해결될 수 있는 일은 아니었다. 그들의 뒤에는 그들을 의지하고 살아가는 사랑하는 아내와 아들, 딸이 수도 없이 매달려 있을 것이었다.

솔로몬의 지혜를 가지고도 이런 난제는 풀기가 어려울 것이었다. 절체절명의 생존의 위기 앞에서 자기 생명줄을 순순히 내놓을 사람은 아무도 없었다. 정우는 자신이 생사여탈권을 쥐고 악역을 맡아야 하는 현실이 너무도 가슴 아프고 힘든 일이었다.

한때 형제·자매처럼, 가족처럼, 동지처럼 서로 살을 맞대며 살갑게 지내던 그들을 회사가 어렵다는 이유로 회사의 지시에 따라 등을 돌리고 매정하게 자신의 손으로 잘라내야 하는 정우 자신의 처지가 오히려 처연하게만 느껴졌다.

그동안 잠잠하던 노조도 회사가 적극적 구조 조정을 통해 매장을 줄이고 공장 가동을 중단하고 해외 구매로 전환한다는 소문이 돌면서 이대로 있다가 모두 잘려 나간다는 루머가 난무하자 공장 노동자와 현장 직원들이 먼저 들고 일어나 전면파업에 나서며 강경 투쟁에 나섰다.

평소 온건했던 제일기업 노조의 노동쟁의 현장에 불순한 노동 단체가 개입하면서 파업은 예상치 않은 방향으로 흘러갔고 파업의 양상은 점차 과격해지며 불온한 방향으로 흘러가고 있었다.

회사에서는 공장 및 직장폐쇄라는 초강경 조치로 이들 불온 세력의 접근을 차단하려 하자 노조원들은 빨간 머리띠를 두르고 격렬한 구호와 현수막을 내걸며 쇠파이프와 각목을 들고 폭력으로 저항했다. 경찰은 이들에게 물대포를 쏘아대며 무력으로 진압했다.

시위대가 떠난 현장은 여기저기 부서진 공장 기구, 시위대의 몽둥이, 쇠파이프, 옷가지 및 신발 등이 어지럽게 널려있어 전쟁터를 방불케 하는 난장판이었다.

노동조합원은 직급상 과장 이하로만 가입이 되며 직원들도 승진하면 자동으로 노조에서 탈퇴하여야 했기에 노동조합원은 모두 대리직 이하 하위직급의 직원, 공장 근로자 등 회사의 말단직 원들이었다.

그들은 모두 생존을 위해 생계를 위해 몸부림치며 결사적으로 항거하였다. 그들이 물러설 곳은 없는 듯 보였다. 일터를 잃고 일터에서 내쫓기면 당장 내일부터 먹고 살 일이 걱정되었다.

본부장을 위시하여 중간 간부들은 작금의 사태를 잘 알고 있으면서도 어쩔 수 없이 벌어지는 현실에 모두 분노하며 절규했다. 냉혹한 현실을 깡그리 무시하고 외면하고 싶었으나 그들의 발 앞에 떨어진 불똥을 피할 수는 없었다. 그것은 자칫 모두 공멸로 이끄는 악수를 두는 것에 불과했으므로 우선은 회사를 살리고 남는 절반의 직원이라도 구해야 하는 것이 그들이 해야 할 일이며 의무였다. 평화적으로 사태를 빠른 시일 내에 수습하는 일만이 회사에 끼치는 막대한 손해도 피할 수 있고 직원들도 살릴 수 있다는 판단하에 정우는 살벌한 시위대 안으로 노조 대표와 담판하기 위해 본부장 두 명 과장 세 명을 데리고 공장으로 찾아갔다.

공장에서는 누구 하나 그들을 반기는 사람은 물론 만나주려는 사람조차 없었다. 그들은 '공장 이전 반대'와 '해고 반대'만 계속 주장한 채 아무런 협상을 할 필요가 없다며 그냥 돌아가라는 말만 했다. 막무가내로 버티는 그들과 별다른 진전 없이 며칠 허비하는 동안 윗선에서는 빠른 결정을 요구하는 성화가 빗발쳤다.

"이까짓 거 하나 해결 못하고 뭣들하고 있어. 니들이 해결 못하면 모두 옷 벗을 각오들 해!"

중역실로 불려간 정우와 5명의 본부장과 공장장은 심한 질책과 참을 수 없는 모욕과 막말을 들어야 했다.

정우는 생산 현장에 들릴 때마다 마주쳤던 김한수 대리를 기억하고 공장으로 찾아가 은밀히 그를 불러냈다. 노조 간부 중 김 대리는 말이 통할 것 같은 느낌이 들었다. 회사의 구조 조정안을 설명하며 노조와 심도 있는 논의를 하자는 뜻을 전했다.

"이 조정안 정말입니까? 공장 폐쇄하고 해외로 옮기고 대량 해고하는 거 아니었어요? 저희 속이려는 거 아니지요?"

김 대리는 무엇인가 잘못 알고 있었다는 듯 반문하며 재확인했다. 정우가 이 조정안 그대로라고 거듭 설명하자 몇 번씩 다짐을 받은 후, 김 대리는 노조원들과 상의한 후 다시 나오겠다고 말하고 공장으로 들어갔다. 격론이 있었던 듯 김 대리는 두 시간을 넘겨서 또 다른 두 명의 노조원을 데리고 나타났다.

"얘들은 회사의 방침을 안 믿어요. 모두 구라래요. 그래서 확인해 보라고 데리고 나왔어요."

정우는 작업반장으로 일하는 야무지게 생긴 여자와 다소 우락부락해 보이는 청년에게 김 대리에게 말했던 내용을 그대로 설명했다. 그들 역시 우리가 알고 있는 내용과 이야기가 다르다는 듯 의아한 표정을 지었다.

"전달이 잘못된 거로군. 누군가가 왜곡하고 있어요, 틀림없이 외부에서 온 사람이 개입하고 선동하고 있는 것 같은데, 우리 일은 우리 스스로 해결해야 합니다. 내가 공장으로 들어가 전체 식구들 앞에서 설명할 수 있도록 자네들이 앞장서서 도와주게."

정우 일행은 굳게 닫혔던 공장 안으로 들어갔다, 서너 달째 시위로 공장안은 그들의 생각보다 더 처참했다. 시위대의 온갖 잔해물, 부서진 미싱, 기구들 및 버려진 음식물의 악취로 그야말로 난장판이었다. 정우 일행을 십여 명의 사람들이 나서서 막았다.

"처음 보는 낯선 얼굴이 보입니다."

뒤따르던 이과장이 작은 소리로 속삭였다. 정우 역시 예상을 하고 있던 터라 바짝 긴장하며 그들에게 온화한 목소리로 말했다.

"본사에서 나온 이 정우 총괄 본부장입니다. 회사 계획도 설명하고 여러분의 의견도 듣기 위해 찾았으니 허심탄회하게 얘기 나누어 봅시다."

"하나 마나 뻔한 얘기 아니오? 우리 조건은 딱 하나요. 공장 폐쇄 절대 불가! 직원 해고 절대 금지! 다 들었으면 썩 꺼지시오!"

각진 얼굴에 강단이 있어 보이는 낯선 얼굴의 사내가 적의를 가득 담은 얼굴로 이죽거리며 말을 뱉었다.

"지금 말씀하신 분은 처음 보는 것 같은데 어느 부서에서 일하고 계십니까?"

"알 필요 없어요."

"얘들아! 뭣들 해! 모두 밖으로 내보내!"

그의 지시가 떨어지자 십여 명이 둘러싸고 정우 일행을 밖으로 몰아내기 위해 다가섰다. 정우가 직원들을 뒤로 물러서게 하고 앞으로 나가며 웃으며 말했다.

"여기는 우리 회사입니다. 나가고 안 나가는 것은 우리가 결정할 일입니다. 강제로 내쫓으면 안되지요."

"좋은 말로 보내드리려 했는데 안 가시겠다. 그럼 할 수 없죠. 우리식으로 보내드리죠."

"사무실의 샌님들쯤이야." 얕잡아보며 그들은 각목을 휘두르며 정우 일행에게 달려들었다. 정우가 재빨리 주변에 있던 각목을 집어 들며 이 과장과 김 과장에게 소리쳤다. "너희 둘은 방어만 해."

그들은 정우의 적수가 못되었다. 고교 시절부터 틈틈이 검도를 익혀온 검도 공인 2단의 정우는 날아다니며 그들을 순식간에 제압했다.

달려들던 사내 서너 명이 비명을 지르며 나둥그러지자 나머지는 제품에 각목을 내려놓고 비실비실 자리를 피했다. 각진 얼굴의 다부지게 보였던 낯선 사내와 나머지 두세 명이 기세 좋게 정우에게 덤벼들었다. 달려드는 놈들을 순식간에 제압하고 각진 사내와 1 대 1이 되자, 정우는 그의 힘을 빼려는 듯 이리저리 스텝을 밟으며 그의 각목을 피했다.

십여 번 허공을 가르느라 힘이 빠지고 제품에 지친 그 사내의 어깨를 향해 정우가 일격을 날렸다. '퍽' 하는 둔탁한 소리와 함께 그가 '억' 소리를 내며 한쪽 무릎을 꿇자 정우는 그의 옆구리를 향하여 한 치의 망설임도 없이 혼쭐을 내려는 듯 매섭게 2차 공격을 했다. 목과 어깨사이에 강력한 가격을 당한 그 사내는 마른 장작 쪼개지듯 맥없이 앞으로 푹 고꾸라졌다. 정우가 그들을 일으켜 세우며 단호한 어조로 말했다.

"당신들은 불법 침입자에 폭력 행사까지 중죄를 저질렀소. 경찰에 신고하기 전에 우리 공장에서 빨리 나가는 게 당신들 신상에 좋겠지요. 우리 방식대로 곱게 보내 드릴 테니, 우리 회사엔

얼씬도 하지 마슈!"

젊잖게 타이르자 그들은 더 덤벼 볼 엄두를 못 내고 옷을 털고 일어나 공장 밖으로 사라졌다. 정우는 김한수 대리와 정문에서 만났던 두 사람에게 말하여 시위에 참석한 노조원을 구내식당으로 모이게 했다.

400명쯤 직원이 모이자 미리 밖에 준비해 두었던 음료와 통닭과 햄버거를 잔뜩 들고 들어와 허기진 그들이 실컷 먹도록 했다. 포만감은 사람의 날카로움을 무디게 하고 심리적 여유를 주었다.

정우는 진심을 담아 회사의 현황과 자구책 및 50%에서 30%에 이를 퇴직자의 예우에 대해 중점적으로 설명했다. 특히 우선 희망퇴직자는 1년 치 월급을 따로 주고 재취업을 적극 지원한다는 대목에 이르자 많은 직원들이 믿어도 되나? 하는 표정으로 술렁거렸다. 정우가 틀림없다고 재차 강조했다.

다시 악몽과도 같은 일주일을 보낸 후 가까스로 다섯 명의 본부장과 노조가 최후로 마련한 협의안을 들고 중역진과 사장과 회장이 모두 참석하는 대책회의실로 향했다. 정우는 이미 굳은 결심을 했다. 본인과 본부장 2명이 사임하고 전체 기구와 인원을 반에서 3분의 1로 축소하는 방안이었다.

떠나는 직원들에게는 1년 치 월급을 일시불로 지급하고 다른 직장을 구하는 1년간의 유예기간 4대 보험을 회사에서 지급하기로 했다. 남은 직원들은 회사가 정상화될 때까지 상여금과 일체의 수당 없이 본봉만 받기로 했다,

회사의 부장 이상 임원급은 연봉의 30%를 삭감하고, 중역 및 사장단은 연봉의 50%를 자진 반납하는 조건으로 우선 회사를 살려보자는 회사와 노조의 절충적 타협안이었다.

회사의 어려운 여건을 감안하여 난국 돌파에 동참하는 대신 직원들의 희생과 퇴출 또한 최소화 해달라는 진정 어린 건의였다. 공장 및 회사 전 직원의 완강한 저항과 정우와 다섯 명의 본부장의 노력과 희생, 그리고 사후 대책에 다소 고무된 사장단에서 타협안을 조건부로 받아들였다. 그들은 경기가 더 악화된다면 재협상을 해야 한다는 단서를 붙였다.

한바탕의 회오리와 태풍이 휩쓸고 간 회사는 전쟁터를 방불케 할 정도로 여기저기 심한 상처와 잔해를 남겼다. 생산 공장은 라인이 멈추었거나 폐기되었고 기구 통폐합과 인원 축소에 따른 사무실 정리와 이동으로 사내는 일주일 내내 어수선했다.

남은 자는 가슴을 쓸어내리며 숨죽이고 안도했지만, 떠나는 자는 비탄에 젖은 한숨과 원망이 가득했고 앞날에 대한 불안감이 뒤엉켜 회사는 어지럽게 돌아갔다.

그리고 일주일 후, 마지막 정리를 마친 정우는 제일기업을 떠나기로 결심한 대로 사표를 냈다. 중역들과 백사장은 정우의 사표를 수리하지 않고 회사에 남아 어려운 난국을 함께 극복하자고 회유하고 설득했으나, 정우는 이제 가족이 있는 미국에 합류해 홀아비 생활을 청산하고 싶다는 의사를 피력하며 완강히 뿌리쳤다.

게다가 정우는 이번 파업사태를 정리하면서 회사에 대한 신뢰도 사라지고 사람들에 대한 믿음과 애정도 모두 싸늘하게 식어버렸다. 더 이상 회사에 머물고 싶지 않아 한시라도 빨리 회사를 떠나고 싶은 마음뿐이었다.

　각오도 되어있었고 예상도 하고 있었으나, 갑작스럽게 직장을 그만둔 정우는 무력감과 허탈감에 빠져 꼼짝하지 않고 며칠을 집에 틀어박혀 지낸 후 간신히 몸과 마음을 추스르고 미국으로 전화를 했다.
　"불황으로 회사가 어려워져 너무 힘들어. 나 며칠 전 회사에 사표를 냈소. 여기 정리되는 대로 미국으로 갈 텐데 따로 준비하거나 가져갈 것 있으면 말해요."
　정우가 짤막하게 회사를 그만두게 된 경위와 조만간에 미국행을 알리자 현주는 무척 당황해하는 듯했다.
　"갑자기 왜? 좀 더 잘 버텨보지 않고선! 다른 회사에 일자리를 찾아봐야 하는 것 아닌가요? 같이 오자고 할 때 싫다고 버틸 땐 언제고, 이제야 오겠다는 심보는 또 뭔지. 평생 마누라나 딸애는 내팽개치고 불철주야로 충성하던 제일기업은 어쩌고!"
　짜증 섞인 히스테릭한 목소리가 전화선을 타고 들려왔다. 원망과 비난이 모두 서린 착 가라앉은 목소리였다. 의외였다. 정우는 현주가 잘 됐다며 어서 합류하기를 학수고대할 줄 알고 있었다. 정우는 할 말이 없어 아무 대꾸도 못하고 묵묵부답으로 듣고만 있었다.

　며칠 후 다시 전화가 왔다. 현주는 정우가 전화를 받자마자 대뜸 신경질적인 목소리로 말했다. 전에 없던 태도였다.

　"미국 와서 할 일 있어요? 대책 없이 회사에서 퇴직당하고… 여기도 불황이 깊어 장사가 안된다고 아우성이고. 우리 호텔도 손님이 줄어들어 적자가 나고 있어요. 거기서 당분간 어떻게 해보는 게 좋겠어요. 난 모르겠어…."

　타인에게 말하듯 관심 없다는 듯 냉랭하게 들려왔다. 정우는 모든 것이 뒤틀려 소리 없이 한쪽 구석이 무너져 내리는 서늘한 느낌이 들었다. 무엇인지 모를 불안감과 초조함이 느껴지고 자신의 인생에 암울한 그림자가 드리운 듯한 예감마저 들었다.

　이제는 모두가 자기를 필요로 하지 않고, 거부하는 것 같았다. 뒤로 돌아다볼 틈조차 없이 오로지 앞만 보고 내일을 향하여 인생의 수레바퀴를 정신없이 휘감아 돈 자신의 생애가 참으로 한심스럽고 비참하게 느껴졌다.

　젊음을 바쳐 일해 온 평생의 일터와 무늬만 가장인 채 일벌레로 또 돈 벌어다 주는 기계 로봇처럼 살아온 자신의 삶은 빛을 잃고 생명을 잃어버린 덧없는 세월이었다.

　정우는 회사를 그만두면서 이제는 가족의 품으로 돌아가 사회적 욕망을 접고 적게 벌면 적은 대로, 많이 벌면 많은 대로 아내와 사랑하는 딸 수지와 함께 시간을 보내며 오붓하고 단란하게 살아가겠다고 결심했었다.

출세와 명예와 돈이 전부가 아닌 따뜻한 가족의 품으로 돌아가 외롭고 삭막한 이민 생활을 하고 있을 처와 딸에게 자상한 아빠, 다정하고 사랑스러운 남편 노릇을 한 번 제대로 해야겠다고 다짐했다.

아내와 수지와 함께 영화도 보고 그들이 좋아하는 프렌치 레스토랑이나 이탈리아 레스토랑을 찾아 달팽이 요리와 해물 스파게티나 파스타를 먹기 위해 함께 외출하는 상상만으로도 흐뭇했었다.

퇴직금을 받아 챙기고 빌라를 매각하여 목돈을 만들어 손에 쥐었으나 당장 어디에도 쓸 곳은 없었다. 정우는 여러 가지 궁리 끝에 필요한 돈을 조금 남긴 후 친구 석현의 권유로 그가 운영하는 유망 벤처기업에 투자하기로 했다. 첨단 의료기기를 개발하여 생산하는 회사로 최근 급성장을 하고 있는 알짜기업으로 소문났기에 친구를 믿고 망설임 없이 올인 하였다.

석 달 만에 한국에 남아 있는 모든 일을 정리한 후 정우는 홀가분한 마음으로 뉴욕행 비행기에 몸을 실었다. 미련도 많이 남았지만 시원섭섭했다. 태어나고 자라나 반평생 넘게 살아왔던 정든 자기의 나라를 떠나 외국에서 사는 것이 그에겐 반갑지 않았다.

출장 차 그동안 수십 번을 족히 들렀을 뉴욕이었지만 정우는 왠지 이민을 가서 그곳에 사는 것이 마음에 썩 들지 않았고 이민 가서 미국에서 살고 있는 친척이나 친구들의 삶이 한국에 비해 여유롭거나 넉넉하게 느껴지지 않았다.

60~70년대 한국이 가난하고 궁핍할 때 이민 떠난 사람들에게는 미국은 기회의 땅이요 풍요로운 천국에 가까웠을지 모르나, 90년대부터는 한국도 모든 면에서 풍족하여 미국 생활이 부러울 것이 없었다.

오히려 한국에서 중·상류 생활을 하다가 좋은 직장도 그만두고 강남의 아파트 팔아 40~50만 달러를 가지고 투자이민으로 가서 미국에서 식품점이나 세탁소를 운영하며 교민 사회에서 그런대로 성공했다는 평을 듣는 분들도 한국이 많이 발전했다는 말로만 듣다가 10년, 20년 만에 방문해서 한국의 눈부신 발전과 풍요로운 삶의 질을 보고 깜짝 깜짝 놀랐다.

검소하게 생활하며 필요한 정도만 구비해 생활하는 미국식 생활과는 달리, 한국 대다수의 가정에서는 커다란 냉장고에 각종 먹을거리와 육류, 과일, 음료수를 가득 채워놓고 심지어 냉장고를 두 개씩 보유한 집들도 많았다. 장식한 가구며 냉장고와 TV 및 모든 가전제품을 최상품으로 꾸몄다.

집 안의 인테리어나 가구, 주방용품 등도 모두 고급스런 제품들로 꽉 채워 겉으로 보기에 물질적인 풍요를 흡족하게 느끼며 사는 것 같았다. 자신들이 팔고 간 아파트는 그 당시보다 다섯 배 또는 열 배 가까이 뛰었고 거들떠보지도 않았던 시골의 보잘것없던 논밭이나 야산조차 값이 천문학적으로 뛰어 부자가 되어 있는 사람들이 지천으로 널려있었다.

이민 초기부터 그들은 새벽부터 일찍 일어나 저녁 늦게까지 두 부부가 힘을 합쳐 열심히 노력하고 일군 땀의 결과로 이룬 부였지만 한국에서는 직장생활을 하며 저축한 돈으로 아파트나 부동산을 구매했던 것이 몇 배로 값이 오르거나 사업차 마련한 토지나 건물의 가격이 천정부지로 치솟아 보다 쉽게 재산을 축적한 것 같아 조금은 허탈했다.

한국에서 중·상층의 가정주부들은 대개 직장을 갖지 않고 남편들이 벌어다 주는 돈만 가지고도 풍요롭게 살고 저축도 하며 재테크를 하거나 부동산에 투자하여 재미를 쏠쏠히 보았다고 했다.

그들이 고달픈 이민 생활을 하며 땀을 흘려 돈을 버는 동안 한국의 아줌마들은 유한마담이 되어 집안일은 파출부를 두고 일을 시키며 유유자적하고 경치 좋은 커피숍이 있는 팔당이나 양수리를 찾아다니고 유명한 맛집을 찾아 이리저리 몰려다니는 상팔자로 살고 있었다.

한국의 아줌마들처럼 태평성대에 살고 있는 곳은 이 세상 어디에도 없는 듯했다. 유일한 그들의 고민거리와 소망은 아이들이 공부를 잘해서 SKY 대학에 재수하지 않고 한 번에 척 붙는 것이었다. 그래서 그들끼리는 얄미우면서도 복 많은 여자를 가리켜 '쟤는 매일 밖으로 쏘다니며 잘도 놀러 다니는데 자식들은 공부만 잘하는 년'이라고 한단다.

정말 상팔자도 그런 상팔자가 없을 듯했다. 남편 돈 잘 벌어다 주지, 부동산은 사두는 대로 오르지, 자식들은 속 안 썩이고 공부 잘하지, 본인은 친구들과 어울려 먹고 싶은 것, 사고 싶은 것, 하고 싶은 것 구애받지 않고 다 하면서 살 수 있으니 그들에겐 한국이 더할 나위 없는 지상천국이었다.

2년 만에 다시 본 존 F. 케네디 공항은 달라진 것이 별로 없었다. 새삼스레 눈여겨 살피니 인천국제공항보다 초라해 보였다. 세계 최대 최고 중의 하나인 케네디 공항조차 인천국제공항과 견주어 보니 상대가 되지 않을 만큼 낙후되어 보였다. 인천국제공항은 입구에 들어선 순간 쾌적하고 시원한 느낌부터 들면서 모든 것이 정결해 보인다.

건물의 규모, 레이아웃, 탑승과 화물 운송 시스템, 줄을 선 지 5분에서 10분이면 끝나는 출입국 절차 및 서비스를 하는 직원들의 신속한 업무처리와 친절하고 상냥한 태도 등 모든 면에서 인천공항은 세계 제일의 공항으로 평가받을 만했으며 그 자부심을 갖기에 충분했다. 그에 비하면 1시간 가까이 출입국 절차에 내달리는 뉴욕 공항은 거부감부터 일었다.

십여 년 전 처음 미국을 방문했을 때만 해도 북아메리카의 제1공항인 이곳 케네디 공항에 도착하여 입국 수속을 할 당시엔 세계 제일의 강국이며 부국의 심장부에 들어간다는 기대와 흥분 속에 자신이 무척 긴장하고 위축되었던 기억이 떠올랐다.

케네디 공항의 입국 절차는 긴 줄이 늘어서고 한 시간 이상이 걸려 끝이 났다. 그들의 절차는 늘 번거롭고 까다로워 사람의 신경을 곤두서게 만들었다. 그들의 자세는 감독관처럼 무뚝뚝하고 딱딱했다. 여기에 비하면 인천공항의 직원들은 단테의 신곡에서 천국을 안내하는 베아트리체에 비교될 만큼 친절하고 상냥했다.

　공항에는 수지와 처와 처남이 마중을 나와 기다리고 있었다. 수지가 먼저 다가와 정우의 품에 안겼다. 2년 가까이 못 보는 동안 수지는 요조숙녀가 다 되어있었다. 키도 엄마보다 훨씬 커졌고 아주 예뻐졌다. 예쁘게 잘 자라준 수지가 고마워 정우는 수지를 오래오래 껴안고 있었다. 그리고 처와 처남과 반갑게 해후를 했다.

　그들은 우선 뉴욕의 처남 집으로 향했다. 가끔씩 출장 차 들렀던 길도 오늘은 새삼 눈여겨보게 되었다. 이제부터는 제2의 고향으로 살아가야 할 곳이었다. 허드슨 강을 따라 쭉 뻗은 고속도로를 따라 막힘없이 내달린 끝에 두 시간 정도 걸려 뉴욕에 도착했다.

　현주의 이민 초기 생활은 단조로웠다. 수지의 뒷바라지를 하면서 짬을 내어 어학원에 다니며 미국식 영어를 배웠다. 영어가 조금씩 숙달되고 현지인들과 의사소통이 원만해지자 그녀는 바빠지기 시작했다. 무료한 생활에서 벗어나 자신의 생활을 만들어가기 시작했다.

　오빠의 권유로 오래전부터 함께 투자해 둔 코네티컷의 덴버리 시 근교에 위치한 호텔은 규모가 크지는 않았으나 전문 경영인에게 위탁 경영되고 있었다, 현주는 업무를 익힐 목적으로 그곳으로 출근하여 현장 체크를 하기 시작했고, 수지도 줄리어드의 기숙사로 다시 들어가게 되어 덴버리 시에 집을 새로 장만하여 이사를 했다.

3년이 지날 즈음 그녀는 미국 생활에 그런대로 잘 적응하고 즐기고 있었다. 그녀는 미국인들의 생활 습관과 문화를 큰 거부감 없이 잘 받아들이고 교민들과도 잘 어울렸다. 한국에서는 늘 이웃과 타인을 의식하며 살아왔는데 이곳은 그런 것에 신경 쓸 필요 없이 자유롭게 살 수 있었다.

　개인의 프라이버시를 절대 존중해주는 그런 자연스러운 환경이 좋았다. 한국 생활은 남에 대하여 시시콜콜한 것까지 관심을 보이고 모든 면에서 상당히 구속적이고 쓸데없는 경쟁심과 질시와 질투심 속에서 남편, 자식, 친정, 시댁까지 모두 비교 대상이 되어 세간에 회자되는 것이 늘 싫었다.

　한국에서의 주된 관심과 대화는 세상적인 것, 단세포적인 것으로 남편의 학벌, 직장 또는 시댁이나 친정의 고향, 살림살이 규모와 아이들의 학교 등 끝 간 데 없이 관심을 보였다.

　현재 성공했고 잘나가는 사람들도 과거의 궁핍했던 가정사나 흠집이 도마 위에 오르고, 반대로 현재 잘못 풀렸거나 처져 있는 사람은 비교 대상에서 빠지고 관심 밖으로 밀려나 위축되고 고단한 삶을 살았다.

　이에 비해 미국에 정착하여 현지화된 교민들의 삶은 편안하고 조금 다르게 보였다. 그들은 주어진 대로 자신들의 삶을 즐기고 다른 사람들과 자신을 굳이 비교하려 들지 않았다.

　그들은 하루하루를 평안하게 감사하는 마음으로 살아가는 듯 보였다. 일류 대학, 일류 직업, 일류 직장, 일류 신랑감, 최고의 신붓감을 고집하며 최고와 일류에 집착하는 한국의 풍토와 미국의 사회는 사뭇 다른 것 같았다.

물론 미국의 최상류층이나 유태인의 가정이나 한국 교민들 중에는 자녀들을 하버드나 예일, 프린스턴 같은 대학이나 아이비리그에 속하는 명문 대학에 자녀를 입학시키기 위해 수고를 아끼지 않는 부모들도 많이 있었다. 자신들은 새벽부터 밤늦은 시간까지 일터에 나가 고된 삶을 살아가면서 자녀들은 일류로 키우기 위해 희생을 기꺼이 하는 교민도 부지기수였다.

2차 세계대전을 전후하여 유럽과 동구권이나 러시아에서 미국으로 이민을 떠난 유태인들 중에는 미국에 정착하여 식품 가게, 주유소, 세탁소, 채소가게나 리쿼 스토어 등을 운영하며 자식들의 교육에 힘써 그들을 미국 주류 사회의 일원으로 만들었다.

그들이 하던 사업체는 하나둘씩 한국인들이 물려받았고, 부지런한 한국인들은 유태인의 삶의 궤적을 열심히 따라 하면서 그들의 자녀들 역시 좋은 학군에 있는 좋은 학교에 보내어 명문대학으로 보냈다.

그리하여 그들의 1.5세대에와 2세대는 미국 주류 사회의 일원이 되어 아버지와 어머니가 노동의 대가로 만들어준 좋은 직장 좋은 환경에서 주류 사회의 일원으로 일할 수 있게 되었다. 미국 이민 역사에서 반세기도 채 되지 않은 짧은 세월에 미국 사회에 이토록 빠르게 적응하며 성공 가도를 달린 예는 유태인과 한국인밖에 없다고 한다.

10. 부러진 날개

한 사람의 인생에는 세 번쯤의 결정적 기회와 변화가 찾아오는데 순간의 결정에 따라 결과는 천차만별의 다른 길을 걷게 된다고 한다. 이러한 길은 자신의 의지에 따라 택하는 경우도 있으나, 때로는 자신도 알 수 없는 운명에 이끌려 자신이 결코 의도하지 않았고 기대하지 않던 인생을 살고 있는 경우도 종종 보게 된다.

클라우디오와 만난 후로 현주가 세상을 바라보는 눈은 이전과는 다르게 빠른 속도로 변해갔다. 한국에서의 삶은 가정주부로 국한되어 수지를 키우며 남편 뒷바라지하면서 가끔씩 친구들이나 지인들과 만나 커피숍이나 레스토랑에 모여 수다를 떠는 단조로운 삶의 연속이었다.

그러나 이곳 미국에서 현주의 생활은 정우의 그늘을 벗어나 자기 주도적으로 누구의 간섭도 받지 않으며 자유롭게 자기 자신의 일을 하며 인생을 제대로 즐기며 살고 있다는 느낌이 들었다.

정우가 돌아왔다. 뉴욕의 처갓집에서 며칠을 보낸 후 금요일 오후 정우와 현주는 줄리어드로 가서 수지를 데리고 그들의 집이 있는 덴버리로 향했다. 오랜만에 세 식구가 한데 모여 그들만의 오붓한 시간을 갖게 되어 정우는 마음이 들떠있었으나 무언지 모를 공허함과 부자연스러움이 곳곳에 스며들어 있는 듯했다.

 5년 가까이 떨어져 살아왔던 생활에서 오는 낯설음과 불편함이 고스란히 남겨져 있었다. 정우는 억지로라도 서먹한 분위기를 깨고 즐거운 분위기를 만들어 보려고 수지와 장난을 치면서 그의 아내에게 유머 시리즈도 들려주며 대화를 시도해 보았다.

　　〈화장실의 낙서〉

　　신은 죽었다;　　　　니체

　　너는 죽었다;　　　　신

　　너희 둘 다 죽었다;　화장실 아줌마

　　〈웃기는 지명 시리즈〉

　　식욕 잃은 사람이 찾는 도시는?　　　　　구미

　　술 좋아하는 사람이 찾는 도시는?　　　　청주

　　보석 좋아하는 사람이 찾는 도시는?　　　진주

　　생선 매운탕 좋아하는 사람이 찾는 도시는?　대구

 수지는 재미있어 깔깔거리며 몇 개 더 들려 달라고 졸랐으나 현주는 별 반응 없어 어정쩡하고 썰렁한 듯 분위기를 쉽게 바꾸지 못했다. 집에 도착해서도 현주는 별말이 없었다. 어딘지 모르게 차갑게 느껴지고, 어색해하는 듯했다.

무의식 속에서도 정우와 거리를 두려는 모습이 잠깐씩 스쳐지나고 그녀의 얼굴에는 불안하고 쫓기는 듯 어두운 그림자가 어른거렸다. 그녀의 몸과 마음은 정우에게서 멀리 떠난 듯했다. 그녀는 정우의 침실을 따로 준비해 놓고 저녁을 먹은 후 피곤하다며 일찍 자기 방으로 들어갔다.

안쓰럽게 생각한 수지가 아빠와 같이 TV를 보며 한 시간 가까이 학교생활과 연주회 이야기를 나누다가 피곤하다고 눈을 비비며 자기 방으로 들어갔다. 5년 동안 떨어져 살았고 2년 만에 다시 만난 가족은 낯설었고 타인처럼 되어있었다. 거실에 혼자 남아 멀뚱히 서성이는 정우는 남편이 아니라 초대받지 못한 손님이었다.

다음 월요일, 수지는 학교로 돌아가고 현주도 자기 일로 바쁘게 다녔다. 미국 생활에서 손 놓고 할 일 없이 빈둥거리는 사람은 없었다. 맞벌이를 하지 않으면 매달 돌아오는 카드 대금이나 주택 임대료나 자동차 할부금, 자녀들의 학비 등으로 지출하는 돈이 많아 생활을 유지하기가 힘들었다. 한국에서처럼 쓰고 남은 돈을 저축하거나 목돈을 만들어 아파트를 사고 상가를 사들이는 그런 여윳돈을 만들기가 쉽지 않았다.

미국은 할부 금융의 천국으로 주택 구입도 자동차 구입도 집안의 가전제품이나 가구도 모두 10~30%의 다운 페이먼트라 하여 선금을 내고 나머지는 할부로 갚아나가면 되는 것이었다.

그리하여 그들은 부부가 힘을 합쳐 열심히 매달 돈을 벌어들이지 않으면 생활이 유지가 되지 않고 카드 대금을 못 갚게 되면 신용불량자가 되어 가정이 파탄 나기 십상이었다.

무엇을 해야 할지 몰라 계획조차 세우지 못한 정우는 무료하게 집에 앉아 인터넷을 뒤적이거나 TV를 보거나 집 근처를 배회했다. 현주는 일주일이 다 돼가도록 정우와 잠자리를 갖지 않았다. 아니 차라리 정우와 잠자리를 거부함으로써 무언의 암시를 주려는 듯했다.

일주일이 지나고 한 달이 지나도록 정우는 무기력하게 아무 일도 하지 못한 채, 아무것도 손에 대지 못하고 시간을 보낼 수밖에 없었다. 정우는 무엇을 어떻게 시작해야 좋을지 알 수 없었으며 특히 아내인 현주와 의논을 해야 했으나 그녀는 바쁘다는 핑계와 자기 일은 자기가 알아서 하라며 시종 무관심한 투로 일관하여 무심한 세월을 보내고 있었다.

토요일 아침 그녀는 화사하게 옷을 차려입고 집을 나서며 동창 모임이 있어 늦을 거라며 혼자 식사하던지 아니면 근처 식당에 가서 저녁을 먹으라는 말을 남기고 휑 하니 차를 몰고 나갔다. 그 날 밤 그녀는 밤 11시가 되어서 도둑고양이 마냥 살그머니 그의 눈치를 살피며 돌아왔다.

정우는 본능적으로 뭔가 있다는 불길한 예감으로 불쾌했으나 아무 말 하지 않고 참고 넘어가기로 했다. 오랜만의 해후를 망치고 싶지 않았고 더구나 수지 앞에서 공연한 분란을 일으키고 싶지 않았다. 결국 모든 것이 오랜 공백 기간에 생긴 자신의 불찰에서 비롯되었다는 자괴감이 들었다.

거의 뜬눈으로 밤을 지새운 정우는 막막했다. 어디서부터 어떻게 다시 시작해야 하는지? 그는 서울에서 좀 더 면밀히 계획을 세워 일자리를 알아보지도 않고 무작정 가족 품으로 돌아간다는 생각으로 서둘러 떠나온 것을 몹시 후회했다. 미국 생활은 모두가 쉴 틈 없이 숨 가쁘게 일해야 먹고 살 수 있는데 정우는 혼자 외톨이가 되어 빈둥거리며 시간만 축내고 있었다.

대학 졸업 후 20여 년간 휴일조차 때로는 반납하면서 폭주 기관차처럼 오로지 앞만 보고 달리며 일해 온 그였기에 할 일 없이 무료하게 시간을 보내는 일이 견딜 수 없을 만큼 고통스럽고 힘들었다. 자기는 일을 해야 할 사람이고 일을 함으로써 삶의 가치와 보람을 느끼며 살아 숨 쉬는 것이기 때문이었다.

한 달이 더 지나고 할 일 없이 보내는 시간과 한심한 자신의 처지에 더해 현주의 냉랭한 태도를 더는 참을 수 없었다. 정우는 무언가 일거리를 찾아보기 위해 제일기업에 있을 때 가깝게 지냈던 미스터 샤헤리를 만나 사업 구상이나 취직자리라도 알아보기 위해 LA로 나섰다.

한 달 만에 다시 떠나는 아빠를 마중하며 수지의 얼굴과 목소리는 안타까움과 죄송함으로 가득했다. 엄마를 원망하며 자신도 어쩌지 못하고 다시 아빠와 떨어져 지내는 것에 대한 불안감과 두려움이 있었다.

"아빠! LA에 꼭 가야 해? 뉴욕에는 아는 사람이 없어?"

딸을 껴안으며 정우는 다시는 수지를 보지 못할 것 같은 예감으로 가슴을 떨었다. 눈물을 보이지 않으려고 꾹 참으며 떨리는 손으로 수지의 볼을 만지며 가벼운 입맞춤을 했다.

"수지, 안녕! 아빠는 너를 믿는다. 수지, 최고의 바이올리니스트가 되어야 해."

그들 부녀는 만난 지 한 달만에 또다시 아쉬운 작별을 했다. 정우의 마음은 깊은 상처를 입은 들짐승처럼 그르렁거리며 눈물을 흘리고 있었다.

미스터 샤헤리는 정우를 기다리고 있었다. 제일기업과 오랜 세월 거래를 해온 샤손사는 서부지역에서는 탑 위치에 오른 유명 의류회사로 1~2년 내 동부지역을 공략하기 위해 뉴욕에 지사를 설립할 계획으로 제일기업에서 오랫동안 헌신적으로 일했던 정우의 경험을 높이 사 그와 함께 일하기를 청했던 것이다.

그들은 몇 마디 얘기를 나눈 후 곧바로 정우에게 향후 계획을 이야기하며 수입 파트에서 MD를 맡아보며 뉴욕의 지사 설립을 준비하자고 제안했다. 그들은 오랜 지기였기에 금세 의기투합할 수 있었다. 한 달에 한 번씩은 뉴욕으로 가서 업무도 보고 집에 들를 수 있는 기회가 있어 가끔씩은 시간을 내 가족을 만나러 덴버리 집으로 갈 수 있도록 배려했다.

5년 동안 떨어져 지냈던 남편이 회사를 그만두게 되어 서울 생활을 정리하고 미국에 합류했다. 이제 현주는 그동안의 일탈에서 제 자리로 돌아와야 한다고 생각했다.

예기치 않은 폭설로 인해 눈길에 갇혀 하룻밤을 클라우디오와 지낸 후로 남몰래 만나 골프와 밀회를 즐겼던 떳떳지 못한 이중 생활을 끝내야 할 때가 다가왔다.

더 이상 만나서는 안 된다고 굳은 결심을 하고 오늘은 만나서 결별을 선언하리라 굳게 다짐하고 나섰지만 클라우디오를 만나면 어느덧 그런 결심은 눈 녹듯 사라졌다. 이래서는 안 된다고 생각하면서도 막상 몸은 뜨겁게 달아올라 자신도 어쩌지 못하고 속절없이 무너져 버렸다.

뜨거운 욕망은 차가운 이성을 항상 앞서나갔다. 학창 시절 읽었던 서머 셋 모음의 '써밍 업' 속의 타운센트 부인의 독백처럼 '지난밤의 불륜 후 하나도 흉측하게 변한 것이 없이 멀쩡한 자신의 거울 속 얼굴을 들여다보며 안도하는 그녀처럼' 자신도 변하지 않은 모습을 보고 다행스럽게 생각하였다.

처음엔 두렵고 떨리고 겁이 났으나 한 번, 두 번, 세 번이 거듭되면서 죄의식에 둔감하게 되고 오히려 그 두근거림 속에 흥분이 증폭되어 더 큰 떨림으로 더 큰 쾌감으로 그녀를 이끌었다.

클라우디오를 만나면 또다시 그의 넓고 따뜻한 가슴 속을 파고드는 나약한 자기 자신이 한없이 한심하고 미웠다. 쾌락과 쾌감이 폭풍처럼 지나간 정사 뒤에는 언제나 죄의식과 함께 허탈감과 씁쓸함이 찾아들었다.

시간은 빠르게 지나갔다. 6개월쯤 지난 후 추수감사절 휴가를 미국에서 처음으로 가족과 같이 보내게 된 정우는 수지와 캠핑을 가기로 하는 등 여러 가지 계획으로 일주일을 함께할 행복한 감상에 젖어 덴버리로 향했다. 광활한 대륙 아메리카는 LA와 뉴욕의 시차만 4시간이며 비행기로도 서울에서 방콕까지의 거리에 해당하는 5시간 정도의 먼 거리였다.

낮 12시에 출발해도 뉴욕을 거쳐 덴버리까지 밤 9시는 되어야 도착할 수 있었다. 마침 항공사에서 연락이 와 아침 8시에 출발하는 아메리칸 에어라인에 빈자리가 생겨 탑승할 수 있다고 알려왔다. 미국에서 처음 맞이하는 추수감사절 휴가는 기분 좋게 시작되었다.

예정보다 일찍 뉴욕의 라구아디아 공항에 오후 4시경 도착하여 택시를 타고 덴버리로 향했다. 덴버리는 미국에서도 살기 좋은 도시 1, 2위로 손꼽히는 도시로 시가지가 잘 조성되어 있고 주택단지도 쾌적하고 깨끗하며 조용한 도시로 미국에서 흔히 발생하는 강력 사건 하나 없는 동네였다.

택시가 서서히 집 앞 주택단지로 진입할 즈음 저 멀리 현주의 집 앞에 커다란 링컨 컨티넨탈이 주차해 있고 두 남녀가 포옹한 후 차를 타고 떠나는 금발의 백인 남자를 향해 손을 흔들며 돌아서는 여인의 모습이 시야로 들어왔다.

택시가 집 앞에 다다르고 정우가 차에서 내리려는 순간 펜스 너머로 골프백을 들고 집안으로 향하는 그 여인이 현주임을 발견하고 숨이 막히며 넋을 잃었다.

백인 남자를 배웅하고 돌아서는 그녀의 모습은 환희에 넘치고 행복에 겨운 모습으로, 다름 아닌 자신과 데이트를 하고 돌아서는 자기에게 보여주었던 그 환희에 찬 아름답던 현주의 모습 그대로였다. 맙소사! 정우를 반하게 했던 예의 그 밝고 환한 미소를 자신이 아닌 뭇 남성에게 보낸 것이었다.

한동안 멍하니 앉아있던 정우는 택시 기사가 목적지에 다 왔다고 두 번이나 재촉하자 비로소 정신을 차리고 떨리는 가슴을 진정시키며 택시 기사에게 다운타운 쪽으로 좀 더 가서 내려 달라고 부탁했다. 맨정신으로 이대로 집으로 들어가 현주를 마주할 수 있는 용기가 도저히 나지 않았다.

카페로 들어간 정우는 스카치위스키를 더블로 시켜 한입에 털어 넣고 성이 차지 않아 두잔, 세잔 째 스트레이트로 마셨으나 정신이 그대로 맨둥맨둥하고 떨리는 가슴이 진정되지 않아 병째로 달라고 주문하고 연이어 거듭 들여 마셨다.

미국에서는 알코올 중독자가 아니면 한국처럼 위스키를 병째로 마시는 사람은 보기 힘들었다. 카페 주인과 카페 테이블에 앉아 있는 손님들은 말없이 독한 위스키를 마시며 괴로워하는 정우를 보면서 무슨 소동이라도 날 듯한 걱정스런 표정을 지었다.

얼마나 마셨는지 위스키 한 병이 거의 바닥을 드러내고 기억이 가물가물해지고 만취 상태가 되고 나서 어슬렁어슬렁 거리를 휘적거리며 집을 찾아 들어갔다.

현주는 다소곳이 소파에 앉아 차를 마시며 TV를 보고 있었다. 정우는 그런 그녀를 보는 순간 불결한 여자라는 느낌으로 불쾌해지고 그녀가 가증스럽다는 생각이 들었다.

　"낮에 당신과 포옹하고 링컨 타고 떠난 그 백인 놈이 누구야?"

　불쾌해진 얼굴로 힐난조로 물었다. 거칠고 기습적인 정우의 말에 놀라서 당황하며 힐끔 그를 쳐다본 현주는 말을 더듬었다.

　"당신 많이 취했으니 우리 내일 이야기해요."

　소파에서 일어서며 대수롭지 않다는 듯 말하면서도 그녀의 음성은 몹시 떨렸다. 무시하는 듯이 차갑게 느껴지는 그녀의 말투에 더 화가 난 정우의 눈에 순간적으로 현주의 골프백이 들어오고 두 사람이 골프 치며 즐거워하는 모습이 오버랩 되자 정우는 이성을 잃고 흥분하여 골프백을 발로 걷어차고 골프채를 꺼내 부수어버릴 듯 달려들었다.

　오랫동안 같이 살면서 욕설은 물론 큰소리 한번 들어본 적이 없는 현주는 처음 보는 정우의 난폭한 행동과 거친 말투 그리고 시퍼런 서슬에 놀라 겁에 질려 비명을 지르며 자기 방으로 숨어버렸다.

　현주를 바라보는 정우의 눈은 분노와 증오에 가득 차서 이글거리고 한껏 경멸하는 낯빛으로 살기까지 느껴졌다. 뒤쫓아 간 정우는 현주를 붙잡으려 했으나 간발의 차이로 놓치고 분을 참지 못하며 문을 발로 걷어차며 소리 질렀다.

　"문 열지 못해! 할 말 있으면 어디 나와서 해보시지!"

부서져라 두드리며 소리치는 정우의 고함에 대꾸도 하지 않은 채 현주는 문을 꼭꼭 걸어 잠그고 겁에 질려 몸을 바들바들 떨었다.

분을 삭이지 못한 정우는 골프채를 꺼내 들고 휘두르며 눈에 띄는 대로 박살을 냈다. 탁자 위의 찻잔, 샹들리에, 거울, 식탁 위의 접시와 베란다의 유리창 등 보이는 것마다 미친 듯이 고함치며 후려쳤다. 정우는 이성을 잃고 난폭하게 현주를 향해 세상을 향해 화풀이 해댔다.

고요하던 동네에 평화로움을 깨고 한 남자의 고함치는 소리, 여인의 비명소리, 유리창 깨지는 소리, 샹들리에가 깨져나가고 커다란 소란이 일자 이웃 주민이 경찰에 신고했다. 더불어 평소 겪어 보지 못했던 정우의 난폭함에 무슨 일이 벌어질 것 같아 잔뜩 겁을 먹은 현주의 신고로 경찰이 출동했다.

요란한 사이렌 소리를 울리며 경찰들이 몰려왔다. 그들은 잠겨있는 현관문을 걷어차고 순식간에 거실로 들이닥쳤다. 이성을 잃고 닥치는 대로 골프채를 휘두르며 후려치고 부수며 고함지르는 정우를 향해 경찰이 소리치며 총을 겨누었다.

"손들어."

"움직이지 마."

"뒤로 돌아."

서슬 퍼런 경찰의 날 선 명령에 정신이 번쩍 든 정우는 곧 발포할 것만 같은 싸늘한 총구를 바라보며 그들이 시키는 대로 얌전히 응했다. 달려든 경찰이 뭐라고 지껄이며 정우의 두 팔을 꺾어

올리고 그를 범죄자처럼 난폭하게 제압한 후, 차가운 수갑을 채워 경찰서로 연행해 갔다.

한국에서 경찰서는커녕 지구대조차 가본 적이 없는 정우는 미국 경찰의 매서운 시선을 받으며 폭력 영화나 갱영화에서나 보던 차가운 철창 안에 갇히는 처량한 신세가 되었다. 다음 날 오후 처남이 변호사를 대동하고 허겁지겁 달려와 보석금 3,000불을 내고 저녁 늦게 풀려나왔다.

정우가 취업비자를 받아 LA에 근무하고 있으며 이민 비자를 신청하고 있는 중이기에 추방은 면했으나 경찰은 정우에게 현주 집 근처 100미터 이내 접근금지 명령을 내린 후 석방했다.

"여긴 미국일세. 한국과는 다르네. 현주와 무슨 일이 있었는지 모르지만 영 자네답지 않군. 일단 LA로 돌아가 있게. 내가 수지에게는 자네가 급한 일로 한국 출장을 가게 되어 못 온다고 전했네."

처남이 마땅찮은 듯 냉랭한 어조로 말했다. 오랜만에 가족들과 함께하려 했던 그의 추수감사절 휴가는 엉망이 되고 정우는 사랑하는 딸 수지의 얼굴조차 보지 못한 채, 도망자처럼 LA로 조용히 돌아왔다.

다행히 수지에게는 아빠가 급한 일로 한국 출장을 가게 되어 오지 못하니 덴버리로 가지 말고 뉴욕의 삼촌 집에서 추수감사절 저녁을 함께하자고 연락해서 그 처참한 현장은 수지 모르게 넘기게 되었다. 어떻게 하든 그들의 불화로 수지에게 만큼은 털끝만한 상처도 주고 싶지 않았다.

부러진 날개

그 사건 이후 힘든 나날을 보내며 현주와 화해를 하려고 덴버리로 수없이 전화를 하고 사과의 문자를 날려도 그녀는 전화도 받지 않고 결코 답장도 없었다. 미국 생활 그 무엇이 그녀를 이렇게 바꾸어 놓았는지 정우로서는 도저히 알 수 없어 답답하고 한숨만 나올 뿐이었다.

한바탕 난리를 피우며 난장판이 된 처참한 거실을 바라보면서 현주는 자기와 정우의 관계도 이미 깨어진 유리창과 찻잔처럼 서로의 마음속에 커다란 상처를 남기고 돌이킬 수 없음을 느끼며 입술을 지그시 깨물었다. 자업자득이라는 회한과 함께 진한 슬픔이 밀려들었다.

일찍이 정우에게서 그토록 험악한 분노와 증오가 가득 찬 눈빛을 본 적이 있는가? 자신을 향한 경멸에 찬 냉소적인 비웃음을 본 적이 있었던가? 눈앞에 선연히 나타나는 분노로 일그러진 험악한 그의 모습을 상상만 해도 오금이 저리고 떨려왔다.

18년간 살면서 큰소리 한 번 내지 않던 착한 남자! 착하디착한 남자 정우를 증오의 나라로 떨어뜨린 더러워진 몸으로 더 이상 그의 곁으로 다가갈 수 없을 것이다. 또한 결벽증의 정우는 그런 자기를 절대로 용서하지도 받아주지도 않을 것이리라.

정우와 18여 년의 결혼생활은 나쁘지 않았으나 돌이켜 보면 행복으로 가득했던 삶만은 아니었다는 생각도 들었다. 현주는 현재의 풍요롭고 넉넉한 생활 속에서 누구에게 속박되지도 않고 자유롭게 지내며 클라우디오와 보내는 달콤한 생활에 깊이 빠져있음을 부인하지 않았다. 나는 다시 돌아갈 수 없을 것이다. 나는 돌아가지 않을 것이다.

정우가 LA로 떠밀리듯 쫓겨 간 후로 현주는 내면에 잠자고 있던 죄의식으로 괴롭고 불안정하며 피폐한 심정이 되어 사람을 만나는 일이 두려웠다. 주위 사람들이 자기를 손가락질하며 부정한 여자, 나쁜 여자로 힐난할 것 같아 집 밖에 나서는 일조차 부담스러웠다. 혼자 있는 것도 두렵거니와 부서지고 망가지고 깨뜨려진 집안을 바라보는 심경은 참담했다.

현주는 집 안을 수리하고 정리하는 동안 뉴욕의 오빠와 어머니가 계신 집으로 가서 칩거하며 조용하게 지내고 있었다. 하루가 멀다 하고 클라우디오에게 전화가 왔지만, 현주는 몸이 불편하다는 핑계로 그를 만나지 않았다. 어느덧 한 해가 저물고 있었다.

크리스마스를 현주와 같이 보내지 못해 서운했던 클라우디오는 망년 파티에 그의 가까운 친구들, 그리고 사업 파트너와 함께 현주와 그녀의 오빠인 현철을 초대했다.

클라우디오와 현철은 그동안 여러 차례 수지와 크리스티앙의 연주회를 통해서 인사를 나누고 티 파티에도 함께 참석해 친숙해진 사이였다. 미국에 이민 와서 살고 있는 현철에게 클라우디오와 같은 유력자와 가깝게 지내는 것은 여러모로 도움이 되어 현철은 클라우디오에게 늘 호감을 갖고 대하고 있어 그도 역시 호의를 느껴 반갑게 대했다.

현주와 현철은 미국에 이민 온 지 5년이 지났지만 백인들의 망년 파티에 초대받고 참석한 것은 이번이 처음이었다. 밀레니엄을 맞이하는 연말의 들 뜬 분위기에 휩쓸려 그들도 파티가 몹시 기다려지고 기대되었다.

뉴욕의 부자들이 사는 올드 그린위치의 언덕 위에 자리 잡은 1에이커에 달하는 널찍한 저택은 여성적 우아함이 특징인 그리스식의 정원과 석조 건물로 세련되고 단아했다.

파티에 모인 남녀는 모두 20여 명 정도로 미국 주류 사회에서 의사, 변호사, 교수, 증권 브로커, 사업가 등등의 직업을 갖고 있으며 그들은 윤택하고 여유롭게 인생을 만끽하며 한껏 즐기고 사는 듯 보였다.

격식을 크게 따지지 않는 자유분방한 그들답게 파티는 소탈하게 준비되었다. 널찍한 테이블 위에 준비된 여러 종류의 음식과 음료와 와인, 위스키, 맥주 등을 취향에 따라 각자 편하게 먹고 마실 수 있도록 준비되어 있었다.

"여러분 오늘의 주빈을 소개합니다. 여기 한국에서 온 아름다운 미세스 리와 그의 오빠 미스터 킴을 소개합니다. 이분들은 줄리어드의 쿼뎃 '에벤에셀' 제1바이올리니스트 수지의 어머니와 삼촌입니다. 이분들을 우리 파티의 회원으로 모시게 되어 영광입니다. 다 같이 환영합시다."

클라우디오가 친구들에게 현주와 현철을 소개하자 모두 환호성을 지르고 박수를 치며 열렬히 환영했다. 클라우디오의 친구들은 최근 클라우디오가 사랑에 빠진 현주를 바라보며 그도 그럴

만하다는 듯 그에게 찡끗 윙크를 보냈다.

그들과 사연스럽게 어울려 밤늦도록 먹고 마시고 춤추며 즐겁고 유쾌한 시간을 보내면서 현주는 한동안 우울했던 마음을 털어 버릴 수 있었다. 현주는 오랜 세월 답답하고 억눌리며 살았던 한국 생활과 한국인의 쪼잔한 삶의 방식에서 벗어나 새장 밖으로 훨훨 날아올라 자유롭고 더 넓은 세상으로 떠나는 느낌이 들었다.

저택의 베란다에서 바라보는 언덕 아래로 일망무제로 펼쳐진 대서양의 풍광은 장관이었다. 신선한 밤공기를 가르며 새해를 알리는 종소리에 맞추어 합창하듯 샴페인을 터뜨리며 지르는 환호성 속에서 40여 년 동안 한국인의 인습 속에 그녀를 짓누르고 맺혔던 답답한 가슴이 한순간 시원하게 뻥 뚫리며 허공 속으로 사라지는 것을 느꼈다.

새해가 지나고 며칠 후 클라우디오가 현철에게 전화를 걸어왔다. 맨해튼의 멀버리 가에 있는 자기가 직접 운영하는 '피차리토'에서 저녁을 함께하자고 했다.

남는 게 시간뿐인 현철은 마다할 일이 없었다. 뉴욕항 근처에 '대부'에서 나오는 마피아의 거리로 더 유명해진 리틀 이탈리아에 있는 그의 '피자리토 파스티리토'로 시간에 맞추어 나갔다.

화기애애한 가운데 저녁을 먹으며 한국식 주법이라며 와인 잔이 서너 차례 오가고 남자들끼리 곧 호탕하게 오픈하는 분위기가 무르익었다. 클라우디오가 말을 꺼냈다.

"미세스 리에게 무슨 말 못 할 고민이나 심각한 문제가 있는 것 같은데 도대체 알 수 없어요. 요즈음 만나자고 전화해도 영 대답이 없어요, 현철 씨는 알고 있겠지요?"

현주에 관한 일 때문에 자신을 불렀을 거란 짐작을 했던 현철은 조금 망설이다가 클라우디오의 거듭된 간청에 못 이겨 추수감사절 때 있었던 현주와 정우의 다툼으로 정우가 덴버리 경찰서에 끌려가 보석금을 내고 풀려나 LA로 돌아간 사건의 전말을 들려주었다.

클라우디오는 자신으로 인해 벌어진 일이라 사태를 심각하게 생각하고 고민하는 눈치였다. 최근 두 달 가까이 현주를 만나지 못하여 상심했는데 망년 파티에서 만나 그녀가 다시 기운을 찾고 미소를 지어 보여 다행이라 생각하면서 무슨 일인지 도울 방법을 찾고 있었다고 했다.

얼마 후 현철로부터 현주가 이혼을 결심했다는 전언을 듣고 클라우디오는 자신의 일이라 생각하고 현주의 이혼소송을 적극 돕고 나섰다. 심리적 고통과 정신적 스트레스에 시달리는 현주를 위해 세심한 배려를 하며 유력 로펌에 의뢰하여 변호사를 선임하여 속전속결로 소송을 진행시켰다.

추수감사절 전야의 난동으로 정우에게는 모든 상황이 불리했다. 미국에서 가정폭력은 용인될 수 없는 범죄였다. 경찰의 불기소 결정문 하나만으로도 정우가 설 자리는 없었다. 판결은 이미 재판 전에 내려진 바나 다름없었고 드디어 이혼 확정판결이 소송

6개월 만에 소리 없이 내려졌다.

클라우디오가 현주를 만난 지도 한 해가 훌쩍 지났고 클라우디오는 동양 여자인 현주에게 흠뻑 빠져있었다. 개성이 넘치고 자기주장이 강한 이태리 여성보다 순정적이며 자기를 앞세우지 않고 상대의 이야기를 다 들어주는 이타적인 현주의 모습에 감동받아 그녀와 함께 보내는 시간은 즐겁고 행복해서 자기에게 찾아온 이런 행운을 놓치고 싶지 않았다.

정우의 존재와 현주의 마음을 알지 못하여 애를 끓이며 조바심 속에 망설여 왔으나 이제 장애물도 제거되고 거칠 것이 없어진 지금이 적기로 자기의 마음을 고백할 때가 되었다고 생각했다. 결심이 서자 클라우디오는 브로드웨이 7번가에 있는 티파니에 가서 반지를 특별 주문하여 준비하고 난후 현주를 불러냈다.

티파니의 다이아몬드는 독자적인 세팅으로 빛의 반사를 최대화한 것으로 유명하며 독특하고 창조적인 디자인으로 여성들이라면 누구나 하나쯤 갖고 싶어 하는 명품 보석이었다.

오랜만에 만난 클라우디오가 따뜻한 말로 위로하고 재치 넘치는 위트로 분위기를 바꾸어 나가자 현주는 조금씩 여유를 찾으며 웃음을 지었다. 현주는 "소송을 도와주어 감사하다."는 말을 전했다. 클라우디오는 "천만의 말씀"이라며 당연히 자기가 할 일이라고 했다.

식사가 끝날 무렵 클라우디오는 조심스럽게 조그만 상자를 꺼내 현주 앞에 밀어 놓으며 열어보라고 권했다. 현주는 머뭇거리며 무엇이냐고 물어보았으나 클라우디오는 미소만 지은 채 그냥 눈빛으로 재촉했다.

현주는 예쁘게 포장된 상자를 열어 보았다. 그리고 자신의 눈을 의심했다. 너무나 멋진 다이아몬드로 세팅되어 있는 티파니의 화이트 골드 링이었다. 패션 잡지에서 가끔씩 보던 고급스런 티파니의 다이아 반지가 광채를 뿜내며 거기에 있었다.

아름다운 보석에 마음이 뺏기지 않을 여성은 없었다. 클라우디오는 현주에게 손을 내밀어 보라며 반지를 꺼내 손가락에 끼워주면서 이태리 말로 "아모레 미요."라 속삭였다. 현주는 설레는 가슴을 진정시키며 행복감에 도취되어 스르르 눈을 감았다.

떨리는 손을 바라보는 현주의 눈가에 이슬이 맺히듯 눈물이 살짝 맺혔다. '아모레 미요' 오랜만에 들어보는 사랑하는 당신이라는 말에 가슴이 미어지듯 저려왔다. 클라우디오의 진정한 사랑 고백은 현주를 감동시키기에 충분했다. 현주는 내심 그의 프러포즈를 애타게 기다리고 있었다.

그 사건 이후 힘든 나날을 보내며 현주와 화해를 하려고 덴버리로 수없이 전화하고 사과의 문자를 보내도 그녀는 전화도 받지 않고 결코 답장도 없었다. 미국 생활 그 무엇이 그녀를 이렇게 바꾸어 놓았는지 정우로서는 도저히 알 수 없어 답답하고 한숨만 나올 뿐이었다.

설상가상이라 했던가? 실의에 빠져있는 정우에게 서울에서 또 다른 불길한 소식이 날아들었다. 한국을 떠나면서 돈 쓸 곳이나 마땅한 투자처를 찾지 못하던 중, 학창 시절 가장 가깝게 지내던 친구 석현의 요청으로 유망 벤처기업을 운영 중인 그의 회사에 빌라 매각대금과 퇴직금, 적금 등을 모두 찾아 투자를 하고 온 것인데 외국 대기업과 특허소송에서 패하여 조만간 도산할지도 모른다는 비보였다.

친구의 회사는 첨단 의류기기를 개발하여 수출하는 벤처기업으로 선정되어 코스닥 시장에 상장 대기 중인 잘나가는 유망 중소기업이었다. 당시 외국 특허 대기업과 소송 중이었으나 관련 국내 특허와 해외 특허까지 모두 보유하고 있어 별문제 될 것 같지 않아 정우에게는 그 사실을 알리지 않은 채 또 다른 개발품을 준비하고자 투자자금이 필요로 했던 석현은 가까운 사이였던 정우에게 투자를 권유했던 것이었다.

외국 특허 대기업들은 국내의 자본과 정보가 취약한 중소기업들을 상대로 특허소송을 일으켜 장기간 소송으로 이끌고 소모전으로 끌고 가면 자금 부족에다 소송 경험이 부족한 중소기업들은 오래 버티지 못하고 역부족으로 백기 투항하는 경우가 종종 있어 이를 역이용하려 했다.

적대적 외국자본인 헤지펀드와 M&A를 전문으로 하는 그들은 한국기업의 불투명성과 공무원의 무능함과 안일함을 꿰뚫어 보고 있으며 한국기업을 그들의 좋은 먹잇감으로 간주한다고 했다.

소송에 말려들게 되면 회사를 송두리째 헐값에라도 그들에게 넘겨야 파산이나 부도를 면할 수 있기에 울며 겨자 먹기 식으로 그들의 요구에 순순히 따르거나, 거절할 경우 그들의 횡포에 속수무책으로 당하는 사례가 빈번하였다.

정우는 20여 년간 직장생활을 하면서 근검절약하고 고생 끝에 모은 전 재산을 다 날려버릴 처지가 되었다. 서울의 친구들과 지인을 통해서 백방으로 알아보았지만 그 회사는 회생 불가능한 상태였고 벤처기업 사장인 친구 석현은 연락조차 되지 않았다.

그토록 믿었던 친구에게 속았다는 사실과 배신당한 것이 믿기지 않고 만사가 허망했다. 그동안 쌓아왔던 모든 것을 일순간 잃어버렸다는 자괴감에 빠져 회사 일에 전념치 못하고 멍하니 하늘을 응시하는 버릇이 생기고 심란한 마음을 달래지 못하고 방황했다. 자기는 이제 빈털터리가 되었다는 사실이 믿어지지 않을 뿐이었다.

그러나 더 큰 고통과 불행으로 자신을 막다른 파멸로 몰고 갈 운명이 예고되고 있음을 알지 못했다. 몇 달 후, 뉴욕의 변호사 사무실 명의의 등기서류가 정우에게 배달되었고 그는 무슨 서류인가 의아해하면서 그 봉투를 뜯어본 순간 둔기로 강하게 머리를 강타당한 느낌으로 갑자기 백지처럼 멍해졌다. 거기에는 이혼 판결문이 담겨있었다. 현주가 자기와 수지 몰래 이혼 소송을 제기하여 코네티컷주의 법원으로부터 판결을 받아낸 것이었다.

정우는 도무지 이해할 수 없었다. 현주가 어떻게 이럴 수가? 내가 무슨 잘못을? 죽을죄를 지었나? 몸과 마음이 떠난 여인을 그는 다시 붙잡지 못한 것이다. 현주는 클라우디오와 달콤한 시간을 보내고 그와 더불어 보내는 여유롭고 윤택한 날들의 유혹에서 벗어나지 못하고 스스로 덫에 빠진 것을 까맣게 모르고 있었던 것이었다.

유부녀가 다른 남자의 품에 안기면 달콤한 쾌락과 그 유혹에 빠져 다시 돌아오기가 쉽지 않은 것이다. 눈이 맞아 도망간 여인은 돌아와도 배가 맞아 도망간 여인은 영영 돌아오지 않는 법이었다.

결국 이것이었나? 허탈감과 허망함으로, 사냥꾼의 총에 맞고 내몰리는 들짐승처럼 겁에 질려 신음하듯 뜨거운 눈물이 왈칵 쏟아져 내렸다. 자신이 인생의 정상을 향해 오르고 있다고 생각하며 살아가고 있는 동안, 실인즉 자신의 인생은 저 밑바닥부터 송두리째 소리 없이 무너져 내리고 있었던 것이다. 그동안 무엇 때문에 그렇게 처절하게 살아왔는가? 자신이 너무 가엽고 불쌍해서 소리 없는 통곡을 하며 쓰라린 가슴을 쥐어짰다.

모든 상황은 철저히 망가지고 부서져서 한순간 세상 끝에 다다른 듯했다. 무자비한 야만인 바이킹의 약탈과 침범을 막아내지 못하고 자신의 많은 병사와 백성을 잃고 사랑하는 아내마저 빼앗긴 채 참혹하게 유린되고, 불타는 자신의 성(城)을 바라보는 리어왕의 심정과도 같이 정우는 자신의 소중한 모든 것을 상실한 채 좌절했다.

현주와 헤어지는 것은 견딜 수 있으나, 사랑하는 딸 수지는 결코 잃을 수가 없었다. 수지가 받을 마음의 상처가 애처롭고 가엽게 느껴져 한없이 서럽게 울었다.

이혼당한 남자는 내몰렸다는 느낌에 자기혐오와 자기비하에 빠져 심리적 안정감이 흐트러진다. 어머니를 대신하던 여인과 헤어졌다는 아픔, 사랑하는 딸과의 격리, 주위 사람들의 냉랭한 시선, 그런 변화가 불러일으키는 자기 불신.

이러한 것들이 쌓여서 나락으로 떨어진 그를 한층 외롭고 힘들게 만들었다. 자신은 이제 암흑과도 같은 막다른 골목에 절애고도의 사면초가에 둘러싸여 죽음을 맞이하리라는 예감으로 몸을 부르르 떨었다.

그의 앞에는 이제까지 가보지 못한 두 갈래의 길이 동시에 놓여있었다, 즉 삶을 스스로 마감하는 종착역과 새로운 인생으로 향하는 문 앞에 서있었다. 자신이 가야 할 길을 알려줄 수 있는 사람도, 의지할 수 있는 사람도 아무도 없었다. 둘 중 어느 것을 택하든 이제부터 그것을 발견하고 찾는 일은 자신만의 여행이며 자신만의 할 일이었다.

올림픽 블르바드에 위치한 뉴 서울 호텔 로비에 앉아 하릴없이 친구를 기다리며 신문을 뒤적거리던 정우의 눈에 LA 데일리지에 실린 관광 안내 광고가 눈에 띄었다. 수상 비행기를 타고 떠나는 하와이 제도 남쪽과 솔로몬제도 끝자락에 위치한 조그맣고 아름다운 섬에 관한 기사였다.

태고의 순수를 간직한 자연 그대로 인간의 손길이 거의 미치지 않아 자연 생태계가 잘 보존되어 있다는 기사로 천혜의 섬이었

다. 이제 무슨 일을 새로 시작하거나 인생을 마무리하기 전 꿈에
그리던 남태평양 미지의 섬으로 마지막 여행을 떠나고 싶었다.
그러나 지금은 심신의 피로와 마음의 상처로 찌든 자신의 영혼을
영원히 쉬게 하고 싶어 그곳을 빨리 찾고 싶었다.

11. 카우아이 그린 페페섬의 마드린느

언제 어떻게 이곳으로 오게 되었는지 정우는 기억이 아득했다. 절망적인 상태로 혼미한 머리와 상처 난 가슴을 부여안고 무작정 나선 여행이었다. 파란만장했던 인생의 무대에서 한 걸음 뒤로 물러나 과거와 이별 여행을 떠났던 것이다.

하와이에서 며칠 밤을 지낸 후 뱃길 따라 발길 닿는 대로 이 섬 저 섬을 오가는 유람선을 따라 떠도는 부평초처럼 자리를 옮겨 다니다 일주일 정도 시일이 지나고 심신도 피곤하여 무작정 내린 곳이었다.

약 2800만 년 전 화산 폭발로 생겨난 그림 같이 아름다운 섬 하와이 제도는 주 섬인 하와이섬과 카우아이, 몰로카이, 라나이, 니하우, 오하우, 마우이의 여섯 개의 섬과 130여 개의 작은 섬으로 이루어져 있다고 했다. 하와이는 신이 살고 있는 곳이라는 말로 18세기에 카메 하메 하란 추장에 의해서 비로소 하와이 왕국으로 탄생되었다.

1년 내내 시원한 무역풍이 에메랄드빛 바다를 타고 불어와 습노가 없는 쾌석한 날씨가 계속되고 맑다 못해 투명하기까지 한 하늘과 따뜻한 햇살이 내리쬐는 청명한 푸른 바다와 빼어난 자연 경관으로 가히 지상의 낙원이라 불릴만했다.

　평화롭고 아름답고 청결한 그곳의 주민들은 신의 축복에 감사하며 살았다. 식물의 꽃과 잎 새에서 짜낸 물감으로 만든 알로하셔츠를 입고 목에는 레이 꽃을 걸고 머리에는 빨간 히비스커스 꽃을 꽂은 채 해변을 걷는 낭만이 주는 즐거움은 이곳을 찾는 관광객에겐 최고의 추억거리였다.

　9월 초순의 늦은 오후 정우를 태운 유람선은 카우아이, 라나이, 몰로카이섬을 지나 하와이 제도의 최남단으로 향하여 솔로몬 제도 쪽으로 떠난 지 엿새가 지난 다음 날 남쪽 끝이라고 알려진 작고 이름 모를 아름다운 섬에 내려놓았다. 울창한 원시림으로 둘러싸인 바닷가에는 하얀 모래사장이 끝없이 펼쳐지고 해변은 깨끗하고 한가롭고 고즈넉했다.

　에메랄드빛의 청정한 바다는 눈이 부실 정도로 청명한 푸른 하늘과 어울려 멋진 경관을 연출했다. 모래톱 사이로 하얀 포말을 일으키며 잔잔히 부서지는 파도, 반짝이는 물결 따라 유리잔처럼 투명한 바닷속을 유유히 헤엄치는 색색의 물고기 떼, 바다 위를 한가로이 떠 있는 갈매기와 먼바다를 유유히 떠다니는 세일링 요트는 환상적인 풍경을 담은 한 폭의 그림처럼 아름다웠다.

　제주도 삼분의 일 정도 크기의 화산섬인 이곳은 섬 가운데 높은 산이 우뚝 서있고 계곡을 따라 흐르는 강을 중심으로 동서로 나뉘어 많지 않은 원주민이 살고 있었다. 수려한 계곡과 하천과 폭포가 장관을 이루는, 다양한 풍경과 원시의 울창한 삼림으로 또한 은둔의 멋이 남아있는 신비스러운 섬이었다.

하와이안 레인, 트로피칼, 레인보우, 선셋 등 수십 종에 이르는 난과 블루멍, 히비스커스, 헬레니움 피칸등 아름다운 꽃과 수백 종에 이르는 꽃나무와 야자수, 망고나무, 파파야, 라일락, 삼나무, 아로에 배라 등 아름다운 수목들로 천혜의 장관을 이루는 곳이었다, 약 5백만 년 전에 화산 활동이 멈추면서 오랜 비바람의 풍화작용으로 다듬어진 보석 같은 섬이었다.

그들은 자연을 거의 훼손하지 않고 있는 그대로의 삶을 유지하며, 문명을 뒤로 한 채 아직도 원시 형태의 고유의 전통을 간직하고 고기잡이와 약간의 농사를 지으며, 풍부한 삼림에서 나오는 각종 과일, 열매, 산나물을 채집하고 새, 들짐승을 잡아 생활했다. 그들의 살림은 부족함이 없는 듯 윤택하고 풍요로웠다. 신이 축복으로 내려준 천혜의 땅이요 꿈의 동산이었다.

정우는 해변에 지어진 섬에 하나밖에 없는 조그만 호텔로 찾아들었다. 의외였다. 스페인풍의 건물로 붉은 벽돌과 흰색의 조화가 잘 어우러진 아담하고 깨끗한 호텔이었다.

호텔 정면은 바닷가를 향하여 아치형으로 설계되어 어느 방에서도 바다를 한눈에 조망할 수 있도록 시야가 탁 트여 시원스레 바다를 바라볼 수 있었다. 그는 상큼한 바닷바람을 맞으며 섬을 빙 둘러 펼쳐진 해변을 따라 산책하기도 하고 밀림으로 향한 오솔길을 따라 걷기도 했다.

맹글로브와 코코야자와 코코아나무들과 이름을 알 수 없는, 잎이 아주 커다란 아열대성 식물들과 색깔이 아주 진한, 꽃을 피우고 있는 활엽수들로 군락을 이룬 숲은 장관이었다.

숲속에서는 하루 종일 카나리아, 극락조, 앵무새와 같이 아름답고 화려한 깃털을 가진 여러 종류의 새들의 지저귐으로 살아 숨 쉬는 느낌과 생동감으로 넘치고 있었다.

산의 정상으로부터 계곡을 타고 내려오는 물길이 산허리를 뚝 끊고 밀림의 숲 한가운데서 폭포로 떨어져 내리며 커다란 호수 속으로 떨어져 내렸다. 100미터는 족히 넘는 절벽 아래로 소용돌이치며 자욱한 물안개를 뿜으며 청정한 호수의 품 안으로 떨어지는 폭포는 남미 제일의 이구아수 폭포를 연상시키는 듯했다.

호숫가 언덕에는 아름드리 망고나무, 사포딜라, 석류나무의 반짝이는 나뭇잎으로 햇볕을 가리어 시원한 나무 그늘이 만들어지고 그 아래로 이어진 수풀과 호숫가에는 플루메리아, 부겐빌레아 등 각종 꽃들과 난초로 아름다운 정원을 만들고 있었다.

호텔에서 일주일을 머물며 섬의 곳곳을 둘러보던 정우는 이 섬이 아주 마음에 들어 한동안 더 머물기로 작정하고 해변에 있는 작은 방갈로로 자리를 옮겼다.

섬에서 자생하는 커다란 나무 기둥에 야자수 줄기와 잎으로 엮어 지붕을 덮은 방갈로는 단단해 보이고 운치도 있고 쾌적해 보였다. 난간 아래로는 찰랑이는 파도가 지척으로 넘나들었다. 혼자 지내기에 더할 나위 없이 조용하고 아늑한 공간이었다.

정우가 방갈로의 난간에 기대여 한가로이 바다 위를 나는 갈매기와 이따금 수평선 너머로 항해하는 유람선이나 화물선을 바라보고 있을 즈음 관리인인 듯한 여인이 심부름하는 하녀를 데리고 조용히 다가왔다. 인기척이 들리는 소리에 고개를 돌린 정우는 그 자리에 서서 심장이 멈출 것 같은 충격으로 꼼짝도 못 했다.

어찌 이럴 수가! 거기에는 키가 조금 작을 뿐 연한 구릿빛 얼굴에 미소를 가득 띤 마드린느가 눈이 부시도록 환한 미소를 지으며 그를 맞으러 다가오는 것이었다.

찰나의 순간 그녀의 머리 위로부터 섬광 같은 빛이 그녀의 곁을 스쳐 지나갔다. 그것은 거친 풍랑과 칠흑 같은 어둠 속에 표류하는 난파선에 멀리서 반짝 비추는 한줄기 희망의 불빛, 생명의 빛이었음을 정우는 미처 알지 못했다.

이지적으로 반짝이는 눈, 선이 고운 콧날, 핑크빛 입술, 상큼한 미소 뒤에 숨은 볼우물, 웨이브의 까만 긴 머리, 사슴처럼 길고 우아한 목선, 균형 잡힌 날씬한 몸매. 마드린느를 꼭 빼어 닮은 얼굴 가득한 그 아름다운 미소를 본 순간 정우는 이것이 꿈이 아닌가 싶었다. 어찌 이럴 수가! 이 여인은 마드린느의 현신이란 말인가?

또다시 숨이 막히고 가슴이 뛰고 호흡이 가빠지면서 미망에 빠져드는 순간 예의 그 부드럽고 맑은 알토의 목소리가 환상에 빠져있던 그를 깨웠다.

"알로하! 저는 이곳의 메니저 카와이 카메 하메메입니다. 섬에 사정이 있어 일주일간 자리를 비웠습니다, 처음 뵙게 되어 반갑습니다."

정우는 아무 말도 못 하고 여전히 쿵쿵거리는 가슴을 진정시키며 그저 멍하니 그녀를 바라보았다. 분명 꿈은 아니었다. 가까스로 정신을 수습한 정우가 웃으며 다가가 그녀가 내민 손을 잡으며 대답했다.

"알로하! 나 또한 당신을 이곳에서 보게 되어 기쁩니다. 나는 이 정우라고 합니다."

살짝 쥔 정우의 손끝이 가볍게 떨렸다. 마드린느의 아름답고 섬세한 손, 아무 덧칠도 하지 않은 정갈하고 가지런한 손 그대로였다.

그녀는 실내를 돌아보며 침대와 침구와 모든 것이 잘 갖추어지고 정돈되었는지 체크하고 새로 가져온 커피포트와 커피잔과 타월 등 몇 가지 소품을 내어 정리를 마친 후 이내 하녀를 데리고 자리를 떴다.

"즐거운 하루를 보내시길, 미스터. 리. 카와이라고 불러주세요."

그녀는 무릎을 살짝 낮추어 격의 있게 예의를 갖추고 애교가 넘치는 모습으로 인사를 한 후 돌아갔다. 정우는 여전히 넋이 나간 사람처럼 아무 말도 못 하고, 돌아서서 나가는 그녀의 뒷모습을 물끄러미 바라보고 있다가 번뜩 정신이 들었다.

몇 분, 몇 초 만이라도 같이 있고 싶다는 생각에 감동과 흥분이 다시 몸 전체를 휩싸 안았다. 헐레벌떡 쫓아 내려갔으나 그녀는 이미 방갈로 계단을 내려가 언덕으로 향하고 있었다. 아침 햇살을 등지고 돌아가는 그녀의 뒷모습은 여전히 우아하고 매력적이었다.

정우는 다음 날 아침이 몹시 기다려졌다. 지난 하루가 1년이 흐르듯 느릿느릿 지나가는 듯 느꼈다. 그녀는 아침에 서빙하는 여자아이를 데리고 와서 그의 식사를 돌봐주고, 실내를 돌아본 뒤 20~30분 머물다 돌아가곤 했다.

그가 좋아하는 수프도 끓여주고, 토스트는 그의 취향에 따라 알맞게 구워주고, 계란 프라이나 스크램블 에그도 만들어주고 커피도 끓여 내놓았다. 조용하게 그녀의 섬섬옥수를 통해 만들어지는 아침 식사는 음식 이상으로 최고였다. 그의 아침 식사야말로 낙원에서 천사와 함께하는 성찬으로, 런치와 디너로 이어졌으면 하는 바람으로 가득했다.

그녀는 돌아가기 전에 반드시 불편한 점은 없는지, 필요한 것은 없는지, 알고 싶은 것은 없는지 세심하게 물어보고 떠났다. 그럴 때면 정우는 그녀를 조금이라도 더 붙잡아두고 커피라도 한 잔 나누며 얘기하고 싶은 생각으로 간절했으나 아무 말도 못 하고 아쉬움을 달랜 채 그냥 번번이 돌려보냈다.

그럭저럭 섬 생활에 익숙해지고 섬 안을 두루 돌아다니다 보니 어느덧 10월로 접어들었다. 정우는 막연히 섬에 머물고 있었다.

의욕을 상실한 채 앞으로 해야 할 일도, 하고 싶은 일도 계획도 없이 뉴욕에서 LA로, 또다시 LA에서 이곳으로 도망치듯이 내쫓기듯 떠밀려 나와 정처 없는 유랑의 생활을 하고 있었다.

그는 내면 깊숙한 곳에서 이곳에서 삶의 종지부를 찍고 삶을 마감하기로 작정하고, 아무 연고도 없는 곳을 찾아 흔적도 남기지 않은 채 은밀히 이곳으로 들어온 것이었다.

정우는 마지막 여행으로 그동안 해변에 나와 제법 친해진 아이들의 안내를 받으며 섬 동쪽 끝을 보기 위해 떠났다. 섬 동쪽에 살고 있는 원주민들은 개방된 서쪽에 비해 폐쇄적이어서 그들의 전통적 삶의 방식을 따라 생활하고 있다고 했다.

세상과 격리되어 살고 있는 바루크 마을은 유네스코가 지정한 자연의 유산으로, 남겨져 보존해야 할 가치가 있는 곳이었다. 그들은 자연과 더불어 살고 자연이 주는 것만으로도 만족하고 살아가며 특별한 현대 문명의 기구 같은 것을 사용하지 않았다. 그들의 일행을 맞이하는 모습에서 그들의 순박함과 여유로움과 친절함이 묻어나왔다.

풍요로운 대지와 숲과 산림 속에서 나는 각종 열매와 과일들로 그들의 생활은 여유롭고 넉넉했다. 들에서는 옥수수와 수수, 조, 귀리 같은 농작물을 심고 가꾸며 거두어들였다. 텃밭에서 그들은 채소를 경작했고, 산양을 길러 우유와 치즈 같은 것을 만들어 먹기도 했다.

그들은 때때로 호수와 바닷가에 나가 물고기를 잡아 오기도 하며 커다란 생선을 통째로 말리거나 훈제하여 햇볕에 말리어 갈무리하여 두기도 했다. 그들에게는 모든 것이 공유이며 개인이 지나치게 많이 소유하지 않도록 했다. 그들이 필요로 하는 것은 누구나 모두 공유할 수 있기에 아무도 욕심을 내어 특별히 더 많이 소유하려는 사람이 없었다.

이 섬의 젊은이들은 모두 형제·자매로, 나이가 든 사람은 모두 아버지, 어머니로, 나이가 어린 사람들은 아들·딸로 불렀다. 그들 사회는 씨족사회로 우리 사회에서 흔히 일어나는 도둑질, 살인, 폭력, 사기, 횡령, 강간 등의 범죄가 거의 없었다.

각자는 자기 적성에 알맞은 기술을 연마해서 그 방면의 일을 하기 위해 준비했다. 들에 나가 밭을 갈고, 숲이나 산에 나가 열매를 따오거나 짐승을 잡아오고, 바닷가에 나가 물고기를 잡는 방법을 배우고 또 그것을 가장 잘하는 자가 그 무리에서 우두머리가 되었다.

마을의 족장은 용기가 있고 지혜로우며 덕을 갖춘 원로 중에서 추대되었으며 그 촌장 중에서 통치 능력이 뛰어난 사람이 섬 전체를 아우르는 추장을 맡았으며 35세 이상이 되어야 그 자격이 주어진다고 했다.

그리고 현재의 추장보다 지혜와 용맹이 뛰어나고, 덕을 갖추고, 통치 능력이 뛰어나다고 인정되는 자가 나타나면 언제든지 그 자리를 물려주었으며 또한 60세에 이르면 그 자리에서 물러나야 했다.

남녀는 평등하여 차별이 없었으며 다 같이 일했으나 밭갈이, 씨뿌리기, 사냥, 배를 타고 물고기 잡는 일 등 멀리 가서 일하거나 노동이 가중되는 일은 주로 남자들이 하고, 여자들은 채소 가꾸기, 과일 따기, 옷감 짜기, 바구니 만들기와 음식을 저장하고 관리하는 일을 했다.

섬의 천연 동굴에는 식량과 각종 물자를 저장하고 있어 각 직종 별로 남녀 한 사람씩 그 책임자가 되어 관리했으며, 게으른 자와 불복종하는 자를 꾸짖고 작은 벌을 줄 수 있는 권한을 갖고 일했으며, 어느 누가 어떤 일에 적합한지 주시하고 관리했다.

누구든지 식량이나 물건이 필요할 때면 촌장에게 찾아가 필요한 이유를 설명하고 필요한 만큼 얼마든지 가져갈 수 있었다. 과도한 욕심을 부리거나 낭비하는 것은 용납되지 않았으며 여러 차례 걸쳐서 잘못이 밝혀지면 중한 문책이 있었으나 그러한 일은 거의 일어나지 않았다.

남자는 21세가 되어 성인식을 치른 후에야 어른 대접을 받고 결혼을 할 수 있었으며, 여자는 19세가 되어야 결혼을 하고 아이를 가질 수 있었다. 남녀 모두 혼전 성교는 철저히 금지되어 이를 어겼을 경우 엄하게 처벌을 했으며 처녀의 순결을 아주 중요시했다. 신체가 허약한 남녀는 더욱 늦게 결혼이 허락되었다.

모든 것을 공유하였기에 모든 사람이 부자인 동시에 모든 사람이 빈자였으나 그들은 갖고 싶은 것은 언제 어디서든 모두 다 가질 수 있기에 욕심 없이 물품의 노예가 되지 않고 모든 물품이 그들에게 알맞게 쓰여 큰 불평이 없었다. 그들은 게으름이나 나태해지는 것을 죄악시하여 나이 들거나 병이 들어 노동이 힘든 노인이나 노약자를 제외하곤 모든 사람이 빠짐없이 일을 했다.

이 섬의 사람들은 성품이 온순하고 서로 협력하고 협조하여 모든 물자가 풍부하고 열심히 일하기에 부족함이 없었다. 남녀가 어울려 서로 힘을 합쳐 반목이나 큰 갈등 없이 윗사람의 뜻에 따라 일하며 지내는 모습은 참으로 아름다운 광경이었다. 그들은 윗사람을 자기 부모나 형이나 누이처럼 따르고 존중했다.

그들은 때때로 산이나 호수와 바다에서 윗사람으로부터 경험을 전수받았다. 고기 잡는 법, 배를 타는 법, 파도를 헤쳐 나가는 법과 사냥하는 법을 배우며 숲과 산에서 먹을 수 있는 과일과 식물들을 구별하는 법을 배웠다.

그들은 부정한 일을 저지를 줄 모르며, 도전받기 전에 절대 다른 사람이나 다른 부족이나 다른 섬과 싸움을 하지 않았다. 그들은 자연에 순응하고 자연을 따르며, 자연과 신의 섭리에 따라 사는 것이 덕이며 신은 인간을 그렇게 살도록 만들었다고 생각했다.

그들은 개인의 과다한 소유욕이 모든 죄악의 씨가 된다고 생각하여 개인 소유를 멀리하고 다소 금욕적 생활과 비슷한 사회생활을 이루어 나갔다. 그들은 신이 그들에게 선사한 이 낙원에서 진정한 유토피안으로서 인간들만을 위한 탐욕에 빠지지 않고, 자연과 더불어 생활하며 자연을 지키고 사랑하며 결코 과욕을 부리지 않았다.

　밭에서 경작하고 풍요로운 숲과 바다에서조차 불필요한 사냥
이나 채취와 수집을 삼가며 꼭 필요한 만큼만 자연에서 빌어 가
져다 썼다. 정우가 보기에 생시몽이 찾아 헤매던 유토피아나 캄
파넬라가 이야기하는 태양의 도시가 먼 곳이 아닌 바로 이곳에
존재하고 있었다.

　상어를 조상으로 숭배하는 토템 신앙을 가진 그들은 먼바다에
빠진 그들의 조상을 커다란 상어가 바닷속에서 구해냈다는 전설
과 믿음을 가지고 있었다. 그들은 바닷물 속에서 돌을 쳐서 소리
를 내어 상어를 불러들여 고기를 나눠주고 손으로 먹이며 큰 상
어 등에 매달려 유영을 같이 하기도 했다.

　자연을 알고 자연을 숭배하고 존중하는 그들은 슬기롭게 자연
과 어울리는 법을 터득하고, 지혜롭게 자연과 함께 사는 법을 깨
우친 사람들이었다.[06]

---

06. 캄파넬라 태양의 도시에서 발췌 인용

12. 꼬마 천사 하카

3일간에 걸친 동쪽 섬으로 여행을 마치고 돌아온 이튿날 아침, 카와이는 보이지 않고 웨이트리스가 혼자 나와 정우의 아침 식사를 도왔다. 정우는 그녀가 오기만을 기다렸으나 끝내 나타나지 않은 채 아침 식사를 마쳤다.

카와이는 섬 가운데로 들어가는 길목 호텔 가장자리에 조그만 토산품 가게를 함께 관리하고 있었다. 그녀는 이곳의 특산물인 진주와 토산품 그리고 나무를 손으로 깎아 만든 목공예품 등을 팔고 있었다.

정우는 이곳에 들려 나무 조각품과 진귀한 조개껍질과 아주 작은 진주알로 만든 액세서리, 야자 잎을 엮어 만든 바구니와 상자, 수제로 만든 전통의상들을 둘러보곤 했다.

정오가 되도록 카와이의 모습이 보이지 않자 정우는 궁금하고 불안해서 더는 기다릴 수 없었다. 그녀를 얼른 보고 싶어 정우는 그녀의 토산품 점을 향해 언덕으로 올라갔다. 그러나 가게는 썰렁하고 문이 굳게 닫혀있었다. 벌써 며칠째 문이 닫혀 있었으나 여행을 떠났던 정우는 모르고 있었던 것이다.

호텔 프런트에 들려 정우는 카와이가 보이지 않는다며 무슨 일이 있는지 넌지시 물어보았다. 프런트에 있던 청년이 근심이 가득한 얼굴을 한 채 말을 전했다.

"카와이의 딸 하카가 아파서 며칠째 보이지 않습니다. 하카가 많이 아프다고 합니다. 감기로 상태가 점점 나빠지고 있다고 합니다."

정우는 가게 밖에서 친구들과 어울려 뛰놀던 앙증맞은 하카의 모습이 떠올랐다. 4~5세쯤 되어 보이는 여자아이는 카와이, 아니 마드린느의 모습을 빼어 닮았다. 투명하고 깨끗한 피부를 가진 총명하고 귀여운 아이였다.

정우가 지나갈 때면 엄마 따라 굿모닝 써어! 하며 치맛자락을 양손 끝으로 잡으며 무릎을 살짝 굽히고 머리 숙여 인사하는 흉내를 내어 정우를 파안대소하게 만들던 깜찍한 꼬마 숙녀였다.

정우의 눈가에 카와이와 하카의 모습이 어른거렸다. 로비에서 서성이던 정우는 결심한 듯, 프런트 데스크로 가서 그 청년에게 카와이의 집이 어딘지 물어보았다.

그녀의 집은 호텔에서 그리 멀지 않은 10여 분 거리에 있었다. 섬 중앙으로 들어가는 산길을 따라가다가 바닷가 쪽으로 난 가파른 능선을 타고 한동안 올라가자 파도와 바람을 피해 해변이 보이는 언덕 뒤편에 자리 잡고 있는 그녀의 집이 나타났다.

목조로 단단하게 지어진 건물 위로 야자수 잎으로 지붕을 덮은 섬 고유 양식의 집으로, 그리 커 보이지는 않았으나 바닷바람과 폭풍우에도 잘 견디도록 아주 견고하게 지어진 듯했다. 넝쿨나무와 야자수로 된 울타리가 쳐져있고 집 뒤로는 울창한 숲과 삼림이 이어졌다.

정우는 마당을 가로질러 성큼성큼 집안으로 걸어갔다. 죽음의 그림자가 드리운 듯 집안은 고요한 적막과 비탄에 젖어 있었다. 인기척에 문을 열고 밖으로 나오는 카와이는 기운 하나 없이 매우 지쳐 보였다.

마치 어린 새끼를 잃고 둥지에서 울부짖는 어미 새가 절망에 빠져 비탄 속에 떨고 있는 모습 그대로였다. 그녀의 안타까운 모습에 가슴을 저리며 잠시 서있던 정우가 다가서며 물었다.

"하카가 많이 아프다고 들었습니다. 어디가 아픈가요?"

카와이는 아무 말도 못 하고 입술을 지그시 깨물고 슬픔을 참으며 허공을 응시할 뿐이었다. 어느새 눈물 한줄기가 그녀의 뺨을 타고 흘러내렸다. 그녀는 숨을 죽인 채 인내하며 흐느끼고 있었다. 사태가 심상치 않음을 알게 된 정우는 그녀에게 다가가 따뜻한 말로 위로하며 정중하게 물었다.

"하카를 잠깐 볼 수 있을까요?"

말없이 그녀는 정우를 하카가 있는 방으로 안내했다. 하카를 걱정스럽게 지켜보던 그녀의 어머니와 동생들이 잠시 자리를 비켜주었다.

하카의 몸이 열기로 가득한 듯 괴로움에 못 이겨 토해내는 신음소리와 착 가라앉고 갈라지는 기침 소리가 심상치 않았다. 벌써 사흘째 기침 소리가 점점 거칠어지고 탁한 가래를 쏟아낸다고 했다.

음식도 제대로 먹지 못하고 모두 토해내어 상태가 점점 악화되고, 어젯밤부터는 갑자기 더 나빠져 혼수상태로 거의 절망적인 듯 보였다. 감기가 폐렴 증세로 이어지고 더 나빠지면 합병증을 일으켜 회복 불능의 상태로 죽음에 이르게 되는 것이었다.

정우는 어릴 적 자신도 비슷한 병치레를 한 바 있어 급성폐렴이 아닌가하는 생각이 들었다. 병원으로 옮겨 즉시 항생제 치료받지 못하면 생명이 위독할 것이라는 확신이 들었다. 시간이 없었다. 서두르지 않으면 안 되었다. 조용히 카와이를 밖으로 불러내어 진심으로 말했다.

그녀에게 폐렴 증상에 대하여 설명을 하며, 병원으로 옮겨 즉시 항생제를 투여하고 치료를 받아야만 생명을 건질 수 있다고 간곡히 설득했다. 정우의 진심에 카와이의 마음도 움직인 듯하여 정우는 하카를 병원으로 옮길 준비를 해 달라는 말을 남긴 채 뒤도 돌아보지 않고 서둘러 호텔로 돌아왔다.

호텔로 돌아온 정우는 프런트로 가서 근처 가까운 섬에 어떤 병원이 있는지 알아봐 달라고 부탁하며 하카의 상태를 알려주고 치료가 가능한지 물어보았다. 직원의 대답은 정우를 절망시켰다. 그곳에서도 치료할 만한 병원이 없어 불가능하다는 답변 속에 큰 섬이나 하와이로 가야 한다고 말했다.

하와이까지는 빠른 배로 간다고 해도 꼬박 2~3일이 넘게 걸리며, 관광객이 있을 때만 일주일에 한 차례 들리는 부정기 여객선을 기다리기엔 시간이 너무 없었다.

낙심한 정우는 망연자실하여 발걸음을 돌리며 어떻게 해야 할지 몰라 고민에 잠겼다. 어떻게 하든 무슨 수를 쓰든지 하카를 빨리 병원으로 데려가 살려내고 싶었다.

그렇게 한 두 시간 가까이 초조하게 서성대던 그는 갑자기 좋은 생각이 떠오른 듯 호텔 로비에 붙어 있는 관광 안내 포스터를 찾아 재빨리 눈을 들어 훑기 시작했다. 그랬다. 거기에 길이 있었다. 거기에 방법이 있었다.

LA의 뉴 서울호텔에서 보았던 '환상의 섬으로의 여행'이라는 포스터는 수상비행기를 타고 섬과 섬 사이를 찾아 떠나는 관광 프로그램을 보여주고 있었다. 아름다운 섬을 배경으로 하얀 갈매기처럼 날렵한 프로펠러를 단 수상비행기가 클로즈업된 포스터였다.

정우도 이 광고를 보고 이 섬으로 오게 된 것을 기억하며 수상비행기를 띄울 수만 있다면 하루 만에 항생제도 구하고 의사를 함께 섬으로 불러올 수 있을 것 같았다.

고립무원의 작은 섬에는 마땅한 통신시설이 없어 위급한 일이 생기면 재난 신호나 위급사항을 섬 언덕에서 불꽃이나 연기를 피워 올려 지나가는 여객선이나 화물선에 알렸다.

정우는 호텔의 직원들과 상의하여 위급상황을 알리는 연기와 불꽃을 피워 먼바다에서도 잘 보이는 언덕에 올라가 국제적인 SOS 방법대로 세 번의 짧은 연기 세 번의 긴 연기를 반복해서 올리도록 부탁하고 초조하게 구조 신호를 기다렸다.

서너 시간이 훌쩍 지나고 이제 한두 시간이 지나면 일몰이 다가오는데 아무런 신호가 없어 애타게 기다릴 즈음, 저 멀리 수평선에 부정기 여객선이 연기를 뿜으며 고동 소리와 함께 접근 신호를 보내왔다. 정우와 호텔 직원은 정박해 두었던 섬의 유일한 교통수단인 모터보트를 꺼내 타고 여객선을 맞으러 바다 한가운데로 굉음을 내며 쏜살같이 달려갔다.

여객선에 급하게 뛰어오른 정우는 선장에게 섬에 위급한 환자가 생겨 하와이의 큰 병원으로 이송해야 하니 즉시 SOS를 보내야 한다고 설명하고 연락을 취해줄 것을 부탁했다.

그리고 해안경비대에 수상비행기 운항회사를 수배해 연결해 달라는 부탁을 잊지 않았다. 초조하게 한동안 기다린 끝에 여러 경로를 거쳐 해안경비대의 도움과 중계로 수상비행기 운항회사와 여객선의 무전기로 가까스로 통화할 수 있었다.

정우는 급성폐렴 환자를 치료할 수 있는 항생제와 의료진을 급파해 줄 것을 부탁했다. 그들은 수상비행기 운항료, 유류비와 의료진에 대한 비용으로 일만 삼천 달러를 요구하며 누가 지불할 것이며 어떻게 보증할지 물었다. 개런티가 되지 않으면 움직일 수 없다는 대답이 돌아왔다.

정우는 수중에 오천 달러 정도는 남아있어 현지에서 5,000달러는 지불하고 나머지는 하와이에서 지불하겠다고 제의했다. 그러나 그들은 나머지 8,000달러에 대한 확실한 보증을 재차 요구했다. 정우는 여러 경로를 통하여 LA 의과대학 의사로 있는 친구에게 연락을 취할 수 있었다.

다급하게 이곳 사정을 알리고 수상비행기 회사에 팔천 불에 대한 보증과 의료진을 꾸려 보내 달라고 부탁했다. 친구는 최선을 다해 도와주겠다고 약속하고 곧 하와이의 메디컬 센터에서 일하는 대학 동창을 찾아 협조를 구했다.

한편, 정우의 친구는 수상비행기 회사로 연락하여 자신이 일하는 병원과 신분을 밝히고 팔천 달러의 지급을 개런티하며 정우의 요구조건을 모두 들어달라고 당부했다. 이는 즉각적인 효과가 있었던 것 같았다.

다음 날, 아침도 점심도 거른 채 초조하게 기다리던 정우와 그들의 시야에 오후 3시쯤 북쪽 하늘을 가르는 굉음을 내며 세스나 172의 마크가 찍힌 수상비행기의 힘찬 프로펠러 소리가 들려왔다.

급보를 받고 서둘러 아침 일찍 출발하여 중간에 급유를 위해 섬과 섬을 거쳐 1200킬로나 떨어진 먼 거리를 여덟 시간의 기나긴 비행 끝에 하와이에서 날아온 것이다.

일행은 조종사, 의사, 간호사와 구급 장비를 가져온 보조원 등 4명이었다. 그들은 구세주처럼 보였다. 이윽고 해안으로 접안하여 비행기에서 내린 그들은 지체 없이 하카의 집으로 안내되었다. 하카의 상태를 면밀히 살피고 진찰한 의사는 정우의 예상대로 급성폐렴(Acute Pneumonia)으로 진단했다.

"병세가 아주 심각합니다. 하루나 이틀 더 지체되었으면 병이 악화되어 손도 쓰지 못할 뻔했습니다. 지금 이 상태로는 100퍼센트 치유를 확신할 수 없습니다만 최선을 다해 치료하겠습니다."

말을 마친 의사는 서둘러 페니실린이 투여된 링거를 꽂고 시럽과 물약을 먹이도록 한 후, 차가운 물수건으로 얼굴과 몸의 땀을 닦아주고 열을 식혀줄 것을 당부했다.

하카는 진료하는 와중에도 심한 기침을 하며 가슴에 통증을 느껴 몹시 괴로운 표정을 지으며 힘겹게 숨을 토해냈다. 카와이와 정우는 너무 안쓰러워 차라리 자신들이 대신 그 고통을 짊어질 수 있다면 하는 마음이 되어 함께 지켜보았다.

의료진은 카와이 집에 머무른 채 상태를 계속 지켜보았다. 중간중간 링거를 다시 꽂고 약과 따뜻한 물을 먹이도록 하며 방 안의 공기도 환기시키면서 늦은 밤까지 조심스레 지켜보았다.

아홉 시간 가까이 열심히 치료하고, 약을 먹이고, 링거를 주사한 효과로 거친 숨소리와 기침 소리가 조금씩 가라앉고, 하카의 안색이 조금 밝아지며 평온을 찾아가는 듯 보여 심각한 고비는 넘긴 것으로 판단되자 의사는 자정이 가까운 시간이 되어서 비로소 자리에서 일어서며 위로의 말을 건넸다.

"위험한 상태는 간신히 넘긴 것 같습니다. 이 고비를 잘 넘겨야 합니다만. 환자의 의지가 강하고 생명력이 끈질긴 듯하여 치유가 기대됩니다."

그들에겐 기나긴 힘든 하루였다. 이른 새벽부터 8시간 가까이 숨 쉴 틈 없이 하와이로부터 섬과 섬을 거쳐 날아와 점심도 저녁도 끼니를 거른 채 어린 환자를 지키느라 경황이 없었다.

정우는 의료진과 동행하여 호텔로 돌아와 비상식량으로 보관하던 라면을 끓여내어 의료진과 함께 허기를 달랜 후 잠시 휴식을 취하며 대기했다.

얼마 후, 카와이로 부터 하카의 상태가 좋아져 타로 죽을 조금 먹은 후, 잠을 잘 자고 있다는 연락을 받았다. 그제야 그들은 잠시 숨을 돌리고 안도하며 잠을 자기 위해 새벽녘에 각자의 숙소로 흩어졌다.

다음 날 이른 아침 간단한 식사를 마친 의사 일행과 정우는 카와이의 집으로 향했다. 카우아이, 그린 페페섬의 아침은 상쾌했다. 바다 내음을 담아 불어오는 무역풍과 산속에서 부는 바람의 향기는 신선했고, 밤새 내린 이슬을 머금은 숲은 청정하고 아름다웠다.

멀리 동쪽 끝의 수평선 너머로 주변을 붉게 물들며 태양이 힘차게 솟아오르고 있었다. 오늘따라 더욱 찬란하고 힘차게 떠오르는 태양처럼 어린 하카도 병마를 빨리 이겨내고, 자리에서 훌훌 털고 일어나기를 모두가 간절히 바라고 있었다.

며칠째 한숨도 자지 못하고 하카를 간호하느라 기력을 모두 소진하여 탈진했던 카와이도 어제까지의 절망적 모습과 다르게 비로소 안도하며 평상심을 찾은 듯 얼굴에 화색이 돌았다. 그녀의 얼굴에는 하카가 반드시 소생하리라는 믿음과 확신이 담겨있었다.

밤새도록 잠만 자던 하카가 10시경이 되어 살며시 눈을 떴다. 주위의 낯선 사람들이 보이는 것에 긴장하는 것 같았으나, 카와이가 "너를 낫게 해주려고 멀리서 오신 의사 선생님과 간호 선생님이야"라고 설명을 해주자 정우를 향해 엷은 미소를 지어 보이며 안심하는 눈치였다.

그녀는 하카를 일으켜 세운 후 등받이를 하여 침대에 앉히고 따뜻한 찻물을 먹인 후 곧바로 '포이'라는 하와이 전통 타로 죽과 참치 죽을 떠먹였다. 하카는 거부하지 않고 한 숟갈 한 숟갈 죽 그릇을 거의 다 비울 때까지 잘 받아먹은 후 다시 침대에 누웠다.

얼굴에 드리워졌던 어둡고 칙칙했던 죽음의 그림자는 어느덧 사라지고 하카의 얼굴엔 불그레한 화색이 돌기 시작했다. 새 삶의 희망이 보이기 시작했다. 귀엽고 어여쁜 생명, 아름다운 영혼을 가진 천사처럼 티 없이 맑고 깨끗한 아이가 다시 살아나고 있었다.

이틀을 더 머문 후 하카가 확실하게 회복되었음을 확신한 의사와 간호사 일행은 추후 사용할 약과 처방을 알려주고 나흘째 되던 날 아침 하와이로 돌아갔다.

떠나는 그들에게 정우는 자신이 갖고 있던 5,000달러를 내놓으며 나머지는 LA의 대학병원 닥터가 보증한 대로 며칠 내 송

금할 것이라고 말했다. 5,000 달러는 더 이상 정우에게 필요한 돈이 아니었다.

　무지의 생명을 살리려는 정우의 따뜻한 마음과 정성에 탄복해 마지않는 그들은 정중하게 그 돈을 거절하며 자기들도 정우와 뜻을 같이하고 싶다며 모든 비용을 받지 않고 단지 유류비로 삼천 달러만 받겠다고 고집했다.

　그리고 언젠가 다시 만날 날을 기약하며 의사와 수상 비행사 일행은 카와이의 가족들과 호텔 직원들 그리고 섬사람들의 뜨거운 환송을 받으며 떠나갔다. 그들을 배웅하며 카와이는 아름다운 진주가 들어있는 조그만 상자를 진정 감사하는 마음을 담아 하나씩 나누어 주었다.

　의사와 간호사, 보조원과 비행사는 모두 보람되고 자랑스러운 일을 해냈다는 자부심으로, 또한 어린 생명 그것도 천사처럼 해맑고 착하고 예쁜 아이를 살려냈다는 기쁨으로 충만한 모습이었다. 떠나는 그들도, 배웅하는 사람들도 모두 행복하고 감격스러워하며 이 기쁨과 커다란 은총과 자비를 베푸신 하나님께 진심으로 감사했다.

　하카는 꼬박 일주일을 더 앓고 난 후에야 폐렴에서 완전히 치유되어 건강한 모습으로 자리를 털고 일어났다. 하카는 이제 식사도 제대로 할 수 있었고 고대하며 기다리던 친구들과 어울려 뛰놀며 상쾌하고 시원한 바닷바람을 마시며 언덕 아래로 펼쳐진 망망대해를 감격스런 모습으로 바라보았다. 병을 앓고 난 후에는 더 지혜로워진다는 어른들의 말처럼 하카는 또래 아이들보다 한 뼘 정도는 더 자라고 총명해진 듯했다.

카와이의 발걸음은 나는 듯 경쾌했고, 감사와 감동이 가득한 낯빛으로 정우의 아침식사를 준비하러 방갈로로 향했다. 열흘만의 일이었다. 그녀는 자기가 오지 못했던 동안 정우에게 불편한 일이 없었는지, 빠진 것이 없는지 세세히 살폈다. 아침을 준비하려는 카와이에게 정우가 먼저 말을 했다.

"오늘같이 기쁜 날, 우리 같이 식사해요. 내가 준비 해 둔 것이 있어요."

정우는 자기가 가장 좋아하는 버섯 크림 수프를 손수 끓여 그녀 앞에 내어놓았다. 카와이는 한 숟갈 떠먹어보고 하와이어로 아주 맛있다는 뜻인 '오노(Ohno)'라고 하며 엄지손가락을 치켜세우며 아주 맛있게 먹었다. 그들은 서로의 토스트에 산딸기 잼이나 망고 잼을 발라 나눠주며 맛있게 아침 식사를 함께했다.

늘 혼자 외롭게 먹던 아침 식사였으나 카와이와 더불어하는 식사는 즐겁고 유쾌했다. 실로 오랜만에 아침다운 아침으로, 인간다운 식사를 해본 것이다. 정우는 행복감과 포만감에 젖어 만사를 잊어버리고 하늘로 날아갈 것 같은 기분이었다.

13. 폭풍우 속에 핀 사랑

일주일쯤 지나고 카와이가 아침 식사를 마친 정우에게 전할 말이 있다며, 그녀의 어머니가 당신을 집으로 초대했으니 거절하지 말고 꼭 같이 가야 한다고 말했다.

평소의 그녀답지 않게 간청하며 단호하게 말하는 태도에 의아해하면서 정우는 "No"라고 말할 수 없어 선선히 응낙했다. 카와이는 "Yes"라는 그의 대답을 듣고 매우 기뻐했다.

다음 날 저녁 카와이와 하카와 정우는 섬 중앙으로 향하는 밀림의 오솔길을 따라 그녀 어머니의 집을 향해 떠났다. 약 30분쯤 산으로 난 길을 따라 올라가자 산 중턱의 널따란 분지 위에 자리 잡고 있는 촌락이 보였다. 마을의 광장으로 보이는 널찍한 마당에는 축제라도 벌어지는 듯 흥겨운 분위기로 전통 복장에 레위 꽃을 단 부족 사람들의 왕래로 떠들썩했다.

광장 안쪽에서는 하와이 전통 요리인 포이와 땅속에서 굽는 칼루아 피그, 연어와 토마토 양파로 만든 로미로미 샐러드와 푸이

파카, 로아우 더미 등 여러 종류의 요리가 만들어지고 있어 정우의 시각과 미각을 끌어당겼다.

정우는 카와이를 따라 마을 중앙에 떡 버티고 서있는 규모가 제일 크고 온갖 색으로 채색되고 여러 가지 형상의 나무 조각들로 장식된 집 앞으로 다가갔다.

카와이의 어머니가 집 밖으로 나와 정우를 반갑게 맞이했다. 그녀의 어머니는 아주 화려하게 장식된 전통 복장에 머리에는 커다란 깃털을 꽂은 모자를 쓰고 각양각색의 진주로 만든 목걸이와 장신구로 치장했다.

그녀를 대하는 사람들의 태도가 사뭇 정중하고 깍듯한 것을 미루어 볼 때 그녀는 높은 신분으로 부족 사람들로부터 존경을 받고 있음에 틀림없었다. 그녀의 얼굴에는 범상치 않은 위엄이 서려 있었고 카리스마가 넘쳐흘렀다.

울타리를 치듯 둥글게 횃불이 켜진 사이로 부족 사람들이 하나둘씩 앞마당으로 몰려올 즈음 묵직한 북소리가 울리며, 축제의 시작을 알리는 듯 커다란 소라껍질로 만든 고동과 진흙으로 구워 만든 오카리나의 맑고 경쾌한 소리가 들려왔다.

이윽고 축제가 시작되고 우쿨렐레의 반주에 맞추어 감미롭고 리드미칼한 음색으로 부르는 '알로하오에'가 환상적으로 들려왔다. 이어서 국가로 불리는 '하와이 포노이'를 노래하고 아름다운 선율의 섬의 노래로 알려진 '나 레이 오 하와이'를 모여든 사람들이 다 같이 불렀다.

"하와이에는 황금의 달이 떠오르고,

아름다운 골짜기에는 오색 무지개가 걸리고,

산은 녹색 바다는 담청색, 꽃은 매혹적이라네."

감미로운 노래와 함께 들으니 노랫말이 더욱 아름답게 들렸다.

하와이안 훌라댄스와 솔로몬 제도의 마로보라군 섬의 전통 대나무 춤인 음방고핀고(Mbangopingo)라는 리듬이 빠르고 동작이 현란한 춤은 강력한 리듬을 타고 울리 울리, 파우, 푸나우, 푸케케의 경쾌하고 신나게 들리는 악기 소리와 어우러져 열정적인 무대로 만들었다.

축제가 절정에 다다를 즈음 그녀의 어머니가 카와이와 하카와 정우를 모두 마당 한가운데로 불렀다. 그녀는 아주 위엄이 있고 절도 있게 힘이 넘치는 목소리로 부족 사람들을 향해 말을 시작했다.

"여러분! 오늘 이 자리는 우리의 특별한 손님, 아주 귀한 분께 감사드리기 위해 마련한 자리입니다.

여러분도 소문을 들어 다 아시다시피, 이분은 우리 부족의 딸이며 우리 부족의 꽃인 카와이와 하카를 죽음의 문턱에서 건져낸 생명의 은인입니다. 이분이 안 계셨다면 하카는 이미 하늘나라로 떠났을 것입니다.

여기에 그분이 오셨습니다. 그분은 머나먼 코리아라는 곳에서 오셨습니다. 미스터. 이정우입니다. 다 같이 그분을 환영해 주시고, 감사드리며, 축복합시다."

말을 마친 그녀가 다가와 두 손을 맞잡은 후 껴안고 친밀과 환영의 표시로 양볼을 비볐다. 모두 큰 소리로 환호하며 박수를 보냈다. 둔중한 북소리가 울리며 여러 악기들의 아름다운 소리가 함성과 어우러져 밀림 속으로 퍼져나갔다.

카와이의 어머니는 부족의 가장 존경받는 어머니로, 이 섬에서 일어나는 모든 대·소사를 관장하고 결정을 내리는 실제적인 통치자로 이 섬의 주인인 동시에 추앙받는 부족의 추장이었다. 그녀는 하와이 왕국의 전설적인 여왕, 음악의 여신 카메 하메메의 후손으로 추장의 대를 이어오고 있었다.

처음 접해보는 맛있는 요리를 즐기며 그들의 전통춤과 음악에 빠져드는 동안 축제는 어느덧 절정으로 치닫고 있었다. 카와이 어머니 핑고 카메 하메메 추장은 카와이에게 눈짓으로 그것을 가져오라는 신호를 보내자, 그녀는 야자수 줄기와 잎으로 섬세하게 엮어 만든 상자를 하나 들고 왔다.

핑고 카메 추장은 정우에게 감사의 표시로 드리는 부족의 선물이니 거절하지 말고 받아달라고 정중하게 말했다. 조상 대대로 물려받은 것으로, 당신에게 꼭 주고 싶은 물건이라고 카와이는 추장의 말을 전했다. 정우는 "하카가 다시 살아나서 기쁘다."며 자신은 한 일이 별로 없어 이런 귀한 선물을 받을 수 없다고 거듭 사양했다. 카와이가 나서서 거들었다.

"우리 부족은 은혜를 입으면 꼭 갚아야 하고 감사드리는 풍습이 있습니다. 그대로 받아들여야 합니다. 이 선물을 거절하시면 저희가 너무 섭섭합니다."

더 이상 거절하지 못하고 정우는 무엇인지도 모른 채 선물을
받아들일 수밖에 없었다.

혼자 하는 식사보다 가족들과 같이 여럿이 함께하는 식사는
누구나 즐거운 시간으로 카와이는 하카를 데리고 나와 아침 식
사를 정우와 함께하는 것이 일상사가 되어갔다. 다음 날 아침,
식사를 마치고 정우는 어제 카와이의 어머니로부터 받은 선물
상자를 들고나왔다. 선물은 선물을 준 사람 앞에서 풀어보는 것
이 예의였다.

정성스레 만들어진 상자를 여는 순간 정우는 자신의 눈을 믿을
수 없었다. 거기에는 여러 가지 모양과 색깔의 크고 아름다운 진
주가 영롱한 빛을 발하며 한가득 담겨있었다.

패션 업계에 오랫동안 몸을 담아 왔기에 그는 보석이나 진주
등 여성용 액세서리나 장신구 등에 대한 안목은 남다른 데가 있
었다. 여기 담겨있는 진주들은 흔치 않은 것으로, 상당한 값어치
가 나가는 보물들로서 처음 보는 아주 진귀한 것이었다. 정우는
카와이를 정면으로 응시하며 말했다.

"카와이! 이것은 조상 대대로 내려온 당신 가문의 보물이라
고 했지요? 당신의 부족에게 아주 귀하고 소중한 것이라 소중
히 간직해야 합니다, 나는 받을 수 없습니다. 어머니께 다시 가
져다드려야 해요."

정우는 보석 상자의 뚜껑을 덮으며 카와이에게 도로 내밀었다. 그녀는 아주 난처한 표정을 지으며 물러서지 않고 말했다.

"어머니로서, 우리 부족을 대표한 추장의 감사 표시예요. 우리의 성의니 꼭 받아두셔야 합니다. 당신은 내 딸을 구해준 생명의 은인입니다. 더 귀한 것이 있어도 다 드렸을 것입니다. 가진 것이 이것밖에 없어 더 드리지 못했을 뿐입니다."

카와이의 말 속, 그녀의 눈빛 속에는 진정함이 담겨져 있었다. 더 이상 거절하면 그들의 성의를 받아들이지 않는 것처럼 보여질 수 있을 것 같았다.

"알았어요! 카와이. 너무 귀중한 물건이라 여기에 둘 수 없으니 당신이 잘 보관해주세요. 나중에 제가 필요할 때 돌려주시면 됩니다."

정우는 자연스럽게 카와이에게 그들의 소중한 물건을 돌려주고 싶었다.

10월에 접어들자 잠잠하고 고요하던 남태평양의 날씨는 변덕스럽게 바뀌었다. 몇 년에 한 번씩 또는 10년이나 20년 주기로 거대한 폭풍우와 허리케인이 몰려와 때때로 하와이 제도와 솔로몬 제도 일대를 쑥대밭으로 만들었다.

카와이가 10살 때인 20여 년 전, 일주일 내내 심한 폭풍우와 파도가 치고 격랑이 거세게 일더니 드디어 상상을 초월하는 거대한 허리케인과 해일이 순식간에 몰려와 섬 전체를 덮치고 초토화시

컸다.

　며칠간 밤낮없이 하와이 제도 일대를 휩쓸고 간 허리케인과 해일로 인한 참상은 처참했다. 절반에 가까운 섬 주민들이 죽거나 해일에 떠밀려 내려가 실종되고, 가옥과 농경지가 파괴되었다.

　해안지대의 숲과 나무도 해일을 견디지 못하고 뿌리째 뽑혀 나가거나 꺾이고 부러지고 바닷물에 잠겨 처참하게 파괴되었다. 그들이 처음으로 겪어보는 크나큰 재앙이었다.

　추장이었던 그녀의 아버지, 와하 포오카 하란 추장과 오빠들과 섬에 있는 젊은 남자들이 용감히 나서 아이들과 부녀자와 노인들을 구해내고 자신들은 해일에 떠밀려 끝내 빠져나오지 못한 채 폭풍우 속으로 흔적도 없이 사라졌다.

　생전 처음 겪는 자연의 재앙에 그들은 속수무책으로 하늘을 원망하며 그대로 당할 수밖에 없었다. 그 후 해변에 있던 마을은 안전한 산 중턱으로 모두 옮겨 살게 되었으며 그녀의 어머니가 아버지 하란 추장을 대신하여 부족의 추장으로 추대되었다.

　며칠 전부터 불어오는 바람 소리가 예사롭지 않더니 오늘 낮부터는 장대비가 쏟아지고 바람이 더욱 거세게 불기 시작했다. 계절적으로 한 번씩 찾아오는 계절풍과 폭풍우라고 했다.

　정우는 일찌감치 저녁을 먹은 후 최근 들어 탐독하기 시작한 시오노 나나미의 '로마인 이야기'에 이어 나온 '바다 도시 이야기'를 읽고 있었다.

　독서 삼매경에 빠져 책을 읽던 그는 자정이 훨씬 넘은 후에 졸음이 밀려와 불을 끄고 잠자리에 들었다. 밖에서는 폭풍이 거세게 불고 먼바다에서는 거대한 파도가 넘실거리며 해변을 강타하고 조금씩 가까이 정우가 잠들고 있는 해변을 향해 덮쳐오고 있었다. 정우는 자신에게 커다란 위험이 닥쳐오는 것도 모른 채 싶은 잠에 빠져있었다.

한편 심한 폭풍우와 해변을 때리는 커다란 파도 소리에 놀라 잠에서 깬 카와이는 집 밖으로 나와 칠흑 같은 어둠속의 바다를 응시했다. 먼바다에서 산더미 같은 파도가 몰려오고 있었다.

오래전에 겪었던 악몽이 다시 살아나는 듯 가슴이 마구 떨려왔다. 정우가 위험하다. 서둘러 밖으로 나온 카와이는 마을 사람들을 소리쳐 깨우고 해변으로 정우를 구하기 위해 쏜살같이 달려 내려갔다.

해변은 이미 바닷물로 출렁이며 방갈로도 반쯤은 물에 잠겨 있었다. 곧이어 세찬 폭풍우 속을 헤치고 섬사람 이십여 명이 횃불을 밝히며 구명 튜브와 밧줄을 가지고 나타났다. 카와이는 천군만마를 얻은 듯 힘이 솟는 것을 느끼며 청년 두 명이 방갈로로 접근하는 모습을 간절하게 지켜보고 있었다.

갑자기 커다란 파도가 밀어닥치는 것을 보고 위험을 느낀 청년 하나가 뒷걸음질 쳤다. 그럼에도 다른 청년은 꿋꿋이 바닷물을 헤치고 앞으로 나가 방갈로의 난간에 다다랐다. 순간 파도가 방갈로를 덮쳤다.

카와이는 눈을 감고 뒤로 돌아서서 "제발"하고 간절히 빌었다.

다행스럽게도 파도는 방갈로 바로 앞에서 거대한 물줄기만 쏟아 부은 채 쏴아 소리를 요란하게 낸 뒤 뒤로 밀려나고 있었다. 절체 절명의 위기를 천우신조로 간신히 넘겼다.

그러나 시간이 없었다. 뒤이어 밀려올 산더미 같은 파도가 수분 내 해변을 다시 덮치면 모든 것이 끝장이었다. 파도가 밀려가는 것을 기다려 청년은 비호같이 방갈로로 뛰어올라가는 것이 카와이 눈에 들어왔다.

한식경이 지났을 무렵 정우는 멀리서 들리는 듯한 아우성과 문을 두드리는 소리를 잠결에 들은 듯했다. 그러다 다시 곤한 잠에 빠져 뒤척이던 그는 문을 세차게 두드리며 다급한 목소리로 자기를 부르는 소리에 벌떡 일어나서 불을 밝혔다. 창밖의 칠흑 같은 어둠 속으로 거센 비바람이 몰아치고 지붕을 날려버릴 듯한 세찬 바람 소리가 윙윙거리며 들려왔다.

정우는 문가로 다가가 문을 열었다. 갑자기 바닷물이 쏴아 하고 방 안으로 밀려들었다. 그의 방갈로 주변은 이미 사납게 출렁이는 바닷물로 넘쳐흘렀고 2층의 베란다까지 차올라 있었다. 문밖에는 잔뜩 긴장한 얼굴을 한 청년이 자신의 몸에 밧줄을 묶은 채 구명튜브와 로프를 들고 어서 밖으로 나오라고 소리치며 손짓했다.

어둠 속 바다 위로 거대한 파도가 자신을 향해 무서운 속도로 달려오고 있는 것이 그의 시야로 들어왔다. 갑자기 두려움이 엄습했다. 머뭇거릴 틈도 없이 사태를 직감한 정우는 신발을 찾아

꿰차고 바지와 점퍼만 걸쳐 입은 채 아무것도 챙기지 못하고 황급히 구명 튜브에 몸에 두르고 로프를 감은 채 청년을 따라 바닷물에 첨벙 뛰어들었다.

섬사람들은 있는 힘을 다해 정우와 청년을 순식간에 언덕으로 끌어 올렸다, 그 순간 거대한 파도가 해안으로 몰려와 방갈로를 덮치고 박살냈다, 눈 깜짝하는 순간, 해변에 있던 방갈로 두 채는 흔적도 없이 넘실대는 바닷속으로 사라져갔다. 찰나의 순간 눈앞에서 일어 난 엄청난 일에 모두가 경악하고 몸을 부르르 떨었다.

바다는 점점 더 거칠어지고 거센 파도와 폭풍우는 섬 전체를 집어삼킬 듯 맹수처럼 사납게 달려들었다. 조금만 늦었더라면 정우는 야수 같은 혓바닥을 날름거리는 거센 바다 속으로 내동댕이쳐졌을 것이었다. "휴" 하는 한숨 소리와 함께 뒤를 돌아보던 그는 공포에 떨며 몸서리쳤다.

웅성거리며 모여들었던 사람들은 안도의 한숨을 쉬며 하나둘씩 집으로 돌아가기 시작했다. 망연자실한 정우는 쏟아지는 폭풍우 속에 비를 맞으며 갈 곳이 없어 우두커니 그대로 서 있었다.

카와이가 눈물을 글썽이며 그에게 다가왔다. 그녀는 잔뜩 겁에 질려 있었고 오랜 시간 폭풍우 속에 노출되어 있었던 듯 몹시 추운 듯했다.

흠뻑 젖은 옷은 그녀의 몸에 착 달라붙었고 그녀의 몸매를 그대로 드러내 보였다. 입술은 새파랗게 질리고 한기가 서려 있는 그녀의 팔뚝에는 소름이 잔뜩 돋아 올라와 있었다.

그녀는 추위를 견디지 못하고 몸을 웅크린 채 바들바들 떨고 있었다. 흘러내리는 빗물이 머리에서 떨어져 그녀의 목덜미를 타고 그대로 가슴 속으로 미끄러져 떨어졌다.

정우의 점퍼도 바지도 바닷물과 빗물에 흠뻑 젖은 상태였다. 그는 점퍼를 벗어 물기를 짜낸 후 카와이의 어깨 위로 덮어주었다. 카와이가 정우 곁으로 다가와 그의 손을 잡고 이끌었다.

그녀의 손은 차디찬 얼음장이었다. 정우는 그녀의 어깨를 감싸고 서둘러 언덕 위 그녀의 집으로 향했다. 다행히도 그녀의 집은 견고하게 지어져 거센 폭풍우를 맞아도 끄떡없이 꿋꿋이 버티고 있었다.

카와이는 커다란 타월을 꺼내 와서 정우의 젖은 머리와 몸부터 닦아주려 했다. 정우는 황급히 저어하며 추위에 떨었던 그녀부터 젖은 몸을 닦도록 했으나 그녀도 완강히 거절하며 정우부터 먼저 닦고 말리도록 재촉했다.

여러 차례 실랑이 끝에 그들은 서로서로 상대방의 젖은 머리와 몸을 닦아주며 천진난만한 아이들처럼 웃었다. 젖은 몸을 대충 닦아내자 그녀는 섬에 자생하는 이름 모를 열매로 만든 따뜻한 차를 가져왔다. 은은하고 향긋한 차를 마시니 그의 몸과 마음은 한결 따뜻하고 편안해졌다.

차 한 잔을 다 마실 즈음 간편한 옷으로 갈아입은 그녀가 돌아와서 정우를 욕실 쪽으로 데려갔다. 이미 욕실의 커다란 나무 물통 속에는 김이 모락모락 나는 따뜻한 물이 가득 담겨 있었다.

또한 구석 한편에 있는 토기로 만든 물 항아리에는 따뜻한 물이 어느새 데워지고 있었다. 정우는 고맙다는 표시를 하고 욕조 속으로 다가가 따뜻한 물에 긴장과 피로에 지친 몸을 담갔다.

따뜻한 욕조에 몸을 담고 있으려니 긴장이 순식간에 풀린 듯 깜빡 졸고 있던 정우에게 카와이가 살며시 다가와 깨웠다. 그리고 정우가 몸에 걸칠만한 커다란 면 시트를 건네주었다. 그녀가 건넨 천을 몸에 대충 두르자 그녀의 방으로 데려갔다.

나무 침대 위에 깔려 있는 침구들은 깨끗했다. 순면으로 짠 하얀 시트 위에는 가볍고 따뜻하게 보이는 모직 담요가 올려져 있었다. 별 장식 없이 심플하게 꾸며진 방 안은 따뜻했고 주인을 닮은 듯 정갈하게 정돈되어 있었다.

밖에서는 여전히 거센 비바람이 윙윙거리며 불어대고 거대한 파도가 해변을 철썩철썩 때리며 밀려드는 소리가 무시무시하게 들려왔다. 정우는 난파선을 타고 표류하다가 어느 이름 모를 섬에 구조된 기분이 들었다. 침대 모서리에 엉거주춤 주저앉아 창밖을 바라보던 정우에게 카와이의 발자국 소리가 가깝게 다시 들려왔다.

그녀는 욕조에서 방금 나온 듯 물기에 젖은 긴 머리를 닦으며 커다란 타월을 몸에 걸치고 나타났다. 아직도 한기를 느끼는 듯 파란 입술을 하고 반쯤 드러난 어깨를 살짝 움츠리고 있었다. 비바람을 피하여 한 마리의 작은 새가 처마 밑으로 날아들 듯 그녀는 정우에게로 다가와 그의 품에 안겼다.

　그녀의 몸은 아직도 추운 듯하여, 정우는 가늘게 떨고 있는 그
녀를 살포시 안아주었다. 정우의 온기가 그녀에게 조금씩 옮겨
지자 카와이는 평온을 누리듯 고요히 눈을 감고 있었다. 그녀의
몸도 마음도 따뜻한 봄날처럼 서서히 녹아내리는 듯했다.

　그녀가 살짝 고개를 돌려 그를 바라보았다. 호수처럼 맑고 투명
한 눈빛은 간절한 소망을 담은 듯 깜빡거렸다. 정우는 그녀의 그
윽한 눈동자 속으로 자신이 한없이 빨려 들어가고 있음을 느꼈다.

　그녀의 몸에서 나는 열기와 여인의 은은한 향기가 정우를 조
금씩 자극했다. 살짝 벌어진 입술 사이로 그녀의 뜨거운 숨결이
느껴지고 촉촉이 젖어있는 입술은 아름다운 분홍 색조를 띠어갔
다. 불현듯 입맞춤을 하고 싶은 아주 매력적인 입술이었다.

　조심스럽게 그녀의 턱을 받치고 정우는 자신도 모르게 그의 입
술을 그녀에게 가져갔다. 카와이는 기다렸다는 듯 부드럽게 그
리고 천천히 그의 입술을 받아들였다.

　아주 소중한 물건을 다루듯이 그들은 서로를 경외하며 서로를
배려하며 서두르지 않고 상대의 움직임에 따라 천천히 움직였
다. 그들의 키스는 감미롭고 행복했다. 가슴이 뛰고 설레며 온몸
이 전율하듯 떨려왔다. 그들 모두에게 찾아온 실로 오랜만에 느
끼고 맛보는 황홀감이었다.

　잠시 떨어져서 바라보는 눈길은 서로를 갈망하는 애절한 눈빛
그 자체였다. 둘은 서로 더욱 힘차게 껴안으며 두 번째 키스를 했

다. 더욱 열기가 뿜어져 나왔다. 부드럽고 감미로운 혀끝과 혀끝이 부딪치는 순간 짜릿한 전율에 그녀가 신음소리를 내며 몸을 비틀어 뒤로 가누었다.

창밖에는 여전히 천지개벽을 하듯 폭풍우가 몰아치고 해변을 몽땅 삼켜버릴 듯한 파도가 몰아쳐도 그녀의 동굴은 안락하고 고요의 바다 같았다. 정우는 그녀의 동굴 속에 오래도록 갇혀있고 싶다는 생각이 문득 들었다. 정우는 서서히 그녀에게 몰입해 갔다.

그들의 몸은 서로에 대한 갈증으로 점점 뜨거워졌다. 그녀가 더는 참을 수 없다는 듯 두 팔로 그를 끌어안았다. 그녀의 부드러운 젖가슴의 감촉이 그대로 전해졌다. 정우의 몸은 이미 빳빳하게 팽창되어 있었다.

정우는 그녀가 걸치고 있던 타월을 천천히 벗겨냈다. 그녀의 몸은 잘 익은 수밀도처럼 향긋한 냄새를 풍기고 매력적인 몸매를 가슴에서 발끝까지 드러냈다.

희고 탐스러운, 알맞은 크기의 젖가슴 위로 유두가 붉게 물들이며 솟아있고, 잘록한 허리와 탄력 있는 히프 그리고 그녀의 은밀한 숲을 지나 길게 쭉 뻗은 매끈한 다리. 정우가 언젠가 함께했던 마드린느를 연상시키는 생생하고 완벽하게 잘 가꾸어진 몸매였다.

보물을 다루듯 천천히 부드럽게 정성을 다하여 그녀를 어루만졌다. 그녀도 그의 진심을 알고 있다는 듯 정우의 정중하고 따뜻한 마음과 열정이 담긴 그윽한 손길에 감동한 듯 몸과 마음이 한 없이 녹아들었다.

정우의 섬세하고 부드러운 손길이 그녀의 젖가슴을 살짝 건드리자 더욱 뜨겁게 달아오른 그녀의 몸은 그를 재촉했다. 그녀의 숲과 계곡은 이미 환희의 찬가를 부르며 사랑의 샘물은 온 들에 넘쳐흘렀다.

몇 차례의 격렬한 키스와 몸놀림 끝에 용광로처럼 더욱 뜨거워진 정우의 몸 일부가 그녀의 내밀하고 깊숙한 샘을 따라 힘차게 밀고 들어갔다. 그 순간 카와이 몸은 파닥거리며 있는 힘을 다해 정우를 끌어안았다. 활화산이 폭발하며 뜨거운 용암이 분출되고 환희의 찬가가 또다시 두 사람 영혼 깊숙이 울려 퍼졌다.

실로 오랜만에 맞이한 그들의 서로에 대한 탐닉과 정열은 쉽게 가라앉지 않았다. 오랫동안의 가뭄 끝에 찾아온 단비처럼, 그들의 타는 목마름은 한차례의 소나기로 해갈될 수 없는 듯했다.

거친 폭풍우가 두 차례 더 그들의 영혼을 뒤흔들어 놓은 다음에야 그들은 서로에 대한 만족감과 행복감으로 떨어져 나갔다. 사랑과 열정이 넘치는 감미롭고 황홀한 밤이었다. 그들은 이 순간 영원토록 시간이 멈추기를 바랐다.

14. 다비의 꿈

　지난밤의 허리케인과 폭풍우가 휩쓸고 간 해변과 숲은 처참하게 파괴되었다. 거대한 자연의 섭리와 힘 앞에 인간은 미약하고 힘없는 한낱 미물에 지나지 않았다. 유인 탐사선을 달과 우주로 띄워 보내고 인공 강우를 뿌려보아도 인간의 힘으로 자연과 맞서서 그 폐해를 막아내기에는 역부족이었다.

　지구 온난화로 지구의 체질이 바뀌어 만년설과 빙하가 녹아내리고 화산의 폭발로 화산재가 태양을 가리고 하늘을 가리어 심각한 기상 이변을 일으키기도 하는 것이다.

　방갈로는 흔적도 없이 사라지고 해변을 둘러싸고 있던 맹그로브 숲과 코코 야자나무와 각종 활엽수들도 강풍으로 뿌리째 뽑혔거나 부러지고 가지가 꺾인 것이 도처에 즐비했다.

　해변에는 벽돌로 단단하게 지어진 호텔만이 골조만 앙상하게 남아있을 뿐 파도에 떠밀려온 나뭇더미 잔해와 갈댓잎과 쓰레기로 꽉 차있었다. 깨끗하고 하얗던 모래밭이 치열한 전투를 막 치른 전쟁터처럼 엉망진창으로 망가지고 더러워졌다.

호텔직원들과 섬사람들이 나와 해변에 널브러진 나목들과 쓰레기 더미를 치우고 말끔히 정리해나가는 동안 바다는 스스로 밀물과 썰물을 보내어 자정시키며 바닷속을 청소하고 바람이 아침저녁으로 불어와 흙먼지를 털어내어 해변을 깨끗이 빗질했다.

어느덧 해변은 예전처럼 깨끗한 하얀 모래밭과 에메랄드의 푸른 물결을 반짝이며 정우를 반겼다. 두 달 가까이 카와이의 집에서 보낸 정우는 떨어지지 않는 발걸음을 뒤로하고 새로 지은 방갈로로 돌아왔다. 카와이도 그녀의 딸 하카도 몹시 서운해했다.

병마를 이겨내고 건강을 되찾은 어린 하카는 정우를 포오카 라고 부르며 몹시 따랐다. 자신의 생명을 구해준 은인이라는 걸 본능적으로 느끼듯 정우를 따라다니며 앙증맞은 손으로 조그만 일이라도 정우를 위해서 무엇이든 하고 싶어 했다.

스스로 사랑받는 아이로 정이 끌리는 아이로 정우도 하카를 몹시 예뻐하고 귀여워했다. 보면 볼수록 카와이를 쏙 빼어 닮은 깜찍하고 귀여운 꼬마 숙녀였다.

재잘대는 목소리로 알로하! 포오카! 라고 인사하며 커피잔이나 찻잔을 들고 와 정우에게 시중을 들어주며 두 모녀와 함께 하는 식사 시간은 늘 웃음이 넘치고 행복했다.

포카는 하와이 말로 '포오켈라 카네'로 훌륭하고 멋진 남자를 뜻하는 것이라 했다. 정우는 진정으로 자신이 할 수만 있다면 이 아이가 순탄하고 행복하게 자라서 밝고 희망찬 미래를 갖게 해주고 싶었다.

누군가를 다시 만나게 된다면, 그 사람이 나를 만난 다음에는 사는 일이 행복해야 한다는 말처럼 그렇게 하고 싶었다. 섬에서 태어나 이토록 작은 섬에서 인생을 보내는 그런 평범한 아이로 자라도록 놔두고 싶지 않다는 생각을 가끔씩 했다.

하카의 생부 로하이는 한때 이 섬 제일의 멋진 청년으로 서핑을 즐겨 타는 사내중의 사내로 불렸다. 그는 하카가 아직 태어나기 전 이곳 섬에 들려 서핑을 타며 한동안 머물다 간 미국 동부에서 온 금발의 여인을 따라 뉴욕으로 간 후 영영 소식을 끊고 섬으로 돌아오지 않았다.

그가 뉴욕으로 떠난 지 6개월 후에 하카가 태어났다. 카와이는 그를 오래도록 기다렸다. 어느덧 오랜 세월이 흐르고 영원히 다시 돌아올 것 같지 않은 그를 더 이상 기다리지 않고 잊기로 했다. 카와이의 가슴 속에서 로하이는 어느덧 새까맣게 지워진지 오래되어 기억조차 남지 않았다.

정우는 이제 자기의 일상으로 돌아가야 했다. 한여름 밤의 꿈처럼 아름답고 달콤했던 날들은 지나갔다. 정우는 자신을 둘러보았다. 한국에서의 미련을 모두 접고 미국에 가서 가족과 함께 합류하고 새로운 비전을 갖고 새로운 터전에서 살아보겠다는 결심과 계획은 모두 물거품이 되고 이제 자신은 상처만 가득한 패잔병이 되었다.

청춘을 바쳐 일하며 애써 모은 재산도 전부 날리고, 가정도 파탄 나고 현주는 헌신짝처럼 그를 버렸다. 아무리 살펴보아도 이제 자신에게 남은 것은 아무것도 없다는 것이 다시금 뼈저리게 느껴졌다.

암울한 현실로 다시 돌아오자 정우는 자신의 처량한 모습이 적나라하게 투영되어 오는 것을 보았다. 하릴없이 하와이로 잠시 나간 정우는 석현의 회사로 한 가닥 희망을 품고 연락을 취해보았다. 전화벨 소리만 울릴 뿐 아무런 응답도 없었다.

석현의 휴대폰은 꺼진지 이미 오래되어 연락할 방법이 없었다. 여러 군데를 수소문하여 석현의 소식을 알 만한 친구를 찾아 몇 마디 얻어들은 소식은 모두 더 큰 실망만 시켜줄 뿐이었다.

1차 소송에서 패한 후 직원들도 모두 뿔뿔이 헤어지고 회사도 성남 부근의 조그만 사무실로 이전하여 명맥만 유지하고 있을 뿐, 회생 불능의 상태로 곧 외국기업에 헐값에 넘어가거나 부도로 종 칠 거라는 서글픈 소식뿐이었다.

정우는 백방으로 석현을 찾아보았지만 끝내 석현과 연결이 되시 않았다. 이제 자신에게 남은 것도 없고, 건질만한 것은 하나도 없이 휴지 조각이 될 주식뿐이리라는 생각이 들었다.

정말로 절벽 끝에 다다른 느낌이었다. 더 이상 어디에도 기댈 곳도 의지할 곳도 더는 없는 듯했다. 정우는 불현듯 자기가 왜 이곳에 왔었는지 잠시 잊고 있었음을 깨달았다. 일장춘몽을 꾸고 있었다는 생각이 들었다.

참담한 시련을 겪었거나, 치유될 수 없는 질병에 걸려 고통 속에 하루하루를 연명해가는 사람이나, 사랑하는 사람에게 배반당하고 실연하여 좌절하는 사람, 또는 사업에 실패하여 온갖 재산을 날려버리고 가족이 살던 집마저 빼앗기고 거리로 내몰린 가장온 한 번쯤은 삶을 포기하고 세상과 하직하고 싶은 충동을 느껴보았으리라.

그들은 절망의 구렁텅이에 빠져 육체적·정신적 고통을 견디지 못하고 어디에도 하소연할 곳도 찾지 못한 채 방황하다 길을 잃어버리고 출구를 찾지 못하여 그리하여 마침내 스스로 목숨을 끊는 것이리라.

햄릿이 독백하듯 "죽는 건 그저 잠자는 것일 뿐, 잠들면 마음의 고통과 육신의 고통이 사라진다."는 것을 기대하면서.

이제 떠날 때가 된듯했다. 수지에게 마지막 사랑이 담긴 그림엽서를 한 장 보내고 얼마 남지 않은 돈을 정리하여 카와이와 하카에게 남기고 떠나고 싶었다. 혹시, 후일 그들이 섬을 떠나 살게 되면 조금이라도 도움이 되고 싶었다. 정우는 그들을 위해 남은 돈을 모두 정리하여 한데 모아 남기기로 하였다.

그들에게 남기는 돈은 카와이와 하카가 그들이 원할 때 섬에서 나와 하와이든 LA든 미국의 도시로 나가 자리를 잡고 살아가는 데 조금이나마 도움이 될 것이었다. 정우는 이렇게라도 하지 않으면 자신이 마음 편하게 그들과 이별하지 못할 것 같은 심정이었다.

정우는 섬을 둘러보고 해변 여러 곳을 살피며 마땅한 장소를 찾아 나섰다. 며칠을 보낸 후 서남쪽으로 뻗은 곶 너머의 가장자리에 있는 작은 모래사장이 눈에 띄었다. 폴리후아 비치처럼 사람의 발길이 거의 닿지 않는 비밀스러운 인적이 드문 곳이었다.

커다란 절벽과 바윗돌 틈 사이로 옆으로 움푹 들어간 해변을 낀 모래밭은 밀림으로 향하는 숲과 맞닿아 있었다. 다행스럽게도 이곳은 후미진 곳이어서 정우가 머무르는 해변의 방갈로나 호텔에서는 잘 보이지 않는 구석진 언덕 아래 자리 잡고 있었다.

평소 불교의 다비장과 수목장에 관심이 많았던 정우는 이곳 섬의 장례 풍습이 다비장과 비슷하다는 것을 눈여겨보았다. 지난번 섬을 둘러보았을 때 목격한 이 섬 고유의 장례식이 떠올랐다.

정우는 가뜩이나 협소한 한국의 강산에 보기 흉하게 널려있는 공동묘지나 여기저기 널려있는 묘역과 산소자리를 볼 때마다 자신은 죽어 한 줌의 재가 되어 다시 나무로 태어나는 수목장을 하리라 늘 생각한 터였다.

생각해 보면 멋진 일이었다. 죽어 다시 한 그루의 나무로 태어나 넓은 가지를 드리우고 한여름엔 시원한 그늘을 만들어주고, 가을이 되면 단풍이 되어 아름답게 떨어지는 낙엽을 만들어 주는 것도 나쁘지 않을 것 같았다.

정우는 숲에서 멀찌감치 떨어진 모래사장에 정방형의 구덩이를 파기 시작했다. 해변에서 놀던 아이들이 하나둘씩 몰려와 말없이 그를 도왔다. 정우에 관한 소문은 이미 서쪽의 섬마을에는 널리 퍼져 있어 섬 주민들은 모두 정우를 좋아하고 존경하는 듯했다. 아무

것도 모르는 아이들은 신이 나서 모래를 퍼 올렸다. 며칠이 지나지 않아 정방형의 호는 완성되었다.

정우는 아이들을 데리고 숲속으로 들어가서 쓰러진 나뭇등걸과 부러진 나뭇가지를 가져다 호 안에 가로 세로로 차곡차곡 쌓기 시작했다. 어느덧 호 안은 한 길 높이의 나무들로 꽉 차게 되어 다비장을 지낼 수 있을 만큼 빽빽이 들어찼다.

정우는 생과 이별하는 마지막 준비를 했다. 아름다운 마무리는 어떻게 해야 하는지 자문했다. 법정 스님의 말씀대로 아름다운 마무리는 옛 생각, 옛 습관을 미련 없이 떨쳐버리고 새로운 존재로 거듭나는 것인가? 그러므로 아름다운 마무리는 끝이 아니라 시작이련가?

오랜 얽힘의 세계에서 벗어나 알을 깨고 나오는 새처럼 모두 잊어버리고 모두 벗어던지고 푸른 하늘로 거침없이 훨훨 날아오를 수만 있다면 그것은 이미 낙원의 세계로 이르는 최상의 미래가 아닌가?

더 이상 삶에 대한 미련도 욕심도 회한도 남아있지 않았다. 아무에게도 분노하거나 원망하는 마음도 들지 않았다. 슬프지도 않았다. 잠시 돌아가신 아버지, 어머니의 모습이 떠올랐다.

송구스럽고 죄스러운 마음에 아무도 모르게 조용히 이 세상과 하직을 고하는 것이다. 사랑하는 딸 수지를 홀로 두고 떠나는 마음이 애잔하여 흔들리는 자신을 달랬다.

해변의 밤하늘은 별빛이 총총히 빛나고 바다의 해조 내음을 담은 상쾌한 바람이 불어왔다. 밤하늘을 가르며 유성이 긴 꼬리를 그리며 북쪽 하늘로 사라졌다. 지금 떨어진 별똥별은 지구에서 멀리 떨어진 이름 모를 행성에서 몇억 광년 전에 사라진 별빛이 이제 막 지구에 도착한 것이리라.

내가 지금 본 것은 지금의 것이 아니라 이미 몇억 광년 전에 저 멀리 우주에서 일어난 현상을 지금 본 것뿐이었다. 별빛과 달빛만이 교교히 흐르고 사위는 고요했다.

정우는 봉투에서 알약을 꺼내 10~20알씩 서너 번에 걸쳐 입속에 털어 넣고 약봉지를 주머니 속에 깊숙이 쑤셔 넣었다. 한두 시간 후에 자신은 깊이 잠들어 있을 것이며, 점화된 불꽃이 타올라 자신의 덧없는 육신을 한 줌의 재로 만들어 줄 것이었다.

다비의 화염 속에서, 타오르는 강렬한 불꽃 속에서 자신의 육체는 이승에서 알게 모르게 지은 모든 죄와 함께 활활 모두 태워지고 또 태워지리라. 흙에서 나고 흙으로 돌아가는 삶. 타고 남은 재가 다시 불꽃을 태우듯 삶은 그렇게 돌고 돌아 태초의 대지인 흙이 되어 제자리로 돌아갈 것이나.

지나간 40여 년의 생이 파노라마가 되어 그의 뇌리를 스쳐갔다. 꿈 많던 학창 시절, 친구들, 아련한 유림에 대한 사랑, 제일기업, 결혼, 딸 수지, 형과 누이 그리고… 아! 아버지, 어머니. 나는 지금 어디에 있는가?

카와이와 하카의 얼굴이 마드린느와 오버래핑되면서 스르르 눈이 감겼다. 영광, 환희, 좌절, 패배, 합격, 불합격, 승진, 성취,

분노, 이상과 현실 그리고 사랑과 이별. 과연 자신의 인생은 행복했는지? 자신의 삶은 아름다웠는지? 아님 한과 슬픔과 원망과 분노로 가득했는지?

지신의 생애가 어떠했는지 아직 자신을 알 수 없을 것 같았다. 승리와 패배, 환희와 좌절, 기쁨과 슬픔. 이 또한 모두 지나가리니. 세상사에 일희일비하는 것이 모두 덧없으므로 무심한 세월 무상의 세월이 거기 있었을 뿐이었다.

우주선의 무중력 상태에서 유영하듯 그의 몸이 공중으로 부양되어 떠올랐다. 그리고 바람에 나부끼듯 구름 위로 떠올라 둥실둥실 어디론가 떠내려갔다. 이윽고 머물고 내린 곳은 산림이 울창한 아름답고 푸른 숲 한가운데였다.

생전에 보지 못했던 아름다운 숲으로 지상에서는 보지 못하던 신비롭고 찬란한 색깔의 꽃과 나무들로 가득했다. 상상 속에서 보았거나 영화 속에서 보았던 환상적인 크리스털 정원이 시야로 들어왔다.

구름다리를 건너자 불꽃이 활활 타오르는 광장이 보이고 천상에서 들리듯 오묘한 하모니를 이룬 합창 소리가 들려왔다. 이글거리며 끓어오르는 시뻘건 용암 위로 뜨거운 불꽃이 활활 타오르고 있었다.

만져보고 싶도록 아름답게 타오르는 불꽃은 그윽한 향기를 뿜어내고 있었다. 정우는 그 불길이 너무 아름답고 황홀하여 그 속으로 뛰어들고 싶은 충동으로 한 발짝 한 발짝 앞으로 나아갔다.

그러나 웬일인지 앞으로, 앞으로 나아가도 그 간격은 좁혀지지 않고 그대로인 채, 잡힐듯하던 불꽃은 여전히 멀리 떨어져 손에 잡히지 않았다. 정우는 조바심이 났다.

어서 그 아름다운 불꽃 속으로 들어가 편안히 몸을 누이고 영원한 잠 속으로 빠져들고 싶었다. 그럴수록 불꽃은 자꾸 뒷걸음치고 있었고, 그는 계속 불꽃 근처를 맴돌며 허우적거리고 있었다.

15. 지금 여기에!

    솜털처럼 보드랍고 앙증맞은 손길이 그의 얼굴을 스치는 감촉으로 머나먼 기억 너머로 사라지는 꿈과 영혼을 일깨웠다. 애절하고 애틋한 사랑의 몸부림으로 "포오카! 포오카! 포오카!" 천상에서 들리는 듯한 어린 천사의 음성이 들려왔다. 천사의 간절한 기도가 홀연히 그를 깨웠다.

    정우는 살며시 눈을 떴다. 그의 곁에는 카와이와 하카가 안도와 원망이 교차하는 낯빛으로 그를 바라보고 있었다. 그녀는 눈물을 글썽인 채 미소를 짓고 있었다. 카와이와 하카가 와락 볼을 비비며 달려들어 가슴에 얼굴을 묻으며 흐느꼈다. 그리고 카와이의 애절한 목소리가 들려왔다.

    "제발 가지 말아요. 나를 두고 떠나지 말아요. 우리 아기가 있어요! 사랑해요! 알로하 와우 이아 오이!"

    사랑한다는 말과 아이를 가졌다는 그녀의 절규가 메아리치듯 그의 가슴 속으로 파고들었다. 하와이를 다녀온 후로 정우의 태도에 변화가 있음을 카와이는 본능적으로 느끼고 있었다.

자신을 대하는 태도가 어딘지 부자연스럽고 눈이 마주치는 것을 의식적으로 피하며 자기와 거리를 두려고 하며 그의 얼굴엔 웃음기가 사라지고 온몸에 음울한 기운이 감돌고 있었다.

며칠째 정우의 얼굴을 보지 못해 애만 태우던 카와이는 섬 소년들로부터 정우가 해변 서남쪽 끝에 다비 의식을 준비하고 이상한 행동을 하는 것 같다는 이야기를 듣고 왠지 모를 불안감에 저녁 무렵 작정하고 방갈로로 정우를 찾아 나섰다.

며칠 전부터 카와이는 속이 메스껍고 밥맛도 없고 헛구역질 나는 것을 참고 있었다. 왠지 피곤하고 몸이 나른하면서 잠이 쏟아졌다. 몸에서는 미열이 나서 감기에 걸린 것이 아닌가 하는 생각이 들어 녹색 아워이 찻물을 끓여 열심히 마셨다. 그럼에도 여전히 미열이 나고 기운이 없고 갑자기 울컥 토하고 싶은 충동을 느꼈다.

그제서야 카와이는 무언가 감이 잡히는 것 같았다. 하카를 처음 가졌을 때와 똑같은 느낌이었다. 여성으로서 어미로서 느낄 수 있는 경이로움이고 환희였다.

기쁜 소식을 정우에게 알려야 한다는 생각으로 가슴이 떨려왔다. 그러나 순간 자기는 눈물이 날 만큼 한없이 기쁜데 정우는 어떻게 받아들일지 긴장이 되고 걱정이 앞섰다.

방갈로에 정우는 보이지 않고 정우의 사물들은 곧 섬을 떠날 사람처럼 가지런히 정돈되어 있었다. 무엇인지 모를 불안함과 을씨

년스런 느낌이 다가왔다. 기쁜 소식을 빨리 전하고 싶은 마음과 무엇인지 모를 걱정과 초조함이 교차하고 있어 그녀를 더욱 서두르게 했다.

그가 갈만한 곳을 두루 찾아보아도 정우가 보이지 않자 걱정이 된 카와이는 섬 소년들을 데리고 해변 구석구석으로 찾아 나섰다. 그가 자주 다녔다는 서쪽 해변 끝자락의 아주 한적한 곳에 이르자 다비식을 치를 수 있도록 준비된 나뭇더미 옆에 죽은 듯이 누워있는 정우와, 다비장으로 자신의 장례를 치러줄 것을 부탁한 메모를 발견하고 카와이는 소스라쳐 놀랐다.

약을 먹고 자살을 시도한 것을 알게 된 카와이는 즉시 섬사람들의 도움을 받아 정우를 살리기 위해 필사적으로 매달렸다. 다행스럽게 약을 먹은 시간이 많이 흐르지 않은 것 같았다.

숨소리가 고르고 맥박이 다소 느리지만 정상적으로 뛰고 있어 절망적인 상태에 이르지 않은 듯 보였다. 시간이 촉박했다. 한시 바삐 서두르지 않으면 위험해질 수 있었다,

섬사람들은 상한 음식을 먹고 배가 아프거나 약초를 잘못 먹어 중독되면, 바닷물을 먹여 우선적으로 위안의 모든 것을 토해내게 하였다. 카와이는 바닷물을 떠 오게 하여 정우의 입을 벌려 조금씩 입안으로 흘려보내기 시작했다. 소금물은 구토를 유도하는 작용이 있어 얼마 안 가서 정우가 꿈틀대며 배설물을 조금씩 토해낸 후 또다시 죽은 듯이 널브러졌다.

다급해진 카와이는 섬에서 전통적으로 내려오는 해독제로 쓰

이는 노니나무 열매를 끓인 찻물과 야생화의 어린잎을 우려낸 찻물을 갈대 대롱을 통하여 정우의 입속으로 불어넣으려 했으나 여의치 않았다. 주위의 시선을 아랑곳하지 않고, 작정한 듯 카와이는 자신의 입안에 쓰디쓴 노니 찻물을 담아 정우의 입속으로 끊임없이 불어넣었다.

그리고 정우의 입을 벌리고 자신의 손가락을 집어넣어 토해내게 하고는 또다시 입에서 입으로 불어넣으며 혼신의 노력을 기울였다. 절망과 희망이 교차하는 3~4시간의 사투 끝에 정우는 꿈틀대더니 위 속의 약물을 모두 토해내고 기진맥진한 모습으로 또다시 드러누웠다.

카와이는 정우에게 따뜻한 담요를 덮어주고 곁에 앉아 정우의 손을 잡고 다시 깨어나길 하염없이 기다렸다. 몇 시간을 쥐 죽은 듯 숨소리만 내던 정우가 꿈틀대더니 주위를 두리번거리며 힘없이 눈을 떴다. 또다시 카와이가 죽음의 일보 직전에서 정우를 살려낸 것이었다.

삶에 있어 큰 상실감에 빠져있을 때 사랑과 따뜻한 배려야말로 가장 중요한 것이며 인생을 가장 아름답고 소중하게 만드는 것임을 비로소 깨닫는 순간이었다.

'누군가를 다시 만나게 된다면 그 사람이 나를 만난 다음에는 그 사람이 사는 세상이 더 행복해야 한다.' 그녀의 집에서 두 달 가까이 머물다 새로 지어진 방갈로로 돌아가면서 떠올렸던 문구가 다시 생각났다.

그녀들의 행복을 빌어주며 남은 돈을 물려주고 말없이 그들 곁을 떠나려 했던 것이 얼마나 어리석고 그들의 가슴을 아프게 했는지 깨닫는 데 많은 시간이 필요치 않은 것 같았다.

물질만으로, 황금만으로 행복을 살 수는 없는 것이다. 더욱이 카와이와 하카의 삶에 있어서 물질은 하찮은 무용지물에 불과한 것이었다. 그들에게는 꿈과 행복을 함께 나누는 따뜻한 사랑이 더욱 필요하고 소중했다.

정우가 파리에서 마드린느를 처음 보았을 때처럼, 정우가 그린 페페섬에서 카와이를 처음 만났을 때처럼 그것은 그들의 운명적 만남이었고, 그것은 그들의 운명적 사랑의 시작이었다.

어느덧 동녘의 어둠이 걷히며 저 멀리서 태양이 솟아오르고 있었다. 죽음의 문턱에서 서성거리다 되돌아 나온 정우는 힘없는 발걸음으로 카와이의 부축을 받으며 하카를 따라 방갈로가 있는 해변으로 나섰다.

앞서가던 하카가 잠시 걸음을 멈추고 멀리 수평선 끝을 벌겋게 물들이며 떠오르는 아침 해를 가리켰다. 실로 감동적이며 대단한 장관이었다. 일출은 그냥 멋진 풍광으로 끝나지 않고 그들에게 미처 알지 못하는 미래의 상서로운 기운을 전해주는 것 같았다.

어느새 카와이는 파도로 깨끗이 지워진 모래 위에 하얀 조약돌과 조개껍질을 모아 열심히 글자 모양을 만들고 있었다. 허리케인으로 아버지와 형제들과 이웃을 모두 잃고 절망에 빠져있을 때 그들에게 삶의 용기와 희망을 북돋아 주던 미국인 선교사가 가르쳐 준 희망의 글씨를 하얀 모래사장 위에 써 내려갔다. 그녀는 정우의 손을 잡아끌며 연민이 그득한 시선으로 말했다.

"자, 여기를 봐요!"

그곳에는 'No Where'라고 희고 깨끗한 조약돌과 조개껍질로 가지런히 쓰여 있었다. 그녀는 의미심장한 표정을 지으며 그에게 잠시 눈을 감고 있으라고 했다. 눈을 다시 뜨자 그의 앞에는 'No Where' 대신 'Now Here'가 펼쳐졌다.

'No Where'

'Now Here'

글자 하나를 옮겼을 뿐인데 지옥에서 천국으로 들어온 느낌이었다. 갈 곳 없는 그에게 지금 여기가 그가 머물 곳이라는 암시처럼 느껴졌다. 정우가 그린 폐폐섬에 찾아와 카와이를 처음 만났을 때처럼 그녀에 대한 연민과 감동이 다시 그의 마음속으로 파고들었다. 카와이가 그의 곁으로 다가와 손을 잡아 그녀의 가슴에 얹으며 그를 은애하는 낯빛으로 사랑스럽게, 그러나 아주 강한 톤으로 말했다.

'Now Here'

그는 카와이와 함께 지내면서 그녀의 따듯한 감성과 섬세한 여성미가 어우러진 아름다운 모성에 깊은 감동을 받았다. 아이를 가진 임산부의 행복하고 우아한 모습과 그런 기쁨 속에서 일상을 보내는 그녀와 더불어 지내는 하루하루는 꿈과 같이 흘러갔다. 가족과 더불어 서로 사랑하고 그 사랑을 나누며 서로 아끼고 애틋해하며 살아가는 참 행복이란 이런 것임을 한껏 누리고 있었다.

정우는 카와이와 하카를 데리고 이따금 해변가와 호숫가로 나가 아름다운 섬의 곳곳을 배경으로 하여 그들의 멋진 포즈가 담긴 사진을 담았다. 천혜의 자연경관을 배경으로 찍은 사진은 멋지게 찍혀 나왔다.

정우는 그중에서 몇 장의 컷을 골라 유명한 패션잡지의 사진기자로 있는 친구 싸이먼에게 보냈다. 싸이먼과는 제일기업에서 화보와 패션 잡지에 실릴 작품을 여러 번 같이 작업 하면서 아주 가까워진 미국인 친구였다.

사진이 너무 환상적으로 나와 혼자 보기 아깝다는 생각에 무심코 보낸 작품이지만 싸이먼의 반응은 예상외로 폭발적인 듯했다. 한 달이 채 지나지 않아 싸이먼은 아무런 사전 예고도 없이 그의 동료들 몇몇을 데리고 섬으로 은밀히 찾아들었다.

그들은 처음 와보는 이곳의 빼어난 자연경관에 먼저 넋을 잃었고 더불어 카와이와 하카를 모델로 하여 사진을 찍으면서 그들의 때 묻지 않은 순수한 매력과 아름다운 자태와 미소에 넋을 빼앗기고 흠뻑 빠져들었다.

"미스터리! 백만장자야? 아니면, 내가 모르는 뭔가 강력한 파워와 숨은 매력이 있나 봐! 그렇지 않고서 어떻게 저렇게 젊고 예쁜 인어 같은 여자를 차지할 수 있어? 정말 부럽다." 믿기지 않는다는 듯 어떤 행운이 정우로 하여금 백만장자도 얻기 힘든 "이토록 아름다운 진주를 얻게 되었느냐?"며 질투 난다고 조크하곤 했다.

그러면서 여성의 진정한 아름다움은 꽃봉오리 같은 청순한 10대나 20대에 있는 것이 아니라 원숙미가 넘치는 만개한 꽃과 같은 결혼한 여성이나 안정감이 넘치며 포근한 고향의 품속처럼 느껴지는 '성숙한 우먼에게서 발견되는 것'이라 했다. 정우 또한 싸이먼의 그러한 생각에 전적으로 공감했다.

카와이를 표지 모델로 하여 신년호의 특집으로 발간한 보그지는 패션 전문가와 디자이너들의 이목을 끌기에 충분했다. 혜성처럼 등장한 남태평양의 카우아이 그린 페페섬의 환상적이며 신비스런 매력을 지닌 아름다운 여인 카와이에 대한 찬사가 이어졌으며 곧이어 여러 유명 잡지에서도 다음 작품 발표를 위하여 그녀를 톱 모델로 함께 작업하고 싶다는 요청이 쇄도했다.

그러나 카와이는 물론 정우도 선뜻 그들의 제의에 따라 섬을 떠나는 일은 달가워하지 않았다. 그들은 철저히 은둔생활을 즐기며 그들만의 섬에서 일상생활을 영위했다.

그들은 섬 생활에 만족하고 충분히 행복했음으로 대중 앞에 나설 일이 없었다. 대신 그들은 싸이먼의 끈질긴 요청으로 가끔씩 섬으로 사람들을 불러들여 섬의 자연경관과 어우러진 화보 촬영은 거절하지 않았다.

자연과 어우러진 청정함과 신비롭고 아름다운 자태가 담긴 그녀의 모습은 순식간에 패션가와 모델 세계를 흥분시키기에 부족함이 없는 듯했다. 그동안 패션가에는 새로운 스타일의 아이콘에 목마르던 참이었다.

대중 앞에 나타나지 않고 도시에서 세상에서 멀리 떨어져 네이티브하고 프리미티브한 운둔의 섬에서 철저히 자연과 어우러진 직업만 고집하는 이러한 그녀의 모습이 오히려 그녀의 신비로움을 더해주었다.

더구나 그녀는 내밀한 비밀을 간직하고 있는 여인으로 알려져 세상 사람들의 궁금증을 더욱 불러일으키는 듯했다. 세상 사람들은 드러나지 않고 안개 속이나 베일에 가려져 있을수록 더 많은 호기심과 관심을 갖고 지켜보기 마련이었다.

고매한 영혼과 신비를 간직한 여인, 카와이 카메 하메메는 미시 모델로 어디를 가나 빛나는 존재였다. 그녀는 순수한 자연의 아름다움을 일깨운 청정 미인으로 인류의 큰 기쁨이며 희망이며 사랑받는 여인이었으며, 다정한 모성으로 축복받지 못한 사람들까지 감싸 안는 박애주의자였다.

그녀는 고전주의적인 아름다움을 지닌 힐러리 로다와 보그지의 표지 모델에 빛나는 브라질 출신의 슈퍼 모델 라켈 짐머만에 비견되는 하와이의 진주, 하와이의 여왕으로 세상 사람들로부터 많은 사랑과 찬사를 받았다.

세상 밖으로 나가고 도시로 나가 생활하는 것을 달가워하지 않는 카와이는 1년에 한 번만 하와이에서 열리는 패션쇼나 작품 발표회의 초대에 응했다. 그들이 보내준 커다란 요트에 하카와 준을 데리고 아침나절 카우아이 그린 페페섬을 출발하여 저녁에는 하와이 본섬에 도착하는 짧은 일정을 즐겼다.

그녀는 화려한 대도시로 나가 많은 사람들을 만나고 그들의 관심과 환호를 받는 일에도 무덤덤한 듯했다. 그녀는 모든 일을 정우에게 맡기고 의지하며 그의 뜻을 따르고 존중했다. 정우 또한 그녀의 그러한 마음가짐과 기분을 헤아려 무리하지 않게 1년에 한 번씩 가까운 하와이의 행사에 참가하도록 카와이를 설득하고 이해시켰다.

하이힐을 고사하고 맨발을 고집하는 카와이는 어디를 가나 최고의 대우를 받았다. 명실공히 최고의 톱 모델로서 퀸 중의 퀸으로 예우를 받았다.

함께 일하는 동료 모델이나 디자이너나 각종 스태프들도 그녀의 상냥한 미소와 더불어 상대방에 대한 감사와 깍듯한 매너와 늘 남을 먼저 배려하는 따뜻한 마음씨에 감동을 받고 때 묻지 않은 순수함을 지닌 그녀를 모두 존경하고 우러렀다.

그녀는 가는 곳마다 사람들에게 미소를 짓게 하고 따뜻한 감동을 전하는 미의 여신이며 남태평양의 비너스였다.

16. 희망의 속삭임

　정우가 그린 페페섬에 들어와 카와이와 더불어 지낸지 어느덧 2년여의 세월이 흘렀다. 세월은 유수처럼 빠르게 지나갔고 정우도 제법 섬 생활에 익숙해져 거의 섬사람이 다 된 듯했다.

　어느 날 불현듯 전혀 예기치 못한 손님이 섬으로 찾아 들었다. 그동안 까맣게 잊고 지내던 친구 석현이가 나타난 것이다. 그는 흔적도 남기지 않고 홀연히 사라진 친구를 찾기 위해 몇 달간 백방으로 수소문한 끝에 LA의 대학병원에 의사로 있는 동창이 알려준 단서로 정우가 떠난 것으로 추측되는 하와이 군도의 작은 섬으로 무작정 찾아 나섰던 것이었다.

　몇 년 전 정우가 다급하게 구조를 요청했던 기억을 더듬어 하와이의 수상 비행기를 운영하는 여행사를 찾아가 보라는 얘기를 듣자마자 하와이로 달려가 수상 비행기를 띄우는 회사를 몇 군데 뒤진 후, 의사와 간호사를 싣고 섬으로 비행했던 조종사를 어렵사리 만나서 사건의 전말을 듣고 섬의 위치를 알아내 곧바로 달려온 것이었다.

정우가 가족과 합류하기 위해 자신에게 모든 재산을 맡기고 뉴욕으로 떠나기 얼마 전 석현의 회사는 다국적 대기업의 특허 소송에 말려들었고 국제 특허 소송에 전문인 그들의 마수에 걸려 1차 소송에서 특허를 침해했다는 패소 판정을 받았다.

패소 판정이 나자 거래처들은 몸을 사리느라 한두 업체씩 빠져나가고 급기야 예정됐던 코스닥 상장마저 취소되어 주가도 폭락되고 휴지 조각이 되어 부도 직전까지 내몰리게 되었다.

세상인심이 차갑고 사나워 망해가는 회사에 남아 일을 하겠다는 직원도 없었고, 거래를 지속하려는 회사도 거의 없었다. 직원들은 이제 끝났다는 생각에 대부분 사표를 던지고 경쟁업체로 빠져나가 일할 사람마저 없어 회사는 구제 불능의 상태가 되어가고 있었다.

정우가 신개발 품목의 연구개발에 쓰라고 투자한 자금은 가뭄에 단비처럼 한동안 회사를 유지하는데 요긴하게 쓰였다. 그러나 그 자금마저 1년도 못 되어 바닥나고 소송비용으로 엄청난 돈이 들어가 자금에 쪼들리고 은행 창구마저 막히자 거래처도 모두 문을 닫고 외면하는 바람에 어디에서도 돈을 융통하기 어려웠다.

간간히 버티며 이대로는 물러설 수 없다는 절박한 생각을 가지고 구사대를 결성한 핵심 직원들과 더불어 경영진 모두 사재를 털고 그것도 모자라 사채도 빌렸다.

남은 자들은 자신들의 집을 담보로 은행의 융자를 받아 회사의 명맥을 유지하며 2차 소송에 맞서며 연구소를 지키고 불철주야 신기술 개발에 몰두했다. 사즉생(死卽生). 석현을 포함한 그들은 모두 죽기를 각오하고 모든 것을 걸고 절실하게 매어 달렸다.

회사를 강남의 테헤란로에서 성남 쪽 변두리의 조그만 공장을 빌려 사무실과 연구소를 옮기고 사장부터 직원 모두 경비를 아끼려 전철로 출퇴근하며 똘똘 뭉쳤다. 위기를 기회로 만들기 위해서는 전환점이 필요했다.

새로 옮긴 사무실과 연구소로 구사대 전 직원의 가족을 불러 조촐한 회식 자리를 마련했다. 초라해진 사무실과 연구소를 둘러본 그들의 가족들은 적잖이 실망하고 불안한 내색을 감추지 못하는 모습이 역력했다. 그것을 예견한 석현은 그들의 가족에게 확신에 찬 모습을 보여주어야겠다고 생각했다.

"여러분이 잘 아시는 것처럼 지금 우리 회사는 최대의 위기에 처해 있습니다. 미국의 악덕 기업이 특허 관련 소송을 걸어와 1차 소송에서 저희가 패소했습니다. 모두가 우리는 이제 끝난 것처럼 이야기합니다.

그래서 거래처도 떨어져 나가고 직원들도 상당수 떠났습니다. 모두들 우리가 곧 망할 거라고 이야기합니다. 그런데 여기 남아 있는 우리들은 다시 일어서리라는 믿음과 확신이 있습니다.

왜냐하면 저희가 보유한 특허는 다른 누구보다 앞서 있으며 독창적이며 독보적이기 때문입니다. 1차 소송은 저희가 너무 쉽게 생각했어요. 싸움은 지금부터입니다."

모든 가족 앞에서 석현과 경영진은 비장하게 말을 이었다. 여러분들이 가족들이 뒤에서 도와주지 않으면 우리는 아무것도 할 수 없으니 2~3년간은 나 자신을 포함한 모두가 기본생활비로 버티며 살아가자고 당부하고, 다 함께 생사고락을 함께하면서 믿고, 참고, 기다려 주면 반드시 좋은 결과로 보답하겠다고 호소했다.

석현은 우리 회사가 국제 특허에서 앞서 있다는 업계의 정보와 확신을 가지고 있기에 반드시 소송에서 승리하여 회사를 회생시키고 인고의 세월을 보낸 대가를 가족 모두에게 충분히 보상하겠다고 약속했다.

집안에서 가족들의 내조와 협조 없이는 밖에서 남편들이 아빠가 자신 있게 희생적으로 열성적으로 일을 할 수 없으니 도와달라고 임원진과 그들의 부인들도 모두 나서서 간곡하게 호소했다.

가식을 벗어던지고 부인들도 함께 나서서 진심으로 말하는 그들의 진정성에 직원들과 가족들은 마음을 열고 하나가 되어 어려운 난국을 지혜롭게 헤쳐 나갈 수 있었다.

진인사대천명(盡人事待天命)이라 했던가! 사생결단하는 그들에게 2차 소송을 준비하는 과정에서 행운이 찾아왔다. 뉴욕의 양대 로펌 중 하나인 H 로펌에서 인턴을 마치고 변호사로 근무하던 재미교포 앤드류 킴을 소개받게 되었다. 앤드류 킴은 하버드 로스쿨을 수석으로 졸업한 엘리트로 장래가 촉망되는 젊은 변호사였다.

 국제 특허소송 관련 논문으로 박사학위를 받은 그는 이미 그쪽 세계에서는 정평 있는 유능한 변호사였다. 1차 소송에서 패소하여 낙심해 있던 석현에게 한국 로펌에서 소송을 도와주던 한 직원이 앤드류 킴은 자기의 친척이라며 한번 만나보라는 권유를 해왔다. 석현은 지푸라기를 잡는 심정으로 뉴욕으로 건너와 앤드류 킴을 만났던 것이다.

 앤드류 킴은 요즈음 한국에서는 찾아보기 힘든 아주 반듯하고 훌륭한 청년이었다. 뉴욕에서 이민 2세로 태어나 엄친 밑에서 자란 그 청년은 첫 만남부터 인상이 좋았다. 예의도 바르고 대화를 나눌수록 더 호감이 가는 그런 부류의 사람이었다.

 사건의 전말을 들으며 세세히 메모를 하고 1차 소송 관련 서류를 넘겨받고 자세히 살펴본 후 그는 최선을 다하겠다며 로펌과 상의하여 준비되는 대로 한국을 방문하고 싶다고 말했다. 그렇게 시작된 소송은 1년 후 일부 승소 일부패소라는 소중한 결과였다.

 특허소송 전문인 앤드류 킴은 자신이 일하는 로펌의 선임자가 맞서 싸워야 할 상대가 거대로펌인 것을 알고 지레 겁을 먹으며 본 사건의 수임을 탐탁하게 여기지 않고 거부의 뜻을 밝혔다.

 그러나 앤드류 킴은 경영진을 찾아 사표라는 배수진을 치고 사건의 승소를 자신하며 그들을 설득하여 사건을 수임한 것이었다. 클라이언트의 의뢰를 여건이 불리하다고 거절하는 것은 그의 신념에 어긋나는 것일 뿐만 아니라 더구나 의뢰인은 약자인 동시에 그의 모국에 있는 이름도 없는 조그만 회사였기 때문에 더더욱 거절할 수 없었다.

앤드류 킴은 소송 기간 내내 상대 회사의 약점을 부각시켰다. 그는 오히려 석현 회사의 국제특허 내용이 독창적이며, 상대 특허의 침해 가능성이 없고, 새로운 이론과 방법으로 더욱 혁신적인 연구 결과임을 근거로 제시하고, 조목조목 상대방을 압박하여 사실상 일방적 승소나 마찬가지 결과를 이끌어냄으로써 크나큰 쾌거를 이룩한 것이었다.

석현 회사의 제품은 채혈하지 않고도 혈당 체크가 가능한 신제품으로 혈당 관리를 쉽게 할 수 있는 장점을 갖고 있었다. 일반적으로 혈당 체크의 오차범위는 10%에 달함에 비해 석현 회사의 혈당 체크 기기는 그 오차범위가 5% 불과하여 혈당 체크의 정확도를 획기적으로 높였음을 입증했다.

앤드류 킴은 상대의 강하고 잘하는 방법에 맞서 싸운 것이 아니라, 석현 회사가 개선한 방법을 찾아낸 후 상대의 약점을 파고들어 승소한 것이다. 이는 마치 한국의 강소기업 다윗이 미국의 거대한 다국적기업인 골리앗을 보기 좋게 물리친 것이다.

다윗과 골리앗의 싸움은 약자가 예상 밖으로 통쾌하게 강자를 꺾었을 때 다윗의 승리라고 환호하는 것이다.

개인용 혈당기기를 생산·판매하는 석현의 회사는 대부분 미국에 주문자생산방식(OEM)으로 수출하여 왔지만, 한편으로는 기술개발과 특허 확보에 집중투자 하는 연구개발 전문기업이었다.

석현은 자사의 특허 보호에 만전을 도모하면서 국내외에 막대한 비용을 들여 특허의 출원 및 관리를 해왔다. 이번 소송에서 석현 회사의 승소 요인에는 특허분쟁소송의 전문가인 앤드류 킴이 열정을 가지고 소송에 결정적 역할을 함과 동시에 자사의 확실한 선행기술이 있었기 때문이었다.

판결 내용은 상대의 특허가 개념 자체가 불분명하여 특허를 받을 수 없는 발명이라는 점과 피소 제품이 특허침해 가능성이 거의 없는 독창적 특허품이라는 것이었다. 특허 사냥꾼인 그들이 항소심에서 패하게 되자 오히려 그들이 석현 회사의 특허를 침해하였다는 어려운 궁지에 몰리게 되었다.

상대 회사는 대법원에 상고를 하더라도 승소 가능성이 희박하다는 자체의 판단과 국제적 여론도 자기들에게 불리하게 돌아가고 있다는 소식에 그들은 은밀히 석현의 회사에 중재 요청을 해왔다.

석현의 회사에서는 그들과의 협상을 단호히 거부하고 상고심 준비에 몰입하고 있을 때 그들은 다시 뜻밖의 제안을 해왔다.

그들은 석현 회사와의 특허침해소송을 취하겠으며, 아울러 석현의 회사를 매입하고 싶다고 제안해왔다. 그들은 소송비용 및 시가 이상의 매입가를 제시하였다. 석현은 그들의 진의를 몰라 일단 거절한 후 앤드류 킴에게 그들의 제의에 대한 법률적 검토를 의뢰했다.

며칠 후 앤드류 킴이 희소식을 전해왔다. 코너에 몰린 그 회사에서 국제적 망신을 당하지 않으면서도 패소에 따른 막대한 손해배상금을 지불하기 보다는 미래가치가 큰 석현의 회사 매입을 적극 추진 중이라는 사실을 알려주었다.

석현은 직원들과 신중한 검토를 한 끝에 몇 가지 옵션을 추가하여 그들의 요구를 받아들였다. 구체적 내용은 매각 대금 5,000만 달러와 그동안의 영업손실 및 소송비용 일체를 포함 700만 달러를 추가하는 파격적 조건이었다. 또한 매각에 따른 세금도 매입자가 부담하기로 하였다.

석현은 2년 반이라는 긴 세월을 허리띠를 졸라매고 고생했던 임원들의 가족과 직원들에 대한 위로와 보상으로 그들과 발리로 휴가를 함께 떠나 잠시 쉬어가며 다음 단계를 준비하기로 하였다.

그동안 연구소에선 미래를 위한 새로운 아이템을 찾아내어 국제특허를 출원하여 대비하고 있었기에 이 기회에 충분한 자금을 마련하여 새로운 사업을 하는 것도 나쁘지 않다는 결론을 내렸다.

회사를 매각한 돈으로 새로운 사옥을 강남의 테헤란로에 마련하고 전 직원에게 두둑한 보상금과 휴가를 주어 그동안 못다 한 가족들과의 시간을 보내고 즐거운 시간을 보내도록 조치한 후 석현은 지체 없이 정우를 찾아 뉴욕으로 출발했다. 한동안 자기를 찾았던 정우가 1년 전부터 소식을 끊고 잠적한 듯 오랫동안 연결이 되지 않아 불안한 마음이 들었다.

석현과 정우는 고1때 처음 만나 30년 가까이 우정을 쌓으며 지내온 돈독한 사이로 친구 그 이상이었다. 결혼 후에도 가족끼리

어울리며 휴가 때가 되면 서로의 스케줄을 맞추어 여행을 함께하여 현주와 수지도 석현과 그의 부인 및 그의 아들인 진규와 어울려 친숙하게 지냈다.

170㎝의 중간키에 체구가 당당한 석현과 180㎝의 균형 잡힌 체격을 가진 정우는 교내 축구 시합에서 미드필더와 공격수로 환상의 콤비를 이뤄 가히 천하무적의 팀으로 우승을 이끌어내 학우들에게 좌 정우, 우 석현으로 불렀다. 고교 2학년이 되자 그들은 의기투합하여 학생회장에 러닝메이트로 출마하여 회장과 부회장에 함께 당선되어 학생회를 이끌었다.

학내에서 인기가 많아 그들의 당선이 예상되긴 했으나, 석현과 정우는 정견 발표 때 몇 가지 핵심적인 공약을 짧게 발표하고 그들의 심경을 사이먼 & 가펑클의 노래 'Bridge over troubled water'를 멋진 화음을 곁들여 이중창으로 소리 높여 불렀다. 험한 세상 다리가 되어 세상을 살아가리라는 그들의 노래는 학생들의 마음을 움직여 그들을 압도적인 승리로 당선시켰다.

석현은 이과, 정우는 문과의 우등생으로 모두 S대를 꿈꾸었으나, 정우는 두 번에 걸쳐 입시에 실패하였다. 석현은 공무원이셨던 아버님이 병환으로 직장을 그만두고 휴직하게 되어 의대 지망을 포기하고 부득이 대전에 있는 카이스트로 4년간 풀 장학금을 받고 진학해야 하는 아픔을 겪으면서 그들은 더욱 굳건한 우정을 다져나갔다.

석현은 지나간 시절을 회상하며 콧잔등이 시큰해짐을 느끼고 자신의 이기심과 그동안의 무관심을 탓하며 마음이 우울해졌다. 절체절명의 위기 속에서 회사를 살리는 일에만 매달리는 일에 치우쳐 정우를 까맣게 잊고 지나간 세월이 원망스러웠다. 지금 정우는 어디에 있는지? 자기를 애타게 찾았다던 정우가 왜 소식을 끊고 잠적했는지 무슨 일이 있었는지 그로서는 상상조차 할 수 없었다.

불길한 마음이 드는 것을 애써 부정하며 석현은 정우를 찾아 서둘러 뉴욕으로 날아갔다. 큰 기대를 하지 않았지만 정우는 뉴욕에 없었다. 낙담할 필요는 없다고 자신을 달래며 석현은 그가 살고 있던 코네티컷 덴버리로 가서 어렵게 현주를 만났다.

그녀는 옷차림도 얼굴 모습도 다른 사람처럼 변해있었다. 석현은 한국을 떠난 후 오랜만에 보는 현주가 몹시 반가웠으나 막상 현주는 처음 보는 낯선 사람처럼 서먹하게 석현을 대하며 자신도 정우의 행방을 모른다며 아주 차갑게 말하고 그와 나누는 대화조차 불편해하는 모습을 보였다.

그때까지 석현은 정우가 이혼했다는 사실을 까맣게 모르고 있었기에 몹시 당황스러웠다. 이 여자가 자신이 알고 있던 정우의 부인 현주가 맞는가? 몇 년 사이에 어떻게 이리 변할 수 있을까?

미국이라는 사회가 아무리 개인적이고 이민자가 살아가기 만만치 않음을 알고 있지만 오랜 세월 함께 나누었던 우리들의 다정했던 대화는 다 어디로 사라져 버린 것일까?

그간 들려주던 정우의 얘기로는 현주의 미국 생활이 그리 힘들거나 강퍅하게 살지 않았으리라 생각되었기에 도무지 이해가 되지 않았다.

석현은 무거운 마음으로 하릴없이 발걸음을 돌렸다. 뉴욕으로 다시 가서 정우의 처남을 만나고 친구들을 만나서 현주가 정우와 이혼하고 6개월도 채 지나지 않아 이탈리아계 미국인과 재혼했다는 이야기를 전해 들었다.

오랜 세월 가족들과 어울려 친하게 지냈던 그녀가 그녀 아닌 듯했던 느낌과 현주 또한 그를 처음 만나는 먼 이국의 낯선 이방인을 대하듯 어정쩡했던 태도가 그제야 조금은 수긍이 갔으나 정우 생각에 미치자 정우가 안쓰러워져 마음이 씁쓸하고 서글픔이 밀려들었다.

답답한 가슴을 안고 수지를 만나서 도대체 어떻게 된 일인지 자초지종 물어보려 했지만 수지는 뉴욕을 떠나 샌프란시스코로 갔다고 했다. 마음이 급한 석현은 바로 이튿날 샌프란시스코로 달려가서 꼬박 하루를 기다려 교향악단에서 연습을 끝내고 나오는 수지를 만났다.

그러나 수지 역시 아빠의 행방을 몰라 안타까워했다. 석현이 뉴욕과 덴버리로 가서 엄마도 만나보고 외삼촌도 만나고 왔다는 얘기를 듣고 수지는 석현이 이미 모든 내막을 알고 있으리라 직감했다.

"아저씨! 우리 아빠 꼭 좀 찾아주세요. 아저씨는 아빠와 제일 친한 친구잖아요. 아빠가 너무 보고 싶어요."

수지는 그동안 애끓는 마음을 어디에 하소연할 곳이 없어 수많은 밤을 홀로 눈물로 지새웠다. 엄마에 대한 분노와 원망을 어쩌지 못하고 아빠를 기다리며 쌓였던 한을 풀어내듯 눈물을 펑펑 쏟으며 절규했다.

수지의 애타는 마음을 달래며 석현은 자존심 강한 정우가 사라진 것은 현주도 떠나고 전 재산을 날리게 되어 자기가 설 자리를 모두 잃어버려 자포자기했을 것이라는 죄책감에 사로잡혔다.

처연한 심정으로 홀로 피투성이가 되어 어디에 하소연조차 못하고 괴로움 속에 울부짖었을 정우를 생각하니 석현은 슬픔이 불현듯 몰려왔다. 자기도 모르는 사이 눈물이 흘러내려 양 볼을 적시며 현주에 대한 분노로 몸을 떨며 두 주먹을 불끈 쥐었다. 석현은 오열하는 수지를 일으켜 세우고 달래며 기필코 정우를 찾으리라고 마음속으로 굳게 다짐했다.

수지로부터 정우가 마지막 머문 곳이 LA이며 아빠가 하와이에서 마지막으로 그림엽서를 보냈다는 말을 듣고 정우의 행방을 추적하기 위해 다시 LA로 향했다. 정우가 근무하던 사손사도 들러보고 여기저기 지인과 동창들을 만나 애타게 수소문하며 일주일 정도 시간을 보냈으나 어디에서도 정우가 사라진 흔적을 찾지 못하여 낙담했다.

그대로 서울로 돌아가면 다시는 정우를 보지 못하리라는 불안감이 엄습해 잠을 못 이루었다. 귀국 전에 돈이 얼마가 들더라도 사설탐정에 의뢰하여 정우를 찾는 일을 계속하리라 생각했다.

LA에 있는 친구들이 몇 번씩 저녁을 함께하자는 연락이 왔지만 정우 찾는 일에 마음이 조급하여 차일피일 미루었던 일이 생각났다. 허탈감 속에 아무 진전 없이 시간만 낭비하고 있는 것 같아 일시 귀국하여 회사의 급한 일만 처리한 후 다시 오기로 결심하고 귀국 날짜를 잡았다. 그리고 만나지 못했던 친구들의 얼굴이라도 잠시 보고 가야겠다는 생각으로 다음 날 올림픽 블르바드에 위치한 일식집 독도에서 친구들을 만났다.

소주, 맥주, 양주가 몇 순배 돌면서 정담이 오갔다. 서울의 동창 소식 미주에 와있는 친구 소식을 나누며 자연스레 정우의 얘기가 나왔다. 정우의 얘기가 나오자 몇몇 친구들은 불쾌해했다.

"자식 대기업에서 출세했으면 다냐? 여기선 코빼기도 못 봤다."

친구들은 볼멘소리를 취중에 해 댔다. 석현은 너희들도 정우를 만나지 못했구나! 생각하며 친구들의 오해를 풀어주려는 안타까운 마음에 석현은 간단히 정우의 근황과 자기와 얽혀있던 사업 얘기를 들려주며 이해를 구했다.

십여 년 만에 처음으로 동창 모임에 참석했다는 친구가 조용히 석현을 눈짓으로 불러냈다. 이곳 유명 대학병원에 의사로 있는 친구로 2년 전쯤 정우가 하와이 군도의 어느 작은 섬에서 SOS를 보내와 의료진을 파견하도록 도와준 적이 있다며 하와이에 있는 수상비행기 회사를 찾아가 보면 실마리를 찾을 수 있을지 모르겠다는 반가운 소식을 알려주었다.

석현은 서울행을 취소하고 서둘러 설레는 가슴을 안고 정우를 만날 수 있을지도 모른다는 실낱같은 기대와 희망 속에 다음 날 첫 비행기로 하와이로 출발했다.

호텔에 짐을 내려놓고 곧바로 택시를 타고 수상 비행기 회사를 찾아 나섰다. 몇 군데를 허탕 치고 난 후, 또다시 남쪽 해안 쪽으로 20여 분 달리자 그리 멀리 떨어져 있지 않은 해안가에 수상비행기 회사의 커다란 선전 간판이 눈에 들어왔다.

사무실로 찾아 들어가서 2~3년 전쯤 하와이 군도로 의사를 태우고 갔던 비행사를 찾을 수 있는지 알아보았다. 사무실 직원들은 금시초문이라는 듯 비행사들에게 물어보라며 수상비행기가 있는 해변 쪽을 가리켰다.

실망한 채 석현은 힘없이 터벅터벅 해안으로 걸어가던 중 마침 비행을 마치고 돌아오는 나이 지긋한 파일럿을 발견하고 그리로 달려갔다. 잠깐 물어볼 말이 있다는 석현의 얘기에 그 파일럿은 근처 음료수를 파는 카페로 데리고 가서 야자수 나무 그늘 아래 놓인 테이블에 마주앉았다.

석현이 2년 전쯤 남쪽의 작은 섬으로 의사와 간호사를 태우고 간 비행사를 찾는다는 얘기를 듣고 나서 그는 혼잣말로 중얼거렸다. "해리슨을 찾는 모양이구만." 하더니 내일 이곳으로 다시 와서 해리슨을 만나보라고 일러주며 아마 해리슨이 그 섬에 다녀온 것 같다고 얘기해주었다.

너무도 반가운 소식에 희색이 만연해진 석현은 "굿 뉴스를 알려주었으니 내일 점심을 내가 내겠소."하고 제안하며 그 파일럿에게 해리슨을 함께 만나자고 부탁했다.

뜬눈으로 밤을 지새우며 초조하게 기다리던 석현은 아침 일찍 호텔을 나와 수상비행기 회사로 찾아갔다. 어제 보았던 파일럿은 보이지 않았다. 한 시간가량 조바심을 내며 기다린 후에야 그 비행사가 차에서 내려 주차장 쪽에서 걸어 나오는 것을 보았다.

굿 모닝! 아침 인사를 서로 나누자마자 그는 해안가의 계류장으로 석현을 데리고 가서 해리슨을 불러냈다. 비행기 안에서 키가 크고 인상이 좋은 아저씨가 모자를 벗어 흔들고 인사하며 트랩을 내려왔다.

"자네 찾고 있는 사람이 있어 함께 왔으니 얘기를 나누어 보세."

큰 소리로 말하자 그는 싱글벙글 웃으며 그들에게 다가와 서로 인사를 나누었다.

"혹시 2년 전쯤 의사와 간호사를 데리고 남쪽 작은 섬에 다녀온 적이 있나요? 그 섬에서 저와 비슷한 동양인을 보셨습니까?"

마음이 급한 석현은 그 파일럿이 무어라 대답하기도 전에 여러가지 질문을 속사포처럼 쏘았다. 석현의 질문에 그는 잠시 회상에 젖는 듯 이내 그날 있었던 감동적인 얘기를 자세히 들려주기 시작했다.

어느 동양인이 폐렴으로 죽어가는 어린 소녀를 구하기 위해 사비를 털어 수상 비행기를 빌리고 의사와 간호사를 동원하여 그 어린아이를 죽음의 일보 직전에서 살려냈다는 얘기를 들려주었다.

자신과 의료진이 나흘간 머물며 돌보고 치료한 결과 폐렴으로 죽어가던 그 소녀를 살려내고 돌아왔노라 자랑스럽게 얘기를 했다.

해리슨은 석현에게 그 섬의 위치와 지명을 상세하게 일러주며 여객선을 타고 3~4일은 가야 한다고 했다. 그들과 점심을 함께 하고 고맙다는 인사를 거듭하며 서둘러 해리슨이 얘기한 섬을 찾아 나섰다. 다음 날 석현은 정우가 탔던 그 부정기선을 타고 기나긴 4일간의 항해 끝에 드디어 카우아이 그린 페페섬에 내렸다.

그 섬에 내린 여행객은 석현 혼자였다. 선착장에 내려 보니 해변 가까이 아담하고 깨끗하게 잘 지어진 호텔이 하나 보였다. 그는 배낭을 짊어진 채 호텔로 들어섰다. 프런트에 들러 방을 예약하고 혹시 이 섬에 한국 사람이나 동양인이 살고 있는지 물어보았다.

얼마 후 구레나룻과 수염이 덥수룩하고 머리를 뒤로 묶어 꽁지머리를 한 사람이 호텔 로비로 들어서자 호텔직원은 "포오카! 포오카!"라고 부르며 깍듯이 예의를 갖춰 말하며 이쪽을 가리키며 무엇이라고 말하는 것 같았다. 그 사람을 멀찍이서 바라보던 석현은 이내 그 사람이 정우인 것을 알고 갑자기 눈물이 쏟아져 내리는 것을 주체할 수 없었다.

정우가 가장 힘들었을 절체절명의 시간에 정우를 외면하여 결과적으로 나락의 구렁텅이에 몰아넣고 이렇게 비참하게 만든 것이 바로 자신이라는 죄책감이 들었다.

석현은 우러나오는 슬픔을 감당할 수 없어 끝없이 눈물을 흘리며 돌아서서 한참 동안 오열했다. 정우가 그에게 가까이 다가와 뒤돌아서서 서럽게 울고 있는 사람이 다름 아닌 친구 석현이라는 사실에 깜짝 놀라며 눈이 휘둥그레졌다.

"석현아!"

"정우야!"

잠시 후 그들은 서로를 격렬히 부둥켜안고 한참 동안 할 말을 잃은 채 뜨거운 눈물을 쏟아냈다. 사나이들의 눈물은 그런 것이었다. 한동안 통곡하던 그들은 눈물을 거두고 미움, 증오, 회한, 갈등 등 모든 것을 훌훌 털어내고 서로 마주보았다.

오랫동안 서로를 잊고 만나지 못했던 그리움과 그간 겪었던 외로움과 서러움이 한꺼번에 몰려와 가슴이 미어지고 뜨거워졌다. 그들은 서로를 마주한 채 베란다에 앉아 남태평양의 바닷바람을 맞으며 지나간 비련의 세월을 미련 없이 흘려보냈다.

석현은 정우가 그동안 어렵고 힘든 생활을 하느라 고생을 많이 하고 지냈으리라 지레짐작하고 있었으나 며칠 함께 지내며 이곳에서 생활하는 모습과 카와이를 만나보고 자신의 생각이 틀렸음을 곧 알게 되었다.

사랑스런 카와이와 천사처럼 예쁜 딸 하카와 막내 준을 보면서 정우가 이곳 생활에 대단히 만족하고 그 어느 때보다도 행복한 삶을 살고 있다고 느꼈다.

청정의 자연 속에서 복잡한 바깥세상을 잊고 행복하게 살고 있는 정우를 보면서 석현은 잠시 자신이 왜 여기까지 왔는지 잊고 있었다. 석현은 지난 3년 동안 자기와 회사에서 벌어졌던 일들을 소상하게 설명하고 모든 것이 정상적으로 돌아왔으며 회사의 미래도 장밋빛이니 귀국하여 회사를 함께 운영하자고 정우의 귀국을 조심스레 권유했다.

"난 더 이상 바깥세상 일에 관심도 흥미도 없네. 자네가 알아서 모든 것을 정리해주고 나에게 줄 것이 있으면 나중에 수지에게 남겨주게. 난 평생 여기서 살다 여기서 죽고 싶네. 여기가 내 집이고 여기가 내 지상 낙원이라네."

정우는 털끝만 한 관심조차 보이지 않으며 초연히 그 제안을 거절했다. 석현의 눈에 비친 정우는 이미 문명세계와 물질세계를 떠나 이곳의 자연과 더불어 한평생 살고 싶은 듯 보였다.

일주일 정도 섬에 머물며 오랜만에 청정의 푸른 바다와 깨끗한 자연을 벗하여 심신의 자유를 마음껏 누리던 석현은 정우에게 미련과 연민을 남긴 채 홀로 떠났다. 그러나 그냥 떠난 것이 아니었다. 석현은 다음 해 의료 봉사단을 꾸려 수지를 데리고 이곳 섬을 다시 찾아오리라 계획하고 있었다.

17. 어두운 터널을 지나서

맨해튼 북쪽에서 불어오는 겨울바람은 차갑고 매서웠다. 옷깃을 여미며 공연 리허설을 마치고 콘서트홀을 빠져나오는 수지의 마음도 맨해튼의 차가운 겨울바람처럼 얼어붙었고 마음은 커다란 바윗덩어리에 짓눌린 듯 무겁고 침잠했다.

아빠로부터 소식이 끊긴지도 어언 1년이 넘었다. 오랫동안 한국과 미국에서 떨어져 지내오다 덴버리로 오자마자 엄마의 냉대로 등 떠밀리듯 LA로 직장을 구해가시고, 그해 추수감사절 연휴를 함께 보내기로 약속했으나 말없이 한국으로 출장을 떠났다던 그날이 새삼 떠올랐다.

추수감사절 저녁에 뉴저지의 뉴욕에 있는 외할머니댁에 모인 가족들은 모두 침울하게 둘러앉아 말없이 식사만 했다. 풍요롭고 즐거워야 할 만찬의 분위기와 동떨어진 채 무겁고 칙칙한 공기가 감돌고 엄마와 외삼촌은 수지의 눈길을 피하는 모습이 역력했다.

외할머니는 말없이 수지만 바라보다가 식사도 제대로 하지 않고 후식도 거르시고 한숨만 내쉬더니 자리를 뜨셨다. 즐겁고 유쾌해야 할 추수감사절 만찬은 엉망이었다.

"집안 분위기가 왜 이래요? 뭐 안 좋은 일이라도 있어요?"

수지의 물음에도 묵묵부답인 채 식구들은 하나둘씩 자리를 피했다. 무겁고 짓눌린 분위기 속에 수지도 더 물어보지 못하고 엉거주춤 앉아 있었다. 모두 자리를 일어서는 바람에 덜렁 혼자 거실에 남게 되어 심드렁하게 TV를 잠시 보다가 잠자리에 들었던 기억이 새삼 떠올랐다.

아빠는 그 후 덴버에는 오지도 않고 잘 지내고 있냐고 안부를 묻는 전화만 몇 차례 온 것뿐이었다. 아빠 언제 오느냐고 물어도 일이 바빠 당분간 못 간다는 핑계를 대며 말끝을 흐리곤 했다.

수지 역시 아빠가 없는 덴버로 주말을 보내기 위해 몇 시간씩 기차와 버스를 타고 가는 것이 마음이 내키지 않아 집을 가본 지 몇 달이 지났는지도 몰랐다.

엄마는 더 이상했다. 보름만 안 가도 그렇게 안달하며 보고 싶다고 보채던 엄마가 몇 달째 집에 가지 않아도 관심도 없이 시큰둥 하는 것 같았다. 수지는 뭔가 불길한 느낌이 들었다.

아빠가 미국에 와서 함께 덴버 집으로 갔던 첫날 밤 엄마가 차갑게 거리를 두며 아빠를 대하던 모습이 아른거렸다.

오랜만의 해후임에도 엄마는 덤덤하였고 다소 거북해하는 모습이 역력했고 별 대화도 없이 저녁을 먹은 후 아빠를 거실에 홀

로 남겨 두고 피곤하다며 자기 방으로 들어갔었다. 엄마는 아빠
가 미국에 오시기 전 아빠 방을 따로 마련해 놓고 있었고 그 후로
서로 각방을 쓰고 있는 것 같았다.

미국에 온 지 5년이라는 세월이 훌쩍 지나 어느덧 졸업이 가까
워졌다. 졸업 연주회를 준비하며 그동안 자신을 위해 고생하신
아빠를 위해 졸업 연주를 헌정하기로 마음먹고 세심하게 준비하
여 곡을 선정했다.

아빠는 피아노곡보다 현악, 특히 현악 4중주나 실내악을 좋아
했다. 비발디의 '4계'나 요한 슈트라우스의 '푸른 도나우'같은 서
정적 곡을 좋아했다. 수지는 비발디의 4계 중 '봄'을 선정하고 단
원들과 연습했다.

비발디의 봄은 한겨울 내내 꽁꽁 얼어붙었던 얼음과 눈이 녹아
새로운 세상으로 향해 흐르는 계곡의 힘찬 물소리, 새들의 지저
귐, 봄꽃이 만개한 뜰에 나와 잠시 휴식하며 흥겨운 민속춤을 추
는 일꾼들의 모습을 묘사한 경쾌한 곡으로 수지는 힘들어하는 아
빠를 위로하기엔 더할 나위 없이 좋은 곡이라 생각했다.

졸업 연주회에 아빠는 물론 외삼촌, 외할머니, 숙모님, 사촌들
과 많은 친지들이 축하해주러 왔으나 정작 엄마는 몸이 아프다는
핑계로 참석하지 않았다. 정우는 이 기회에 현주와 화해할 수 있
으리라는 기대 속에 들뜬 마음으로 찾아왔으나 그녀의 얼굴은 어
디에서도 찾아볼 수 없어 적이 실망했다.

수지 생각에 아빠 못지않게 자기를 애지중지하며 키우고 그토

록 기다리던 졸업연주회에 몸이 아프다고 오지 않을 엄마가 아니었다. 무언가 피치 못할 곡절이 있을 것이라 수지는 의심하지 않을 수 없었다.

그러고 보니 크리스티안이 시무룩해 있었던 걸 보아 클라우디오도 아들의 연주회에 참석하지 않은 것 같았다. 수지는 중요한 마침표를 찍지 못한 듯 마음 한구석에 공허한 느낌이 들었다.

졸업 연주회가 끝나고 얼마 지나지 않아 취업 오디션 준비로 바쁘게 지내던 어느 날 수지는 외할머니로부터 엄마, 아빠가 이혼했다는 청천벽력과 같은 이야기를 전해 듣고 하늘이 무너지듯 그 자리에 털썩 주저앉았다.

할머니는 눈시울을 적시며 수지의 손을 잡고 우시며 "먼 이국 땅까지 와서 살며 웬 난리냐?"고 혼잣말로 중얼거리셨다. "네 아빠가 어디가 부족해서 그러냐? 못된 것들"이라시며 혀를 끌끌 차고 속상해하셨다.

클라우디오와 엄마의 관계로 한바탕 싸우고 난 아빠가 어쩔 수 없이 떠밀리어 뉴욕을 떠나게 된 사연과 일방적으로 엄마가 이혼소송을 제기하여 아빠는 꼼짝도 못 하고 이혼당하고 그저 바라볼 수밖에 없었던 사실을 알고 나니 화가 치밀어 올랐다.

그동안 가족을 사랑하고 가족을 위해서 헌신하던 아빠가, 헌신짝처럼 버려진 아빠가 불쌍해서 견딜 수가 없었다. 엄마는 자신도 모르는 사이에 많이 변해있었다는 걸 새삼 깨달았다.

현모양처의 전형이며 요조숙녀의 표본 같았던 엄마가 무엇에 이끌려 이토록 변했는지 알다가도 모를 일이었다. 이혼 소식이 들려온 지 얼마 되지 않아 이번에는 엄마가 클라우디오와 곧 결혼한다는 소식이 들려왔다. 수지는 일련의 돌아가는 사태에 혼란이 일었다.

도대체 왜 엄마는 아빠와 이혼하고 이혼서류에 잉크가 채 마르기도 전에 바람둥이로 알려진 클라우디오와 재혼을 하게 되었는지 납득할 수 없었다. 이 모든 스토리가 일련의 각본처럼 진행되고 있었음에도 수지만 모르고 지냈던 것이었다.

현모양처인 척 지내던 엄마의 가증스러움과 친절을 가장하며 접근했던 클라우디오의 뻔뻔함에 속이 메스꺼워지고 토하고 싶을 지경이었다. 아빠가 아닌 다른 남자와 잠자리에 드는 부정한 엄마를 상상할 수 없었다. 수지는 이 결혼이 오래가지 않을 것이라 믿어 의심치 않았다,

바람둥이 클라우디오가 호기심에 동양 여자와 살고 있지만 길어야 2~3년 내 싫증을 느끼고 엄마를 걷어차고 또 다른 여자를 찾아 떠날 것이라 확신했다. 자유분방한 미국이라지만 한국적 정서가 몸에 배어있는 수지로서는 부부간의 신의를 저버리고 정절을 지키지 않은 엄마의 불결하고 추잡한 행태를 혐오하고 증오했다.

미국 생활은 온통 구석구석 악취를 풍기며 쾌락과 음란과 배신으로 미쳐 돌아가고 있는 듯했다. 수지는 세상을 향해 소리치고 싶었다. 수지의 가슴 속은 멍울져서 밖으로 드러낼 수 없는 비애

가 가슴 깊숙이 담겨져 있었다.

한국에서 직장을 자주 옮겨 다니며 정착을 못해 천덕꾸러기였던 외삼촌이 미국에 와서 자리 잡고 살만해졌다고 아빠를 경원시하며 엄마의 일탈을 방조하여 두 분이 갈라서게 됐다고 수지는 생각했다. 수지가 알게 모르게 엄마와 외삼촌은 클라우디오와 자주 어울려 다니는 듯했다.

그래서 엄마도 싫어지고 속물 같은 외삼촌과 엄마의 피붙이가 모두 미워져서 뉴욕도 싫어졌다. 그녀의 꿈 또한 산산조각이 났다. 그토록 원하던 뉴욕 필하모니의 오디션을 통과하여 정식 단원이 되려는 찰나 수지는 그 꿈을 뒤로 하고 꼴불견에 쓰레기통 같이 불결한 악취를 풍기는 엄마와 외삼촌 곁을 떠나기로 작정했다.

수지는 엄마를 용서할 수 없었다. 아니 절대로 용서하지 않기로 작정했다. 수지는 집을 나오기로 작정하고 짐을 챙기기 위해 떨어지지 않는 발걸음으로 덴버리로 향했다.

집으로 향하던 마음은 사랑하는 엄마와 아빠를 보러 가기에 늘 포근하고 행복했지만 오늘은 지옥의 문을 향하듯 참담하고 처량한 신세로 전락한 자신의 모습에 입술을 깨물며 울부짖었다.

집에 도착하자 문을 열어 주며 맞이하는 현주에게 시선도 주지 않은 채 수지는 자기 방으로 들어가 문을 틀어 잠근 뒤 꼭 필요한 짐만 챙겨 들고 나왔다. 불안한 마음으로 문밖에서 서성이던 현주가 가방을 뺏으며 말했다.

"너 이게 무슨 짓이야? 오랜만에 보는 엄마를 투명 인간처럼 대하고, 내가 무슨 죽을죄를 지었니?"

수지가 기가 막힌다는 듯 현주를 쏘아보며 소리 질렀다.

"불결해! 엄마라고 말도 하지 마."

현주가 수지에게 처연하게 다가서며 뭐라고 말하려 하자 수지는 기겁하며 뒤로 물러나 비웃음이 가득한 어조로 쏘아붙였다.

"그럴 자격도 없으신 거 본인이 더 잘 아실 텐데. 번듯한 지아비가 있으신 분이 외동딸 핑계대고 후원자와 만나 불륜을 저지르고, 그것 따지는 남편 폭력으로 몰아 경찰서 보내고, 그것도 모자라 딸아이와 남편 몰래 이혼소송하고. 이혼 서류에 잉크가 마르기도 전에 바람둥이 난봉꾼과 결혼을 하신다구요. 거트루드 왕비님! 잘 해보세요. 전 제가 가장 존경하고 가장 사랑하는 하나밖에 없는 아빠가 계신 곳으로 갈 테니까요."

수지는 엄마의 심장을 마구 후벼 파고 할퀴어 주려는 듯 매정하고 매몰차게 말하며 클라우디오를 싸잡아 비난했다.

"그 쓰레기. 바람둥이. 이탈리아에서 대학은 커녕 전문대 근처도 못 간 주제에 겉만 번지르르하고 말재주에 끌려 골빈 여자들은 잘도 넘어가지요. 우리 쿼댓 비올라 에니카 언니한테 치근덕대다 퇴짜 맞고 달려간 꼴 하고는…"

수지는 안타깝지도 않다는 표정을 지으며 경멸하는 투로 말했다. 현주는 수지가 하는 말 한마디 한마디가 송곳으로 가슴을 찌르며 후벼 파듯 아팠다. 대꾸 한마디 못 하고 핏기 없이 창백한 얼굴이 되어 분하고 억울하여 두 손이 부르르 떨렸다. 사리 분명하고 반듯하게 자랐으며 자기 아빠를 끔찍하게 사랑하는 아이라 내 편을 들어주길 기대하지 않았지만…

"내가 저를 어떻게 키웠는데." 한 치의 미련도 연민의 정도 보이지 않고 부정한 엄마라고 매몰차게 몰아내는 딸아이가 무섭게 느껴졌다. 현주는 딸아이 앞에서 무력감으로 자신이 한없이 작아지는 것을 느끼며 할 말을 잃고 '자업자득'이라는 자격지심으로 입술을 지그시 깨물었다.

클라우디오와 놀아난 엄마가 더럽게 느껴지고 혐오스러워 엄마가 살고 있는 동부에 잠시도 머물고 싶지 않았다. 자신이 아끼고 사랑하는 쿼댓 '에벤에셀'을 탈퇴하고 아빠가 계시던 서부로 가기 위해 샌프란시스코 필하모닉의 오디션에 다시 응모하여 그곳에 자리를 잡았다.

아빠가 계시던 LA와 한두 시간이면 비행기로 왕래할 수 있어 언제든 아빠가 보고 싶을 땐 쉽게 찾아갈 수 있는 가까운 거리라 마음의 위안이 되었다.

도대체 아빠는 어디에 계신 걸까? 수지는 아빠가 어딘가에 살고 계시며 조만간 나타나실 거라는 믿음을 버리지 않고 있었다. 모든 소식을 끊고 자기에게 엽서 한 장 띄어놓고 홀연히 잠적한 아빠 생각이 떠오르면 마음이 찡하고 눈물이 하염없이 흘러내렸다.

도대체 왜 우리 가족이 이렇게 뿔뿔이 헤어져 외롭고 힘들게 살아가야만 하는 것일까? 언제 어디서부터 무엇이 잘못되었는지 수지로선 알 길이 없어 한숨만 나오고 주체할 수 없이 눈물이 쏟아졌다.

수지는 아빠가 엄마로부터 배신당하고 불행에 빠지게 된 원인과 결과가 모두 자기로부터 비롯됐다는 생각으로 잠 못 이루며 괴로워했다. 내가 바이올린을 하겠다고 고집하지 않았으면 미국에 올 일도 없었고 '쿼뎃'을 만들어 클라우디오와 엄마가 만날 일도 없었을 터였으니 이 모두가 자기 탓이라는 생각을 지울 수 없었다.

가족과 헤어져 홀로 살아가는 것이 이렇게 외롭고 쓸쓸하여 견디기 힘든 고통의 날임을 깨닫게 됐을 때, 지난 5년간이나 서울에서 홀로 사신 것이 얼마나 고독하고 힘들었을까? 하는 생각으로 아빠에 대한 미안함과 죄송함을 금할 수 없었다. 오늘날 이렇게 뿔뿔이 헤어져 살게 된 것은 모두 다 자기의 이기심과 엄마의 허영심이 합작해서 만들어낸 비극이라는 생각을 떨쳐낼 수 없었다.

수지는 그날을 생생하게 기억했다. 엄마와 아빠가 이혼했다는 소식을 전해 들은 얼마 후 아빠로부터 한 장의 그림엽서가 수지에게 날라 왔다. 하와이 제도의 그림 같이 아름다운 섬을 배경으로 한 그 그림엽서에는 아빠의 애정과 바람이 가득 담긴 글이 짤막하게 쓰여 있었다.

'우리 예쁜 딸 수지! 사랑한다. 그리고 믿는다. 마에스트로!!! 사랑하는 아빠가'

수지는 아빠가 그리워질 때면 그림엽서를 꺼내 들고 뚫어지게 바라보며 아빠가 사무치게 그리워 소리 없이 울었다. 아무런 말이 없어도 아빠의 한없는 사랑을 느낄 수 있었고 바이올리니스트로 대성하길 바라는 아빠의 믿음과 기대를 한 눈에 알 수 있었다.

기적 같은 소식은 아빠를 찾아 나섰던 석현 아저씨가 샌프란시스코를 다녀간 후 한 달 후쯤 전해졌다. 하와이군도 남쪽 끝자락에 있는 카우아이 그린 페페라는 조그만 섬에 아빠가 살고 계시다는 소식과 아빠가 건강하게 잘 지내고 있다는 근황을 전하며 다음 해 여름에 의료봉사단을 이끌고 2주 정도 일정으로 갈 계획이니 함께 갈 수 있는지 물으셨다.

수지는 뛸 듯이 기뻐하며 석현에게 "감사합니다, 고맙습니다, 저도 꼭 데려가 주세요."를 연발했다. 수지는 내일이라도 당장 그 섬으로 달려가 아빠를 보고 싶었다.

오랜 기다림 끝에 찾아온 이듬해 여름, 석현 일행과 하와이에서 합류한 수지는 카우아이 군도로 향하는 비정기 여객선을 타고 하와이 군도를 지나 예정보다 빨리 3일 만에 드디어 목적지에 도착했다.

이십여 명에 이르는 석현 일행의 요청으로 여객선은 여러 섬으로 군데군데 들리지 않고 큰 섬만 서너 곳 들리고 곧바로 그린 페페섬으로 향하여 3일 만에 도착했다.

아빠를 만나게 된다는 생각에 들떠 3일간의 여행은 피곤한 줄도 모르게 빠르게 지나갔다. 석현 아저씨가 들려주는 아빠가 섬에 머물게 된 사연과 하카를 병마에서 구해내려고 수상비행기를 띄운 일과, 카와이가 폭풍우 속에서 정우를 구한 일화와, 약을 먹고 자살을 시도한 아빠를 살려내는 감동적인 이야기를 들으며 수지는 하염없이 눈물을 흘리며 하카가 누구인지 카와이가 어떤 여인인지 몹시 보고 싶었다.

수평선 너머로 보이던 섬이 시야에 들어오고 이윽고 여객선이 해안을 따라 부둣가로 접안하자 십여 명의 섬사람들이 손을 흔들며 그들을 환영하는 모습이 눈에 들어왔다.

석현은 두리번거리며 여기저기 살펴보더니 중앙에서 모자를 벗어 들고 흔들고 있는 남자를 가리키며 수지에게 "저기 아빠가 있다"고 알려주었다. 수지는 자기도 모르게 손을 들어 "아빠"하고 큰 소리로 불러 보았으나 그 소리는 여러 사람의 함성 속에 묻혀버리고 아빠는 수지가 일행과 같이 오는 것을 모르고 있는 듯했다.

배에서 한두 사람씩 차례로 내려갔다. 수지는 마음이 급하여 자기 짐도 챙기지 못 하고 아빠를 향해 달려갔다. "아빠!"하며 수지가 가까이 달려가자 그제야 자기를 향해 달려오는 사람이 수지임을 발견한 정우는 마주 나가 수지를 덥석 껴안으며 주위를 아랑곳하지 않고 한동안 소리내어 흐느껴 울었다.

잠시 후, 정우가 눈물을 훔치며 옆에 서서 두 사람의 감격적인 상봉 장면을 말없이 지켜보던 여인에게 울음을 그치지 못하고 흐느껴 울고 있는 수지를 일으켜 세우며 소개했다.

"내 딸아이 수지입니다."

두 사람은 손을 맞잡고 눈을 마주보며 가벼운 목례를 나누었다. 아빠가 뭐라 얘기를 안 해도 그녀가 누구인지 금방 알 수 있었다. 아빠가 그 여인을 대하는 다정한 눈길 속에서 아빠의 여인임을 느낄 수 있었다.

곧이어 하카와 준을 소개했다. 예쁜 요조숙녀처럼 살갑게 인사하는 하카와 아빠를 빼어 닮은 준과도 반갑게 인사를 나누었다. 내게 이렇게 예쁜 동생과 의젓한 동생이 둘씩이나 있었다니 꿈만 같았다.

섬에 머무르는 동안 수지는 하카와 준과 잠시도 떨어지지 않고 하루 종일 웃고 떠들며 지냈다. 가끔씩 수지가 들려주는 바이올린 소리에 귀를 기울이며 신기하다는 듯 넋을 잃고 바이올린을 켜는 수지의 얼굴과 손만 쳐다보는 하카와 준이 너무 사랑스럽고 귀여워 꼭 껴안아 주었다.

하카는 수지에게 섬의 이곳저곳을 구경시켜 주면서 처음 보는 꽃과 나무에 관심을 갖는 수지에게 히비스커스 꽃다발을 만들어 목에 걸어주며 나무와 풀꽃들의 이름을 하나하나 가르쳐주며 신이 나서 뛰어다녔다.

수지 눈에 비친 카와이는 천상의 미녀로 수지가 질투를 느낄 만큼 아름답고 품위가 있었다. 그녀에게는 사람을 끌어들이는 매력이 있는 듯 시간이 얼마 흐르지 않아 수지는 물론 석현 일행 모두 카와이를 좋아하고 그녀의 숨은 매력에 흠뻑 빠져들었다.

그녀는 세심하게 수지를 위하여 배려하고 수지가 하카와 준과 어울려 방갈로와 해변을 오가며 즐겁게 뛰노는 모습을 지켜보며 행복한 미소를 지었다. 아빠를 대하는 그윽한 눈길과 은애하는 모습은 두 분이 얼마나 서로 신뢰하고 아끼고 사랑하는지 설명하지 않아도 금세 누구나 느낄 수 있었다.

2주간의 시간이 눈 깜짝할 사이에 지나가고 이제 떠나야 할 시간이 다가오고 있었다. 수지는 오랜만에 느끼는 행복감에 도취되어 이 낙원에서 현실로, 일터로 돌아가는 것이 무척 아쉬웠다. 며칠만 더 있다 갔으면 하는 바람으로 1년 내내 새로운 가족들과 이곳에서 지내도 지루하지 않고 행복하게 지낼 수 있을 것 같았다.

18. 다시 나는 새

해마다 8월이 되면 석현은 어김없이 20여 명의 의료진을 이끌고 이곳에 와서 안과와 치과 내과 그리고 외과 진료를 주로 하며 2주간의 의료 봉사를 한 후 돌아갔다. 수지도 석현 일행을 따라와 아빠와 함께 여름휴가를 보내며 지낸 지 어언 3년의 세월이 흘렀다.

석현 아저씨는 아빠를 설득하고 있었다. 자라는 아이들의 장래를 위해서 더는 여기서 머물면 힘들어지니 이제 한국으로 돌아가 함께 회사를 운영하자고 간곡히 요청하며 수지에게도 도움을 청했다.

수지도 그간의 외로움을 호소하며 "아빠가 한국으로 가시면 나도 따라갈래요. 그러니 함께 가도록 해요." 응석을 부리듯 말했다.

"줄리어드 한국 친구들이 저를 많이 찾아요. 서울에서 쿼댓 하나 만들어 보자 구요. 그 아이들 이름만 대면 모두 알 정도로 쟁쟁해요. 아빠가 몰라서 그렇지만……"

"석현 아저씨 우리 후원해 주실 거지요?" 수지가 석현에게 눈을 찡끗하며 장난스럽게 말하자 석현이 파안대소하며 말을 받았다. "당연하지. 당대 바이올리니스트를 모시는 일인데, 날짜만 잡으셔. 모든 일은 우리가 알아서 할 테니."

정우도 자라나는 아이들의 미래에 대한 불안감이 없는 것은 아니었다. 하카와 준이 이곳에서 살아가기엔 부족한 점이 많을 듯했고 또 언제 어떤 위기와 험한 일이 발생할지 몰라 전전긍긍했다. 일 년에 한 번씩 참여하는 하와이 행사에 데리고 갈 때마다 아이들은 세상을 보는 눈이 달라지고 있음을 은연중 느낄 수 있었다.

지난 5월, 하와이 패션 위크에 참가하기 위해 그들 가족은 잡지사에서 보내 준 요트를 타고 아침 일찍 섬을 나섰다. 하루를 꼬박 달려야 저녁 늦게 하와이에 도착할 수 있어 카와이는 아이들을 재촉하여 배에 태웠다. 상쾌한 푸른 바다를 가르며 바람을 타고 요트는 경쾌하게 내 달렸다.

하카와 준은 신이 나서 요트의 갑판 위에 올라 망망대해를 바라보며 새롭게 펼쳐지는 경이로운 세상을 바라보았다. 요트 위에서 은빛 비늘을 반짝이며 펄떡이는 물고기를 낚아 올릴 때면 아이들은 신이 나서 함성을 질렀다. 하카와 준에게는 모든 것이 새롭고 신기한 듯 보였다.

순조롭게 항해하던 요트는 점심을 먹은 후 얼마 되지 않아 물결이 높아지고 파도가 치자 조금씩 요동치며 흔들리기 시작했다. 바람이 세게 일고 파도가 너울대고 뱃멀미 낌새가 있어 정우는 카와이, 하카, 준을 데리고 선실로 내려가 휴식을 취했다.

프리미엄급 요트 안에는 마치 대 저택에 들어온 듯 최고급 인테리어로 꾸며진 카페와 작은 영화관 스파 시설이 딸린 욕실 등 여러 가지 훌륭한 시설이 갖추어져 있었다.

아무런 이유 없이 어제부터 얼굴을 가끔씩 찌푸리며 고개를 숙여 배를 만지던 준이 음식을 잘못 먹은 듯 배가 조금씩 아프다고 하였다. 정우는 뱃멀미와 점심으로 먹은 샌드위치가 소화가 잘 안된 탓이라고 생각하고 승무원에게 멀미약과 소화제를 부탁하여 준에게 먹이고 한잠 자고 일어나면 괜찮을 거라고 얘기했다.

한동안 조용하게 누워 있던 준이 갑자기 일어나 구토를 하며 복통을 호소했다. 시간이 지날수록 점점 더 아파하더니, 평소 침착하고 어린아이답지 않게 의연하게 굴던 녀석이 정신을 못 차리고 엉엉 울며 얼굴이 시뻘게지며 고통을 호소했다. 갑작스런 사태에 놀란 카와이는 당황하여 어쩔 줄 모르고 있었다.

정우는 급체라 생각하고 준을 안고 화장실로 들어가 음식물을 토해 내도록 등을 쳐주며 다독였다. 먹은 것을 조금 토한 뒤에도 준은 계속해서 오른쪽 아랫배가 아프다며 곧 죽을듯한 표정으로 복통을 호소하며 무지 어려운 일도 척척척 해결해 주던 아빠에게 제발 아프지 않게 해 달라고 애원했다.

준의 몸에서는 뜨거운 열이 나고 이마에서는 구슬 같은 땀방울을 흘리며 고통을 참지 못하고 신음소리를 내며 괴로워했다. 이미 체온계는 40도를 넘고 있었다.

요트의 속도를 최대한 높여 60노트로 달린다 해도 남은 거리가 700~800㎞로 항해는 앞으로도 족히 7~8시간은 더 걸릴 것 같았다. 계속 복통을 호소하는 준을 치료할 방법이 없어 속수무책으로 아이를 달랠 뿐 정우와 카와이는 애간장을 끓이며 가슴이 새카맣게 타들어 갔다.

준은 허리도 제대로 못 피고 구부린 채 복부와 명치를 부여잡고 울면서 죽을 만큼 많이 아프다고 하소연했다. 카와이와 하카가 곁에 앉아 두 손 모아 준의 손을 꼭 움켜쥐고 울먹이며 달랬다.

"우리 준이 아빠처럼 멋진 사나이 맞지? 조금만 참자. 곧 큰 섬에 가면 아프지 않게 해줄 테니."

준이 복통으로 아파한다는 얘기를 듣고, 선장이 구급상자에서 진통제를 꺼내 와서 링거와 함께 모르핀 주사를 놓아 주었다. 잠시 후, 복통이 가라앉은 듯 준은 조용히 잠이 들었다.

석양빛으로 물들어가는 가는 바다를 헤치며 요트는 전속력으로 달렸다. 서두른 보람이 있어 행사가 열리는 하와이 본섬에는 예정보다 한 시간 빨리 초저녁 무렵 도착할 수 있었다.

호텔에 짐을 풀자마자 정우는 서둘러 준을 데리고 가장 가까운 대학 병원 응급실로 향했다. 무엇인가 께름칙하여 그대로 방치했다간 큰 낭패를 볼 것 같은 예감이 들었기 때문이었다.

구급차를 타고 응급실로 들어가자 미리 잡지사로부터 연락을 받은 듯 당직 의사가 나와 그들 일행을 맞았다. 정우가 환자의 보

호자임을 밝히며 준의 증세에 대하여 설명하자 잠자코 듣던 의사
가 잘 알겠다며 웃으며 말했다.

"많이 놀라셨지요! 크게 걱정은 안 하셔도 될 것 같습니다."

의사는 긴장하고 있는 정우와 카와이를 안심시키며 준을 침대
에 눕히고 진찰을 시작했다. 복부의 위쪽부터 명치까지 눌러가
며 세심하게 준의 상태를 살피고 난 후 의사는 자신 있는 어조로
진단 결과를 설명했다.

"급성 충수염(Appendicitis)입니다. 발병 후 시간이 많이 지체
되면 염증이 심해지고 충수가 파괴되어 복막염을 일으키며 패혈
증 쇼크로 이어져 치명상을 입기도 하는 병이지요."

안경 너머로 총명한 눈빛을 한 의사가 미소를 지어 보이며 일
본인의 억양이 담긴 말로 덕담을 건넸다. 깍듯한 예의를 차리는
것으로 보아 일본인 2세나 3세쯤 되는 것 같았다.

"운이 아주 좋으십니다. 제때 잘 맞추어 오셨어요, 하루 정도
지나서 늦게 도착했으면 낭패를 보실 뻔했습니다. 여러 가지 검
사와 CT 촬영을 한 후, 곧 수술하겠습니다. 복강경 수술은 간단
합니다. 수술 시간도 많이 걸리지 않으며 회복 또한 아주 빨라
2~3일 후면, 정상 활동을 할 수 있습니다."

정우는 주먹을 불끈 쥐고 "잘 됐어. 천만다행이다."라고 스스로
에게 말하며, 걱정스런 얼굴로 두 사람의 대화를 듣고 있던 카와
이에게 서둘러 설명을 했다.

"큰 걱정 안 해도 됩니다. 아주 간단한 수술이니까. 우리가 아

주 운이 좋았답니다. 그런데 하루만 늦게 왔어도 큰 고생을 할 뻔했대요. 하나님이 준과 우리 모두를 어여쁘게 보시고 돌보아 주신 것 같습니다."

망망대해를 헤치며 전속력으로 달리던 요트 안에서 카와이는 보이지 않는 신을 향해서 수없이 간구했다. 제발 준에게 아무 일도 일어나지 않게 해달라고 속으로 빌고 또 빌면서 몇 년을 보낸 것 같이 길게만 느껴졌던 항해에 몸서리쳤다. 악몽을 꾼 것 같은 기나긴 하루였다. 하루만 늦게 도착했더라면. 상상하기조차 끔찍한 일이었다.

석현 일행과 수지를 떠나보낸 후 정우와 카와이는 오랜만에 고즈넉한 해변으로 산책을 나왔다. 사랑하는 수지와 친구 석현을 떠나보내고 울적해 보이는 정우의 마음을 헤아리며 카와이가 몸을 기대고 다정하게 그의 허리를 살포시 감아 오자, 정우도 팔을 들어 그녀의 허리를 더욱 다정하게 감싸 안았다.

태양은 서쪽 하늘에 아름다운 저녁노을을 물들이며 뉘엿뉘엿 저물고 있었다. 정우가 그 끝 쪽 바다를 가리키며 회상에 젖은 목소리로 나직하게 말했다.

"저기 태평양 서쪽 끝에 내가 태어나서 자라고 꿈을 키우며 살던 조용한 아침의 나라가 있지요. 언젠가는 당신과 하카와 준을 데려가 나의 사랑하는 어머니 나라를 보여드리고 싶어요. 다정한 친구들, 보고 싶은 형과 누이, 내가 살던 도시와 이웃들에게, 당신의 우아하고 멋진 모습과 우리 아이들의 사랑스런 모습을 보여주고 싶습니다. 그들은 당신의 어머니와 이곳 사람들이 나를 반겨주고 맞아들이고 도와주었듯, 당신을 환영하고 우리 아이들을 반갑게 맞이할 겁니다."

카와이는 3년이라는 긴 세월을 이곳에서 보낸 정우가 고향에 대한 향수와 아이들의 일로 번민하고 있다는 느낌을 받았다. 석현과 수지가 떠나면서 전에 없이 그들에게 간곡히 말했던 것을 떠올렸다.

"하카와 준이 이곳 섬에서 계속 자라나기엔 어려운 일이 많을 것 같습니다. 그 아이들은 이곳 섬의 아이들과는 여러 가지로 다른 점이 많아요. 하카는 의사 선생님이 아픈 환자를 낫게 해주고 치료하는 과정을 지켜보면서 자기도 커서 의사가 되고 싶대요. 준은 어리지만 매사에 관심 투성이로 알고 싶은 게 많은가 봅니다. 시도 때도 없이 질문을 합니다."

"그 아이들 바이올린 얼마나 사랑하는지 두 분도 아시잖아요."

석현과 수지가 번갈아 전하는 말에 카와이도 마음이 흔들리고 있었다. 자라나는 아이들의 미래가 걱정되고 하카는 벌써 8살로 세상의 이치를 조금씩 깨우치며 자라고 있었다.

아이의 장래를 위해 더는 미룰 수 없는 현실이 점점 가까워지고 있음을 직감하고 있었다. 문명의 세계에 한번 발을 들여놓은 이상 거기로부터 마냥 자유로워질 수는 없는 노릇이었다.

하카가 폐렴으로 위험에 빠졌으나 기적적으로 살아난 일과 준의 아슬아슬했던 맹장염 수술 사건을 겪은 뒤 이곳 섬에서 자라는 아이들의 앞날이 불투명한 것을 몸소 겪은 바 있어 늘 걱정이 앞섰다. 평소와 다르게 행사에 준과 하카를 데리고 가게 되어 그날은 하늘이 그들을 살린 날이라 믿으며 늘 감사한 마음으로 살고 있었다.

섬에서 그런 일을 당했다면 속수무책으로 준을 잃어버렸을지도 모를 일이라, 그런 일련의 사고는 악몽처럼 그녀의 뇌리 속에 오래 남아 그녀를 몸서리치게 만들었다. 어떤 일이 있어도 아이들을 죽음의 위험으로 빠뜨리는 일을 두 번 다시 겪고 싶지 않았다.

그리고 사랑하는 사람의 모국이 어떤지, 사랑하는 사람이 어떻게 살아왔는지 그 모습이 자못 궁금하기도 했다. 낯선 곳에 대한 불안감도 조금은 있었지만 사랑하는 사람과 함께라면 그 어딘들 가지 못할 곳이 없다고 믿었다. 더욱 정우에 대한 믿음과 신뢰는 그녀에게 새로운 삶에 대한 확신을 주기에 부족함이 없었다.

정우는 조용한 아침의 나라에 대한 사계절의 이야기를 카와이와 하카와 준에게 들려주었다. 사시사철 푸르름 속에 사는 그들에겐 계절 따라 변하는 산과 들과 강의 이야기가 마술사들이 펼치는 아련한 전설 속의 이야기처럼 들렸다.

따뜻한 봄날 실개천 위로 피어오르는 안개와,
흐트러진 꽃들 위로
윙윙거리며 날아드는 꿀벌들의
합창 소리를 들어보았는가?

태양이 이글거리는 한 여름 낮에,

강가의 모래톱에 나란히 누워

오수를 즐기고 있는 어린 물고기 떼의

눈부시도록 아름다운

반짝이는 은빛 물결의 광채를 보았는가?

청명한 가을 하늘 아래 흔들리는

갈대와 코스모스 들녘에서,

단풍으로 물든 호젓한 나뭇가지에 앉아

오후 한때의 한가함을 즐기는

고추잠자리를 보았는가?

12월 첫눈이 내린 후

세상은 온통 은백색으로 변하고,

태백 산정에 피어난

함박눈 꽃을 본 적이 있는가?

정우는 카와이에게 밤바다를 비추는 등대와 같이 어둠에서 빛을 밝혀주며 잠자고 있던 그녀의 재능을 일깨워주고 자신의 한계를 뛰어넘도록 사랑으로 이끌어준 반려자이며 멘토였다. 그녀 곁에는 언제나 든든한 거목이 되어 지켜주는 정우가 있었고 정우의 곁에는 사랑스런 여인 카와이가 함께 있었다.

정우와 마드린느, 정우와 카와이는 시공을 초월한 사랑으로 거듭났다.

그들은 행복을 함께할 장소에, 행복을 나누어야 할 시간에 늘 같이하며. 그들의 곁에는 소아과 의사를 소망하는 예쁜 딸 하카와 인류학자를 꿈꾸는 총명하고 해맑은 준이 함께 있었다.

한 마리의 새가 일망무제로 펼쳐진 광활한 바다 위로 여명을 뚫고 힘차게 비상했다. 높고 푸른 하늘을 향하여 거침없이 높이높이 날아올랐다.

뒤를 이어, 두 번째의 새가, 세 번째의 새가, 그리고 마지막으로 네 번째의 새가 날렵하고 힘차게 높이 날아올랐다.

아름다운 다이아몬드의 비행 편대를 이루며, 머나먼 태평양 서쪽 끝 태양이 하루를 마감하고 잠시 쉬어 가는 곳 '함지박'이 있는 조용한 아침의 나라를 향해 힘차게 날아올랐다.